어른의 인생 수업

● 일러두기

1. 외국 인명, 책 제목은 국립국어원 외래어표기법을 따르되 몇몇 경우는 인용한
   도서의 표기를 따랐습니다.
2. 영화·그림은 홑화살괄호⟨ ⟩, 신문·단행본은 겹낫표『 』, 책의 일부·시·
   단편소설은 홑낫표「 」로 표기했습니다.
3. 괄호 속 연도는 원서 또는 국내서의 초판 출간 연도를 의미합니다. 예)『자유
   로부터의 도피』(1941),『회복탄력성』(2011)

괜찮은
사람이 되고 싶은
당신에게

어른의 인생 수업

성지연 지음

나는 어떤 사람인지, 무엇을 잘할 수 있는지…….
처음부터 이런 것들을 깨달았다면 얼마나 좋았을까.

인물과
사상사

들어가는

말

삼십도 되어봤고 사십도 되어봤다. 한 살 더 먹는 것과 크게
다르지 않았다. 뭔가 해야 할 일들로 바빴다. 이제 이십 대가
아니지. 사십 대라 그런지 예전 같지 않네. 그 정도로 넘어갔
다. 오십은 상상해보지 않은 나이였다. 언제 이렇게 나이를 먹
었나. 나는 그냥 계속 이렇게 살 건가. 막막했다.

　여전히 본업에서 성장하는 오십 대도 있을 것이고, 충실
하게 인생 후반전을 준비하는 오십 대도 있을 것이다. 나는
그렇지 못했다. 현재가 만족스럽지 않았다. 앞으로 어떻게 살
아야 하는지는 더욱 막막했다. 본업으로 삼고 싶었던 건 오래
전 놓쳤다. 아이는 어른이 되었고 살림은 손이 훨씬 덜 갔다.

그런데 여유가 꼭 좋은 건 아니었다. 빈 둥지가 폐허가 되지 않으려면 뭐라도 해야 했다.

어떻게 살 것인가. 이 질문에 이렇게 진심이었던 적이 있었나. 어떻게 살 것인지를, 내가 정말 선택한 적이 있었나. 나라에서 정해준 나이에 초등학교에 입학한 후 공부를 했다. 대학에 들어가고 결혼을 한 다음 아이를 낳아 키웠다. 어떻게 살 것인지를 내가 결정했다기보다 주어진 선택지에서 답을 찾았다. 그러니 온전한 내 선택은 아니었다.

후회가 한둘이 아니다. 이제 겨우 절반이 지났을 뿐이라고 소리치고 싶지만 지나가버린 시간이 아쉽다. 아쉬움을 발견하게 한 것은 죽음이었다. 인생의 절반을 살아온 지금은 그 끝에 놓인 죽음을 가끔 흘끔거리지 않을 수가 없다. 삶을 어떻게 살 것인지를 묻는다는 건 감정에 휩쓸리지 않고 지금의 나를 들여다보는 일이다. 지나친 아쉬움으로 내면과 정체성을 할퀴지 않는 일이고, 어설픈 만족감으로 변화와 성장을 거부하지 않는 일이다.

다행히도 내가 발견한 건 삶이 나 혼자 살아가는 게 아니라는 사실이다. 나보다 앞서 삶과 진지하게 대면했던 훌륭한 이들이 있었다. 닫힌 문 앞에서 자신의 새로운 길을 찾은 파머의 고백, 시련을 수용하고 그 의미를 찾아야 한다는 프랭클의 가르침, 인간이라면 누구나 독립된 삶의 공간을 가져야 한다는 울프의 충고, 모든 날을 최대한으로 살아가라는 퀴블러 로스의 조언, 이제는 인생의 이모작을 준비해야 한다는 최재천의 권유.

그들이 아니었으면 자아라고 불러도 좋고 아집이라고 불러도 좋은 내면에 갇혀 쓸쓸한 노년을 맞이했을지도 모른다. 나이가 들어갈수록 익숙한 것만 찾게 되고 새로운 것은 불편하다. 편안한 사람들하고만 시간을 보내고 싶어진다. 가던 곳만 가고 하던 것만 하고 먹던 것만 먹게 된다. 그러면 시간은 손가락 사이를 빠져나가는 모래알처럼 정말 빨리 지나간다.

이제 와 너무 빨리 변하는 세상도 벅차다. 대학을 다닐 때 보고서를 쓰려면 도서관에 가서 책을 빌리거나 자료를 조사해 복사해야 했다. 그리고 그걸 정리한 뒤 리포트 용지에다 손글씨로 써서 제출했다. 그런데 이제는 컴퓨터나 태블릿으로 글을 쓰고, 언제 어디서든 온라인으로 책과 콘텐츠를 사고 안부를 묻는다. 지난 삼십여 년 동안 세상은 무척 빠르게 변했다. 앞으로 변화의 속도는 더 빨라질 것이고, 나이가 들수록 유연함은 점점 떨어질 것이다.

책은 그런 나의 굳은 시선에 한줄기 빛을 비추어주었다.

워낙 책을 닥치는 대로 읽었다. 책이 마음에 들면 저자의 다른 책을 찾아 읽었다. 또는 그 책의 실마리를 잡고 다른 책으로 꼬리를 이어가며 읽기도 했다. 이번에는 분명한 목적을 갖고 책을 읽었다. 그러다 보니 책들이 많이 달라 보였다. 어떤 책은 예전에 분명 인상 깊게 읽었는데 왜 그랬는지 기억나지 않았다. 어떤 책은 자기계발서 같아 멀리했는데 제대로 붙잡아 읽기 시작하자 내 삶을 돌아보는 데 도움이 되었다.

이 책은 『주간경향』에 2019년 8월부터 2022년 1월까지 연재한 글들 중에서 가려 뽑고 다듬어 만든 것이다. 이 주에 한 번씩 오십 이후의 삶에 관한 글들을 쓰면서 내가 발견한 것들은 다음과 같다.

첫째, 일의 의미다. 일이 자아실현에서 무척 중요하다고 어릴 때부터 배웠다. 이게 정말일까. 정말이라고 해서 모든 일이 자아실현에 기여하는 걸까. 대개의 일은 생계를 위한 선택이든지 억지로 몸을 움직여야 하는 지루한 노동이었다. 지루한 노동에서 의미를 찾는다는 것이 어디까지 가능할까. 나는 일을 통해 무언가를 이루고 싶기보다는 이제라도 내게 의미 있는 일을 찾고 싶다. 그 일이 무엇이든지 간에 말이다.

둘째, 관심을 기울이고 싶은 것은 여태 제대로 신경 쓰지 못했던 여가다. 내가 원하든 그렇지 않든 한가한 시간은 점점 길어질 것이다. 이 여가 시간을 잘 보내고 싶다. 이럴 때 참고할 만한 것은 남들은 뭘 하며 노는지다. 취미든 운동이든 여행이든 무엇엔가 몰두하며 시간을 보내는 사람들이 부럽다.

이제부터라도 사는 재미를 찾고 싶다. 나만의 취향을 가꿔보고 잃어버린 취미를 들추어보노라면 내가 무엇을 할 때 즐거운 사람인지를 알아갈 수 있을 것이다. 자아실현은 본래 이쪽과 더 가까운 게 아닐까. 여가를 잘 보낸다는 건 나와 더 친해지거나 나에게 더 친절해지는 것이라고 믿고 싶다.

셋째, 어떻게 살 것인지 못지않게 어떻게 늙고 어떻게 죽을 것인지도 중요하다. 죽음 앞에서 중요한 것과 중요하지 않은 것이 조금씩 더 분명해진다. 앞으로 살아갈 날이 살아온 날보다 점점 줄어들고 있다는 사실을 실감한다. 흘러가는 대로 살기에는 시간이 너무 아깝다.

어떻게 살고 싶으냐면, 잘 살고 싶다. 어떻게 죽고 싶으냐면, 잘 살다가 잘 늙어서 잘 죽고 싶다. '잘'은 밑도 끝도 없는 말이다. 그러나 이 '잘'의 해법과 내용을 찾아야 하는, 찾고만 싶은 게 나의 깨달음이다. 앞으로 나는 '잘' 할 수 있을까. 스스로에게 용기를 안겨주고 싶다.

이 책을 출간하기까지 고마운 사람이 많다. 이 년여 동안 연재를 담당해준 『주간경향』의 정용인 기자님, 뜻밖에 출판 제안을 해주었던 인물과사상사의 박상문 편집장님과 이 책의 책임편집을 맡아준 김슬기 편집자님, 그리고 그동안 글을 읽고 격려를 해준 가족과 친구들이 고맙다. 정말 고맙다.

　이제 내 고민과 생각의 시간을 마무리한다. 혹시 나와 같이 인생의 후반전을 고민하는 독자들이 있다면 함께 힘내자고 말하고 싶다. 우리는 이제 겨우 인생의 절반을 지나고 있을 뿐이다. 남은 삶을 어떻게 보낼지는 우리 손에 달려 있다.

2022년 12월
성지연

1부

마음의 우물을
길어 올리며

어둠에서

빛으로 가는 여정

오십 대가 되었다. '백 세 시대'에 반으로 꺾어지는 나이다. 풋풋한 시절 문학을 공부할 때 만난 책 가운데 하나가 김현의 『반고비 나그네 길에』(1993)다.

한뉘 나그네 길 반고비에 올바른 길 잃고 헤매이던 나⋯⋯.

김현이 빌려온 단테의 『신곡』(1868) 첫 구절이다. 김현은 『신곡』의 '나'가 "바로 나인 것 같은 느낌을 지울 길이 없어" 제목으로 빌려왔다고 한다. 단테에게 반고비란 칠십 인생의 절반인 서른다섯이다. 이제 나 역시 백 세 인생의 오십을 지나고 있으니 '반고비 나그네 길'에 들어섰다는 느낌을 지울 길 없다.

『신곡』과 『반고비 나그네 길에』를 읽었던 그 시절엔 빨리 반고비에 도달하고 싶었다. 상처투성이인 젊음이 싫었던 걸까. 뜨거웠던 시대가 무거웠던 걸까. 어서 나이가 들어 마음의 평화와 인생의 지혜를 갖고 싶었다. 그 후 삼십여 년이 빠르게 흘러갔다. 사회생활을 일찍 접고 거의 이십 년이 지났다. 딸아이는 어느새 어른이 되었다. 그런데 반고비를 맞은 지금 외려 마음은 스산해졌다.

내가 꿈꾼 지혜와 평화 대신 마음속에는 회의와 불안이 일었다. 사회로 돌아가야 할 터인데, 그 길은 희미해져 잘 보이지 않았다. 회의의 시선과 불안의 마음은 그래서 수없는 질문을 던진다. 난 어디에 있고, 어디로 가야 할까. 무엇을 하고, 누구를 만나야 하는 걸까.

어두운 숲속에서 길을 잃은 단테를 안내한 이는 로마의 시인 베르길리우스다. 단테는 베르길리우스에게 끊임없이 물으며 지옥과 연옥을 여행해 천국의 입구에 도달한다. 그러면 나의 베르길리우스는 누구일까. 반고비 나그네 길에 내 곁을

지킨 베르길리우스는 책이었다. 사회생활을 접었어도 책은 계속 읽었다. 나는 책에게 묻고 또 듣는다.

그 첫 번째 안내자는 파커 J. 파머의 『삶이 내게 말을 걸어올 때』(2000)다. 파머는 교육자이자 사회운동가다. 이 책을 펼치면 "한밤중에 깨어나 '지금 내 삶이 정말 내가 원하던 것일까'를 물으며 잠을 설쳐본 적이 있는 사람들에게"라는 헌사가 희망처럼 튀어나온다. 내게 거는 말 아닐까. 인생의 후반전을 준비하는 나에게 이보다 더 알맞은 출발은 없다.

이 책의 원제는 『너의 삶이 말하게 하라』(Let Your Life Speak)다. 파머가 속해 있던 퀘이커 공동체의 오랜 경구다. 파머는 젊은 시절 존재가 삶을 만든다고 생각했다. 그런데 나이가 한참 들어서는 삶이 존재를 이끈다는 반대의 결론에 도달했다.

당신이 인생에서 무엇을 이루고자 하기 전에, 인생이 당신을 통해 무엇을 이루고자 하는지에 귀 기울여라.

나이 든 파머가 다시 해석한 '너의 삶이 말하게 하라'다. 파머의 삶은 모험의 연속이었다. 자신의 소명이 목사라고 확신해 신학대학에 들어갔지만 중퇴했다. 이어 캘리포니아대학

버클리캠퍼스에서 사회학 박사과정을 밟았지만 학계를 떠나 커뮤니티 조직가가 되었다. 그리고 다시 퀘이커교 생활 및 학습 커뮤니티인 펜들힐로 옮겨 활동했다. 그러던 어느 날 파머는 펜들힐 근처 대학 캠퍼스로 산책을 나갔다가 대학 건물에서 예전에 만났던 전임 학장의 초상화를 보게 되었다. 그 학장은 파머를 학교 이사회에 임원으로 채용하려고 버클리로 찾아왔던 사람이었다.

파머는 그 순간 학장이 잔뜩 실망한 얼굴로 자기를 내려다보면서 "대체 당신은 뭘 하고 있는 거요? 왜 시간을 낭비합니까? 너무 늦기 전에 자기 길로 돌아가시오!"라고 말을 하는 것처럼 느꼈다고 한다. 그리고 건물 밖으로 뛰쳐나간 파머는 한참 동안 눈물을 흘렸다.

그 순간이었다. 그는 자신의 내면에 웅크리고 있던 두려움과 마주하게 되었다. 그가 대학을 떠났던 것은 대학이 싫어서가 아니라 학자로서의 자질이 부족할지 모른다는 두려움 때문이었다. 이 두려움은 학계를 떠나 다른 길을 선택하게 했지만, 파머는 그 길 위에서 자신이 인생을 낭비하고 있을지도 모른다는 또 다른 두려움을 만났다. 두려움은 눈물로 터졌다. 눈물 속에서 그는 자기 안에 놓인 어둠과 비로소 마주했다. 어둠으로의 추락의 다른 이름은 우울증이었다.

파머는 어떻게 어둠으로의 추락에서 벗어날 수 있었을까. 파머에게 다가온 것은 어둠이 곧 빛이라는 영적 깨달음이었다. 그는 어둠 속에서 나는 어떤 사람인지, 무엇을 잘할 수 있고 없는지와 고통스럽게 대면했다. 삶이 존재에게 말을 거는 순간이었다. 자신의 본성을 파악하고, 그 본성이 능력과 한계를 지니고 있음을 인정하게 되는 그 순간, 비로소 새로운 빛이 보였다고 파머는 말한다.

나는 어떤 사람인지, 무엇을 잘할 수 있는지, 무엇을 할 수 없는지……. 처음부터 이런 것들을 깨달았다면 얼마나 좋았을까. 세상이 내게 허용한 것과 내가 하고 싶은 것 사이에서 길을 찾을 때, 이 깨달음은 그 기준이 될 수 있다. 그러나 깨달음을 얻기란 쉽지 않다. 파머의 말처럼 삶이 말을 걸어올 때 거기에 귀를 기울여 필사적으로 찾아야 한다.

파머는 본성을 존중하지 않는 삶을 살아가려 할 때 길이 닫힌다고 말한다. 바로 그 자리에서 자기의 본성, 가능성과 한계가 모습을 드러낸다. 길이 닫힐 때 불가능을 인정하고 그 경험이 주는 가르침을 발견해야 한다고 파머는 조언한다. 또한 길이 열리면 삶의 새로운 가능성을 인정하고 응답해야 한다고 충고한다.

우리가 닫힌 문 두드리기를 그만두고 돌아서기만 하면 뒤쪽에 있는 다른 문에 다다른다. 그러면 넓은 인생이 우리 영혼 앞에 활짝 열려 있다.

파머에겐 닫혀버린 문들 때문에 고민하던 바로 그 자리가 자신의 세계가 활짝 열리는 자리였다.

『삶이 내게 말을 걸어올 때』는 작지 않은 위안을 준다. 하지만 위안이 곧 용기가 되는 건 아니다. 어둠이 빛이 된다는 것에 확신을 갖기 어렵기 때문이다. 어둠이 빛으로 가는 여정인지는 빛으로 나와 봐야 알 수 있다. 길이 닫힐 때 나머지 세상이 열리는지는 세상이 열려야 확인할 수 있다. 현재의 고난이 깊을수록 자책의 어둠은 짙어지고 그 깊은 어둠 속에서 길은 쉽게 보이지 않는다.

파머는 답을 가르쳐주지 않는다. 그럼에도 자신의 삶을 통해 파머가 보여주는 소명에로의 여정은 내게 길을 비춘다. 파머가 답이 있는 곳을 가리키고 있기 때문이다. 답이 있는 곳은 내게 오롯이 남는 단 한 자리, 나의 삶이다. 시간이 흐르니 그 삶은 이미 켜켜이 쌓인 지층이 되어 있다. 나는 아직 나의 소명을 찾지 못했고, 내가 어떤 사람인지 잘 알지 못한다.

위안이 파머의 몫이라면, 용기는 나의 몫이다. 파머의 충고대로 나의 삶에 귀를 기울인다. 너무 늦은 나이일까. 아니, 이제 겨우 반고비를 지나며 할 말은 아니다. 새로운 길을 나서려는 나는 스스로에게 용기를 선물해야 한다.

불안으로

밤을 지새우던 날들

대개 인터넷서점에서 책을 구입하는 편이다. 어느 늦은 밤 사
회심리학자 에리히 프롬의 『자유로부터의 도피』(1941) 미리
보기 화면을 보고 있었다. 책 추천 알고리즘에 걸렸거나 다른
리뷰들을 읽다 흘러들어갔을 것이다.

자유는 근대인에게 독립과 합리성을 부여해주었지만, 또한 근
대인을 고립시킴으로써 마침내 그를 불안에 싸인 무력한 존재
로 만들었다.

이 책은 꼭 사야 했다. 검색해보니 1976년에 나온 번역본이 있었다. 이 책이 정식으로 번역 출간된 것은 2012년이다. 하지만 이 책이 담고 있는 주제가 그 당시 시대정신과 맞아떨어져서인지 지식인들과 대학가에서 널리 읽혔다. 내가 대학에 다닐 때도 다른 책에서 몇 번 만났고 수업 시간에 들은 적이 있었지만 정작 읽지는 않았다. 나는 학부에서 사회학을 전공했다. 사회구조와 역사에 눈이 먼저 갔고 개인이나 개인의 심리 같은 건 구조나 체제에 가려 잘 보이지 않았다. 세상을 설명하는 공식 같은 게 어디엔가 있을 것이라고 믿었다. 그때의 난 그렇게 젊었다.

신혼집에 들어가려고 이삿짐을 쌀 때도 '변증법'과 '유물론'을 제목으로 단 책이 반이 넘었다. 헤겔과 마르크스와 루카치 책 정도만 남기고 다 버렸다. 몇 번의 이사에 그 나머지도 어디론가 흩어졌다.

'불안에 싸인 무력한 존재'에 이끌려 뒤늦게 프롬의 책을 읽었다. 프롬에 따르면 불안과 무력감이 인간의 본래적인 조건은 아니다. 프롬은 중세의 속박에서 벗어난 인간이 르네상스와 종교개혁을 거치면서 불안과 회의와 무력감에 빠지는 과정을 보여준다. 이제 근대인은 미친 사람 같은 행동으로 무력감을 정복하려 하며, 내적인 충동에 의해 스스로 노예감독

관이 되어 일을 하게 되었다.

프롬은 근대가 우리 인간에게 미친 이중성에 주목한다. 근대사회 구조는 인간을 더욱 독립적이고 자율적이며 비판적인 존재로 만들었지만, 동시에 더욱 고립되고 외로우며 두려움에 사로잡힌 존재로도 만들었다.

우리는 외부에 있는 권력으로부터 자유를 얻는 데 열중하여 내부에 있는 속박과 강제와 두려움을 보지 못했고, 우리 자신의 개인적인 자아를 실현하고 실현된 자아의 삶을 믿을 수 있게 하는 새로운 자유를 획득해야 한다는 것을 잊어버렸다.

이로부터 도피의 유혹이 시작된다. 도피는 '견딜 수 없는 고립감과 무력감으로부터의 도피'다. 프롬에 따르면 그 도피의 메커니즘은 권위주의, 파괴성, 자동순응성의 세 가지다.

권위주의 성격은 사도마조히즘적 충동이 정상인에게서 발현되는 경우다. 사도마조히즘은 사디즘과 마조히즘이 동시에 나타나는 것인데, 마조히즘이 강력한 권위에 기대 자신을 잃어버리려는 경향을 갖는다면, 사디즘 역시 대상에 의존해 자신을 잃는다는 데서는 마찬가지다.

파괴성은 대상의 제거에까지 나아간다. 성장과 표현과

생존을 추구하는 삶이 억압되면 삶의 에너지는 파괴의 에너지로 변한다. 그리고 그 에너지는 대상과 자기 자신에게로 향한다.

도피의 마지막 방식은 자동순응성이다. 자동순응성은 개인이 문화적 양식에 의해 부여되는 성격을 완전히 받아들이는 것을 말한다. 이제 자동인형이 된 인간은 고독과 불안을 잃는 동시에 자아를 잃는다.

이 권위주의, 파괴성, 자동순응성은 프롬이 직면한 세계였다. 프롬은 독일에서 태어난 유대인으로 나치가 권력을 잡자 1934년 미국으로 이주했다. 『자유로부터의 도피』가 출간된 1941년은 제2차 세계대전의 한가운데였다. 프롬이 지켜본 세계는 나치즘과 파시즘이 대두하고 근대적 계몽과 해방의 이상이 빛을 잃어가고 있던 시대였다.

지금 우리는 프롬의 시대와 얼마나 같고 얼마나 다른 세계에 살고 있는 걸까. 세계화, 정보사회, 인공지능, 공유경제 등을 생각하면 우리는 꽤 먼 길을 왔다. 하지만 '오늘날 인간이 고민하는 것은 빈곤보다 자신이 큰 기계의 톱니바퀴, 곧 자동인형이 되고 말았다는 사실, 자신의 삶이 공허하게 되어 의미를 상실하고 말았다는 사실'이라는 프롬의 분석과 마주하면 우리는 여전히 그와 같은 시대를 살고 있다.

프롬은 이 같은 무기력에서 벗어날 수 있는 방법으로 '적극적 자유'를 제시한다. 소극적 자유는 개인에게 고립감과 무력감을 안겨줄 뿐이다. 이 고립감과 무력감에 대한 해법이 적극적 자유다.

적극적 자유는 이성과 감정이 조화롭게 통합된 개인의 자발적 행위 속에 존재한다. 여기서 가장 중요한 요소는 사랑이다. 프롬은 한 사람만을 위한 사랑은 사도마조히즘적 집착일 뿐이라고 말한다. 그에게 있어 진정한 사랑은 인간 자체에 대한 사랑이어야 하며 자신에 대한 사랑까지를 포함한다. 사랑 다음은 일이다. 프롬에 따르면 자발적 행위로서의 일은 전근대의 외적 강제나 근대의 내적 충동으로 인한 강박적 활동이 아니라 '인간이 자연과 하나가 되는 창조'로서의 일이어야 한다.

참 '하기 좋은 말'로 보인다. 한 사람에 대한 집착 없이 시작하는 사랑이 어디 있을까. 그리고 자발적 행위라면 애초에 일로 생각되지 않는다. 오히려 일하는 시간을 조금이라도 줄이고 그 외의 시간, 예를 들면 청소와 빨래를 다 끝낸 후, 고된 업무를 끝내고 퇴근한 후, 주말 같은 때 잠을 아껴서라도 하는 어떤 일이 자발적 행위다. 누워서 뒹굴더라도 자유는 그럴 때 느껴진다.

자유란, 사랑이란, 일이란 대체 어떤 의미를 가진 걸까. 프롬의 견해에 모두 동의하는 건 아니지만, 사랑과 일에 고립 감과 무력감에서 벗어날 길이 있다는 그의 주장엔 적잖이 공감한다. 훼손된 자유를 버리는 게 아니라 구해내야 했던 것처럼, 훼손된 사랑과 훼손된 일을 구해야 한다.

문제가 무엇인지를 날카롭게 보여주는 훌륭한 책들이 많다. 하지만 삶의 의미를 어디에서 찾을 수 있는지를 구체적으로 보여주는 책은 드물다. 그래서 이 오래된 책을 나는 자기계발서로 읽는다. '고립감과 무력감에서 벗어나 삶의 의미 찾기' 정도의 제목이 좋겠다. 프롬에 따르면 삶의 의미는 자발적 행위를 통해 인간과 자연과 자기 자신과의 일체감을 회복해가는 것이다. 그것은 명사가 아니라 동사다. 여기에 진정한 자유가 있다고 프롬은 말한다.

사랑과 일 속에서, 그리고 정서적이고 감각적이며 지적인 능력에 대해 진정으로 표현함으로써 그는 그의 자아에 대한 독립성과 진실성을 포기하지 않고, 다시 인간과 자연 및 그 자신과 일체가 될 수 있다.

책을 읽다 연두색 색연필로 밑줄을 긋고, 책을 다 읽고

나서는 이 부분을 손으로 베껴 써서 한동안 책상 앞에 붙여놓
았다. '사랑과 일과 독립성과 진실성'이라니, 참 평범한 답이
다. 젊어서 읽었다면 이런 평범한 구절에 끌리지 않았을 것이
다. 이제야 『자유로부터의 도피』를 읽으며 삶의 평범함을 생
각한다. 평범함에 최선을 다해야 한다고 주장하면, 나도 어느
새 '꼰대'가 된 걸까. 씁쓸하긴 하지만 내가 도달한 또 하나의
깨달음이다.

누구나 한 번쯤

시련을 겪기 마련이다

아우슈비츠 이후로 우리는 인간이 무엇을 할 수 있는지 알게 되었다.

그리고 히로시마 이후로 우리는 무엇이 위험한지를 알게 되었다.

정신의학자 빅터 프랭클의 『죽음의 수용소에서』(1948)는 이렇게 끝이 난다. 프랭클은 유대인 집단학살, 다시 말해 홀로코스트의 생존자다. 그의 시련에는 20세기의 가장 어두운 그늘이 드리워져 있다. 프랭클은 추위와 굶주림과 학살의 소용돌이 속에서 살아남았지만 그가 사랑하는 이들은 강제수용소에서 죽었다.

죽음의 수용소에서 프랭클은 로고테라피를 발견한다. 로고테라피는 이 책의 원제인 『인간의 의미 추구』(Man's Search for Meaning)처럼 인간의 의미 추구에 주목하는 치료법이다. 환자 스스로 삶의 의미를 찾도록 도와주는 것을 목표로 삼는다.

강제수용소 경험에서 로고테라피로 건너가는 데 핵심적인 것은 '인간이란 어떤 존재인가'에 대한 질문과 응답이다. 소중한 사람들과 강제로 헤어지고 평생 쌓아 올린 모든 것을 빼앗긴 강제수용소에서 프랭클은 인간에게 중요한 것이 무엇인지를 깨닫는다.

부와 명예와 건강을 빼앗긴 헐벗은 자리에서 미래에 대한 믿음을 잃은 사람들이 절망감으로 죽어간다. 씻고 먹는 것도 거부하고 배설마저 누운 채로 하는 등 끝 모를 자포자기에 빠진다. 프랭클은 '끝을 알 수 없는 일시적인 삶'에서 '미래에 대한 기대'를 잃지 않은 사람들이, 그리고 자기 자신이 살아남을 수 있었다고 말한다.

인간에게 모든 것을 빼앗아갈 수 있어도 단 한 가지, 마지막 남은 인간의 자유, 주어진 환경에서 자신의 태도를 결정하고, 자기 자신의 길을 선택할 수 있는 자유만은 빼앗아갈 수 없다.

프랭클은 개인의 선택의 중요성을 강조한다. 강제수용소라는 비참한 상황 속에서도 수감자가 어떤 종류의 사람이 되는지는 그 개인의 내적 선택의 결과라는 것이다.

"'왜' 살아야 하는지를 아는 사람은 그 '어떤' 상황도 견뎌낼 수 있다." 프랭클이 인용한 니체의 말이다. 수감자들이 찾아야 하는 것은 결국 '살아야 할 이유'였다. 살아야 할 이유는 막연한 희망이 아니다. 막연한 희망은 쉽게 부서진다. 수용소 주치의는 성탄절엔 집에 갈 수 있을 것이라는 막연한 희망이 무너지면서 수감자들의 사망률이 급격히 높아진 이야기를 들려준다.

중요한 것은 삶에 대한 기대가 아니라 '삶이 우리로부터 무엇을 기대하는가'라고 프랭클은 말한다. 인생이란 궁극적으로 이런 질문에 대한 올바른 해답을 찾고, 개개인 앞에 놓인 과제를 수행해나가기 위한 책임을 떠맡는 것을 의미하기 때문이다. 강제수용소에서 그것은 살아남아야 하는 책임이었다.

프랭클이 발견한 것은 인간이란 의미를 찾는 존재라는 점이다. 로고테라피는 프로이트의 정신분석과 다르다. 로고테라피는 "인간을 그저 충동과 욕구를 충족시키면서 쾌락을 얻거나 서로 갈등하고 있는 이드와 자아, 초자아를 절충시키거나 혹은 사회와 환경에 그저 순응하는 데에만 관심을 갖는 존재로 보지 않는다." 정신분석에서 환자는 의사에게 듣기 거북한 말을 해야 하는 반면, 로고테라피에서 환자는 의사에게 거북한 말을 들어야 한다. 환자가 삶의 의미를 깨우치도록 돕는 것이 다름 아닌 로고테라피다.

나는 인간이 의미를 찾는 존재라는 것을 믿는다. 믿음에는 증거가 필요하다. 인간이 의미를 찾는 존재라는 가장 큰 증거가 바로 프랭클의 삶이다. 강제수용소에서의 삶을 통한 증언만이 아니라 그의 인생 전체가 그렇다. 그는 시련을 받아들이는 과정이 삶에 의미를 부여할 수 있는 기회라고 말한다. 그는 강제수용소에 수용된 자신의 시련을 받아들임으로써 생존했을 뿐만 아니라 그 경험을 통해 인간이란 어떤 존재인지에 대한 깨달음을 얻었다. 나아가 로고테라피를 통해 시련을 통과하는 다른 사람들을 도울 방법을 모색했다.

이 정도면 시련을 받아들이고 스스로의 삶에 책임을 다하는 것에서 삶의 의미를 찾았다고 평가하기에 손색이 없다. 『죽음의 수용소에서』를 통해 큰 위안과 가르침을 얻은 한 사람으로 이런 책이 나와 무척 다행이고 저자에게 고맙다.

시련은 어느 날 갑자기 바깥에서 온다. 시련을 기꺼이 받아들일 수 있는 사람이 어디 있을까. 프랭클이 인용한 심리학 교수 이디쓰 와이스코프 조웰슨은 정신건강 철학을 비판한다. 정신건강 철학은 인간이 반드시 행복해야 하고 불행은 부적응의 징후라는 생각을 강조한다. 불행하다는 생각은 불행을 가중하고 결국 불행을 부끄러운 일로 만든다. 이렇게 되면 불행에서 빠져나갈 길이 보이지 않는다. 프랭클은 "시련은 그것의 의미를 알게 되는 순간 시련이기를 멈춘다"고 통찰한다. 시련을 부정하는 것이 아니라 수용하고 그 안에서 의미를 찾는 데에 길이 있다는 말이다.

인간을 의미를 찾는 존재로 보면 많은 것이 다르게 읽힌다. 수용소 밖이라고 해서 삶이 쉬운 것은 아니다. 인간은 의미를 찾으려는 의지가 좌절되어 '실존적 좌절'에 이를 수 있고, 삶의 의미를 찾지 못한 '실존적 공허'에 빠질 수 있다. 로고테라피에서 말하는 '누제닉 노이로제noogenic neurosis'는 정신질환의 원인을 욕구와 본능의 갈등이 아니라 의미를 추구하는 의지의 좌절에서 찾는다.

시련이 오는 그곳에서 삶의 의미도 온다. 삶의 의미는 내면으로 파고들어간다고 해서 얻을 수 있는 게 아니다. 삶의 의미는 추상적인 것이 아니라 무엇을 창조하거나 어떤 일을 함으로써, 어떤 일을 경험하거나 어떤 사람을 만남으로써, 피할 수 없는 시련에 대해 어떤 태도를 취하기로 결정함으로써 찾을 수 있다고 프랭클은 말한다.

『죽음의 수용소에서』를 읽으면서 가장 슬펐던 순간은 프랭클이 아내를 떠올리며 "인간에 대한 구원은 사랑을 통해서, 그리고 사랑 안에서 실현된다"고 쓴 부분을 읽을 때였다. 그는 수용소에서 풀려나지만 아내와 재회하지 못했다. 아내가 이미 세상을 떠났기 때문이다. 동료들과 각자의 아내를 떠올리며 빙판길을 걷던 수용소에서의 장면을 회고하는 그의 심정이 내 마음을 무척 시리게 했다.

이 장면은 '비극 속에서의 낙관'을 가장 생생히 보여준다. 시련 앞에서 우리는 어떤 태도를 보여야 하는가. 나의 삶의 의미는 무엇인가. 그러니까 어떻게 살 것인가. 나이를 이만큼 먹고도 답은 쉽게 찾을 수 없다. 앞으로도 쉬울 것 같지 않다. 다만 이제 그게 쉽지 않다는 것만은 분명히 안다. 그리고 프랭클이 권한 대로 구체적인 삶 속에서 내게 의미 있는 과제를 찾아봐야겠다고 단호히 생각한다. 나 자신의 길을 선택할 수 있는 자유만은 그 누구에게도 넘겨줄 수 없다.

위로가

필요한 순간

모든 길은 진리로 통한다는 말이 있다. 그러나 진리는 길을 갖고 있지 않으며, 바로 그 점이 진리의 아름다움이다. (……) 어떤 절 이나 교회에도 없으며 어느 종교나 선생, 철학자 그 누구도 당 신을 진리로 인도하지 못한다는 것을 알게 되면, 당신은 이 살아 있는 것이 다름 아닌, 있는 그대로의 당신이라는 것을 알게 될 것이다.

지두 크리슈나무르티의 『아는 것으로부터의 자유』

(1969)를 옮긴 시인 정현종이 「다시 책머리에」에 인용해놓은 구절이다. 정현종은 이 책을 읽은 사람들과 더불어 살면 이 세상이 한결 더 살 만하지 않을까 싶다고 말한다. 나 역시 크리슈나무르티가 벗겨내는 세상의 껍데기와 그 안에서 찾아내는 자유를 본 사람들과 함께 살아가고 싶다.

1895년 인도에서 태어난 크리슈나무르티는 열세 살에 신지학회에 선택되어 미래의 지도자로 수업을 받았다. 하지만 그는 1929년 교단을 해체하며 모든 권위와 형식을 거부했다. 이후 구십의 나이로 세상을 떠날 때까지 전 세계를 돌아다니며 자신의 깨달음을 전했다. 인터넷에 남아 있는 영상에서 그는 형형한 눈빛을 내쏘며 기존의 권위와 기존의 생각과 기존의 나에서 벗어나 지금 당장 자유를 누릴 것을 외치고 있다.

위안이 몹시 필요해 책을 읽을 때가 있다. 『아는 것으로부터의 자유』를 집어 든 사십 대 후반의 어느 날도 그랬다. 오랫동안 시도했던 일을 단념해야 했을 때 이제 아침에 일어나면 무엇을 해야 할지 막막하기만 했다. 깊은 실망과 무기력에 빠져 하루하루를 지워갔다. 그러나 습관이 되어버린 책 읽기만큼은 계속했다. 내가 책에서 찾은 건 위안이었다. 사는 게 다 거기서 거기라고 말해주는 책, 지금 이대로 괜찮다고 말해주는 책, 네가 아니라 세상이 틀렸다고 말해주는 책을 읽고 싶었다.

그런데 크리슈나무르티의 책은 내가 기대하는 그런 위안을 주지 않았다. 그는 권력, 지위, 명성, 성공 등을 얻기 위한 욕망과 함께하는 이 경쟁적인 문화에 우리 모두 책임이 있다고 말한다. 그리고 이러한 경쟁과 잔인성과 두려움 위에 세워진 사회는 우리 각자가 이 세계에 전적으로 책임이 있다는 사실을 깨달았을 때만 바뀔 수 있다고 덧붙인다.

우리 인류는 두 차례의 세계대전과 냉전을 거친 20세기의 사상가 크리슈나무르티가 보는 세계와 얼마나 다른 세계에 살고 있을까. 21세기는 경쟁과 잔인성과 두려움이 줄어든 세계일까. 『우리 본성의 선한 천사』(2011)를 쓴 심리학자 스티븐 핑커에 따르면 인간의 역사에서 폭력은 점차 감소되어 왔다. 폭력의 측면을 바라보면 어두운 20세기의 역사에서는 어느 정도 벗어나 있다.

하지만 크리슈나무르티는 인간의 심리 구조는 수백만 년 동안 전혀 변하지 않았고, 증오와 두려움과 온화함의 기묘한 혼합물로 살아왔다고 말한다. 그는 이 낡은 정신의 완전한 혁명을 촉구한다. 이러한 내적 혁명은 배울 수 있는 것이 아니다. 크리슈나무르티는 자신에게서도 배움을 구하지 말라고 한다. 모든 권위를 거부하고, 권위를 거부하라는 가르침까지도 거부하라고 한다. 또 외적 권위만이 아니라 체험, 지식, 이념, 관념으로 이루어진 내적 권위를 거부해야 한다고도 말한다. 어제의 죽은 권위가 오늘의 생생한 삶을 해치기 때문이다.

이런 변화가 가능할까. 우리 각자가 내적 혁명을 이루는 것을 통해 다른 사회에서 살아가는 것이 가능할까. 사회는 개인들의 집합을 넘어 그 고유의 속성을 갖는다. 이런 측면에서 사회문제의 해결 방안을 개인 각자에게서만 찾는 것은 '사회적인 것'의 실체를 부정하는 일이다.

그러나 변화를 시작해야 한다면 어디선가 출발해야 한다. 개인의 변화는 분명 그 출발점일 수 있다. 크리슈나무르티는 즉각 있는 그대로의 자신과 '대면'하기를 촉구한다. 어디 동굴에 들어가 명상을 하라는 의미가 아니다. 있는 그대로의 지금의 나는 다른 사람들, 사물들, 생각들과의 관계에서 존재한다. 그런 현존의 나를 대면해야 한다는 뜻이다.

크리슈나무르티는 먼저 두려움으로부터의 자유를 이야기한다. 그는 두려움을 낳는 경쟁적 교육을 받으며 부패하고 우매한 세계에 살 때 우리는 두려움에 눌리게 된다고 말한다. 그가 예를 들고 있듯 우리는 직업을 잃을까, 다른 사람이 나를 어떻게 생각할까, 가족을 잃지 않을까 같은 수많은 두려움에 둘러싸여 살아간다. 그러면서도 두려움을 은폐하고 그로부터 도피하는 네트워크를 만들며 살아간다.

하지만 두려움은 피하려 하면 할수록 더 강하게 돌아온다. 마음의 심층은 앞으로 일어날 일에 대해 생각하고, 과거의 어떤 것이 나를 집어삼키지 않을까 걱정한다. 그래서 크리슈나무르티는 어떤 것을 즉각적으로 대면할 때, 마음이 완전히 현재에 살 수 있을 때 두려움은 없다고 말한다.

자유란 마음의 상태를 말한다. 어떤 것으로부터의 자유가 아니라 자유 의식, 모든 걸 회의하고 질문하는 자유이며, 따라서 아주 강렬하게 집중적이고 능동적이며 활기에 차 있기 때문에 그것은 모든 의존, 예속, 순응, 수락을 내던진다.

자유는 무엇인가로부터의 자유로 충분하지 않다. 자유는 무엇에도 예속되지 않은 채 생생히 현재를 사는 마음의 상태다. 듣기만 해도 속 시원한데 과연 그런 자유를 얻을 수 있을까. 더군다나 오십을 넘은 나이이고 보니 잡다한 경험들로 이루어진 '어제의 짐들'은 점점 더 무거워진다. 이제 무거운 마음은 새로운 변화보다 익숙한 것에서 편안함을 찾는다.

크리슈나무르티는 무거운 삶의 짐을 진 우리를 위로하

기는커녕 스스로가 만든 '모든 이미지와 체험에 대해 매일 죽을 때'에만 우리는 자유로울 수 있다고 말한다. 그 정도의 변화를 일으킬 자신은 없다. 무엇이 귀한 줄은 알겠다. 조금이라도 자유롭게 살아가려면 오래 짊어지고 왔던 익숙한 생각에 의문을 품고, 늘 현재에 생생히 살아 있어야 한다. 그러려면 그동안 묵은 체험, 지식, 이념, 관념을 가지고 현재를 들여다보는 것이 아니라 현재를 가지고 그것들을 들여다봐야 한다.

진리란 생생하게 살아 있는 우리 자신이다. 이것이 크리슈나무르티가 주는 위안이다. 생생하게 살아 있기만 하다면, 늙었거나 젊었거나 상관없이 우리 자신이 진리의 입구라는 말이기 때문이다. 그러니까 마음이 몹시 힘든 날, 지나온 삶이 후회스럽고 다가올 삶이 몹시 불안할 때, 나의 현재에서 답을 찾아봐야 한다. 시간의 더께를 벗고 편견과 고집을 내려놓은 자유로운 눈으로, 오래전 대학에 입학할 때 많은 걸 배우되 그로부터 구속받지 않겠다던 그 태도로, 초등학교 소풍에서 보물찾기를 하던 그런 마음으로.

행복해지고 싶은

마음이 들 때면

'행복의 정복'이라니. 암만 행복해지고 싶어도 이건 아니지 않나 싶게 허풍스러운 제목이다. 저자는 유명한 버트런드 러셀이다. 수학자, 철학자, 문필가, 사회운동가로 노벨문학상까지 받은 인물 아닌가. 어쨌거나 제목의 당당함에 끌려 책을 샀다. 이 책을 읽으면 행복을 정복할 수 있다고 믿어서가 아니라 행복해지고 싶은 마음으로 샀다. 그만큼 행복해지고 싶었다. 그러니까 그때의 나는 행복하지 않았다.

읽다 그만두기를 반복하다 결국 다 읽지 않고 책꽂이 구석에 처박아두었다. '이런 부류의 여성들은', '정신적으로 노예나 다름없는 여성들' 같은 표현들을 마주하면 이 백인 영국인 남자의 말을 들을 필요가 있나, 최소한 21세기의 여성 보라고 하는 말은 아니구나 하는 마음이 들어서였다. 그러다 몇년 후, 몹시 행복해지고 싶었던 건지 다시 책을 집어 들었다.

러셀의 남성중심적 시각은 여전히 마음에 들지 않았다. 그러나 그가 독자의 행복에 관심을 두었던 진심은 어느 정도 새롭게 다가왔다. 러셀은 '행복이 무엇인가' 같은 추상적 개념을 분석하려는 게 아니었다. 불행을 일으키는 것들에 둘러싸여 살아가는 보통 사람들이 어떻게 하면 행복에 이를 수 있는지를 이야기하려고 했다. 그렇게 읽다 보니 그의 이야기에 귀 기울일 만한 점들이 다시 보였다.

러셀은 불행으로 고통당하는 많은 사람이 바람직한 방향으로 노력하기만 하면 충분히 행복해질 수 있다고 말한다. 『행복의 정복』은 그 길을 안내한다. 달콤한 위안이 아니다. 러셀은 아픈 곳을 콕콕 찌르며 행복을 원하는 것부터 하라고, 행복을 원하면 당장 뭐라도 시작하라고 권한다. 『행복의 정복』은 불행의 원인에 대한 이야기부터 시작한다. 그리고 각각 다르면서 유사하기도 한 불행에서 벗어나기 위한 해법들을 제시한다.

러셀은 자기 자신에게 과도하게 몰입한 사람은 행복할 수 없다고 말한다. 이런 사람은 외부로 관심을 돌려야 한다. 외부에 대한 관심이 '나'를 활동하게 하고 권태에서 벗어나게 해줄 수 있기 때문이다. 또 러셀은 이 세상에 보람 있는 게 없다고 생각하며 자신의 불행을 자랑거리로 여기는 사람들을 주목한다. 이런 사람들은 자신이 지적으로 우월할 뿐만 아니라 통찰력 있는 존재라 여겨 염세주의의 시선으로 세상을 바라보며 삶은 헛된 것이라 이야기하고 세상의 불쾌한 특징에 집착한다.

불행과 행복이 개인만의 문제는 아니다. 러셀이 보기에 '경쟁의 철학'으로 오염된 세상이 일과 여가 모두를 망치고 있다. 생존을 위한 경쟁은 기실 성공을 위한 경쟁이다. 성공은 행복의 한 가지 요소에 불과하다. 나머지 요소들을 모두 희생한다면 행복에서 멀어진다. 삶을 승부로만 보게 되면 감성과 지성을 포기하고 의지만을 키우게 된다. 의지와 경쟁으로 가득 찬 현대판 공룡들은 행복한 삶을 누리지 못하기 때문에 멸종될 운명에 처해 있다.

러셀이 『행복의 정복』을 발표한 것은 1930년이다. 그 당시의 영국과 지금 여기가 크게 다르지 않다는 점만으로도 이런 지적이 내겐 놀랍다. 러셀은 일과 여가 모두에서 끊임없이 탈진하는 이 병을 고치기 위해선 건강하고 조용한 즐거움을 인생의 이상형의 하나로 받아들여야 한다고 조언한다. 권태를 견딜 수 있는 힘은 행복한 삶에 필수적이고, 사람은 어린 시절부터 단조로운 삶을 견디는 능력을 키워야 한다.

심리적인 문제도 중요하다. 정신적 피로는 행복을 방해한다. 해법은 있다. 자기중심적 사고에서 벗어나면 자신이 세상에서 그리 큰 부분을 차지하지 못한다는 것을 알게 된다. 자아를 넘어선 것에 자신의 생각과 희망을 집중할 수 있는 사람은 일상의 걱정에서도 평화를 얻을 수 있다. 걱정은 최악의 경우를 생각하고 일어날 수 있는 불행을 직시하면 줄일 수 있다. 두려움은 피하려고 하면 더 심해진다. 이성적으로 침착하게 생각함으로써 물리칠 수 있다. 피로는 자극에 집착하지 않음으로써 해결할 수 있다.

질투 역시 불행의 원인이다. 질투하는 사람은 자신이 가진 것에서 즐거움을 얻지 않고 다른 사람이 가진 것을 보며 괴로워한다. 성자들처럼 욕망을 버릴 수 없는 평범한 사람이 질투를 치료할 수 있는 유일한 방법은 행복이다. 또 어린 시절에 주입된 불합리한 도덕에 따른 죄의식도 행복을 해친다. 해법은 이성에 근거한 합리적 판단과 그에 대한 믿음이다.

행복을 해치는 것에는 피해망상도 있다. 피해망상에서

벗어나기 위해선 진짜 동기를 점검하고, 자신을 과대평가하지 않아야 한다. 또 남이 나만큼 나 자신에게 관심이 있다고, 사람들이 자신을 해치고 싶을 만큼 자신에게 골몰해 있다고 상상하지 않아야 한다.

이처럼 불행의 원인은 너무 많다. 그동안 살아오면서 내가 이걸 다 피해왔을 리가 없다. 당장 자신에게 몰입하는 사람은 행복할 수 없다는데 이십 대와 삼십 대를 지나고부터는 활동 반경이 점점 좁아졌고 새로운 것에 대한 관심도 줄어들었다. 외부와의 소통을 자꾸 놓치고 더 내면으로 향하게 되었다. 경쟁을 부추기는 세상에 맞설 건강하고 조용한 즐거움을 갖고 있느냐 하면, 그것도 자신 없다. 행복을 목표로 살기에는 해내야 할 일들이 많았고, 마음의 평화는 쉽게 흔들렸다.

러셀에게 행복의 해법은 분명하다. 자신에게 빠져들지 말고 열정과 관심을 바깥 세계로 돌리는 것, 그래서 권태에 빠지지 않고 활기 있는 삶을 사는 것이다. 이걸 젊었을 때 알았으면 좋았을까. 그런데 젊었을 때라면 『행복의 정복』을 차분히 읽지 않았을 것이다. 삶에 대한 열정과 폭넓은 관심을 잃지 않으려면 어떻게 해야 할지는 깊게 생각해보지 않았을 나이니까.

그리고 그건 러셀도 마찬가지 아니었을까. 그는 사춘기

때 늘 자살할 생각을 품고 있었다고 고백한다. 그가 『행복의 정복』을 발표한 건 쉰여덟 살 때였다. 그렇다면 불행과 행복의 원인은 러셀이 오십팔 년을 살면서 마침내 깨달은 결론이 아닐까. 그래서 현재의 내가 공감하게 되는 것 아닐까. 그런 의미에서 『행복의 정복』은 꺾어진 백 년을 살아버린 지금, 당장 행복하려면 어떻게 해야 할까에 도움을 받기 위해 읽는 게 좋겠다.

러셀에게 행복의 원인은 불행의 원인을 뒤집어놓은 것이다. 행복을 구하는 것에 앞서 불행에서 벗어나야 한다는 것이, 나처럼 불행할지도 모른다는 생각에 사로잡힌 이에게 더 설득력이 있다. 어떤 책이든 그 모든 내용을 받아들일 필요는 없다. 내게 가장 와닿은 것은 자신에게 과도하게 몰입한 사람은 불행하다는 러셀의 충고다. 자기 사랑이든 연민이든 미움이든 이제는 벗어나야 하는 건 아닐까. 이것 하나만이라도 당장 시작해봐야겠다.

있는 그대로의

나를 받아들이기

인생에서 용기가 중요한 덕목일까. 용기는 신화 속 영웅들에게나 중요한 덕목 아닐까. 평범한 시민인 나와는 거리가 멀어 보인다. 게다가 이 나이에 용기를 들먹이는 것도 적절해 보이지 않는다. 오히려 용기가 필요 없는 삶을 살고 싶다. 용기를 내지 않아도 잘 살아지는 편이 중년 이후의 삶엔 더 좋지 않을까.

그런 나에게 생각의 전환을 가져다준 책이 있다. 기시미 이치로와 고가 후미타케의 『미움받을 용기』(2013)에서 용기는 중요한 덕목이다. 행복해지기 위해서는 용기가 필요하다. 책은 '철학자'와 '청년'의 대화로 이루어져 있다. 여기서 아들러 심리학을 공부한 저자 기시미 이치로가 철학자로 등장한다. 청년은 '인간은 변할 수 있고 세계는 단순하며 인간은 누구나 행복할 수 있다'는 철학자의 주장에 반박하기 위해 그를 찾아간다.

청년은 어린아이에게나 세상이 단순하지 어른이 되면 복잡한 인간관계, 수많은 책임, 온갖 사회문제에 둘러싸여 살게 되지 않느냐고 묻는다. 철학자는 인간은 객관적 세계가 아니라 스스로 의미를 부여한 주관적인 세계에 산다고 답한다. 세계가 복잡한 게 아니라 '나'가 세계를 복잡하게 보고 있으며, 필요한 건 세계를 정면으로 바라볼 수 있는 '나'의 용기라는 것이다.

철학자의 말은 행복이 마음먹기 나름이라는, 하나 마나 한 말과 다를 게 없다. 책 전체는 이에 대한 청년의 반박과 수긍으로 나아간다. 철학자는 청년에게 아들러 심리학을 전한다. 프로이트의 이론이 과거의 사건이 현재의 삶을 규정하는 결정론이라면, 아들러의 이론은 과거의 경험에 어떤 의미를 부여하는지에 따라 삶이 정해지고, 스스로 형성되는 것이라는 목적론이다.

프로이트와 아들러의 차이는 몇 년 동안 자기 방에 틀어박혀 지내는 청년의 친구를 해석하는 데서 극명히 나타난다. 청년은 친구가 과거에 겪은 고통 때문에 밖으로 나오지 못하는 것이라고 생각한다. 철학자는 그 친구는 두려워서 밖으로 나가지 못하는 게 아니라 바깥에 나가지 않으려는 목적으로 불안과 공포 같은 감정을 지어냈다고 설명한다.

청년은 터무니없는 말이라며 화를 낸다. 그러면서 자신이 스스로를 싫어하는 것은 대체 무슨 목적인지를 묻는다. 철학자는 청년이 불행한 것은 스스로 불행한 상태를 선택했기 때문이라고 답한다. 그 답을 듣는 순간 도저히 화를 참을 수 없어 자리에서 벌떡 일어난 청년에게 철학자는 인간의 성격이나 기질은 '생활양식'이며 스스로 선택한 것이라고 덧붙인다.

살아왔던 대로 살아가는 건 편안하다. 만족스럽거나 완벽한 삶은 아니지만 그런대로 예측 가능한 삶이다. 익숙한 생활양식을 버리고 새로운 생활양식을 택한다면 무슨 일이 생길지 모르는 불안한 삶을 살아야 한다. 그래서 변화에는 용기가 필요하다. 철학자는 아들러 심리학이 바로 '용기의 심리학'이라고 말한다. 철학자는 아들러의 목적론이 지금까지의 인생에 무슨 일이 있었든지 간에 앞으로의 인생에는 아무런 영향이 없다는 주장이며, 인생을 결정하는 건 '지금, 여기'를 사는 청년 자신이라고 설득한다.

철학자는 청년이 자신의 단점에만 주목해 스스로를 싫어하는 건 인간관계에서 상처받는 것을 지나치게 두려워하기 때문이라고 지적한다. 열등 콤플렉스는 생활양식을 바꿀 용기가 없어서 이 열등감을 변명거리로 삼는 도착적 상태다. 우월 콤플렉스는 권위의 힘을 빌려 자신을 포장하는데, 스스로에 대한 믿음이 없으니 열등감과 다름없다. 또한 '불행 자랑' 같이 자신의 불행을 특별해지기 위한 무기로 휘두른다면 그 사람은 불행을 영원히 필요로 할 수밖에 없다는 것이다.

그렇다면 행복한 삶이란 무엇일까. 이에 철학자는 먼저 '인정욕구'에서 벗어나라고 말한다. 철학자에 따르면, 인간은 공동체에 유익한 존재라는 것을 느끼게 되면 자신의 가치를 실감하게 된다. 그래서 상대에게 인정을 받아 자신이 가치 있는 존재라는 것을 느끼려고 하는데, 문제는 이러한 인정욕구에 사로잡히면 자유를 잃는다는 것이다. 자유를 잃은 자리에서 행복할 순 없다. 그래서 때로는 '미움받을 용기'가 필요하다는 것이다.

『미움받을 용기』는 인정욕구를 대신해 자신의 가치를 찾기 위해 필요한 것으로 우선 '자기수용'을 제시한다. 자기수용이란, 있는 그대로의 나를 받아들이고 바꿀 수 있는 건 바꾸는 용기를 내는 것이다. 여기에 도달하면, 설령 타인이 나를 배신하더라도 그것은 어디까지나 타인의 일인 만큼 나는 이와 무관하게 타인을 신뢰할 용기를 가질 수 있다. 그렇게 되면 타인과 친구가 될 수 있고, 여기 있어도 좋다는 소속감, 타인의 삶에 기여할 수 있다는 공동체 감각을 가질 수 있게 된다.

『미움받을 용기』는 상당한 기간 베스트셀러 1위를 차지했다. 인간관계로 고민했던 많은 사람이 읽었고, 지금도 읽을 것이다. 그런데 인간의 모든 고민이 인간관계에서 비롯된다는 철학자의 주장은 과도한 것으로 보인다. 고민이란 마음속으로 괴로워하고 애를 태우는 것이다. 진학이나 취업 실패, 실업이나 금전적 위기, 무엇보다 살아가면서 겪는 생로병사에 대한 고민이 인간관계에서만 비롯되진 않기 때문이다. 지나친 주관주의도 마음에 들지 않는다. 인간이 객관적 세계가 아니라 자신이 만든 주관적 세계에서만 산다는 것을 개인적으로 동의하지 않기 때문이다.

그럼에도 『미움받을 용기』를 읽고 난 다음 이 책을 그냥 지나칠 수만은 없었다. 왜일까. 그 까닭은 인정욕구에 있었다. 나는 어떤 인정욕구를 갖고 살아온 걸까. 아내와 엄마로서의 인정욕구가 언젠가부터 나의 정체성이었던 것은 아닐까. 아마 그럴 것이다. 철학자의 말대로 나는 인정욕구와 자유를 맞바꾼 건 아닐까. 자유를 상실한 그곳에서는 행복할 수 없다는 철학자의 말이 아프게 다가왔다.

그렇다면 현재 그 자유는 무엇일까. 자유로운 행복을 얻기 위해, 바람직한 공동체 감각을 갖기 위해 철학자는 있는 그대로의 나를 인정하는 자기수용을 강조한다. 그런데 있는 그대로의 나란 무엇일까. 나의 성격일까, 마음일까, 아니면 능력일까. 아니, 나는 오래전에 나의 모습을 잃어버려 그것이 무엇인지도 모르는 건 아닐까.

앞으로 남은 인생에서 가장 중요한 건 나 자신을 찾아가는 것이 아닐까. 내게 지금 필요한 건 미움받을 용기 이전에 나를 찾아가는 여행이란 걸 깨닫게 되었다. 나를 찾아가는 여행, 이 나이에도 마음을 설레게 하는 말이다.

떠나지 않으면

한 걸음도 못 간다

마음이 또 수수밭을 지난다. 머위잎 몇 장 더 얹어 뒤란으
로 간다. 저녁만큼 저문 것이 여기 또 있다.
　개밥바라기별이
　내 눈보다 먼저 땅을 들여다본다
　세상을 내려놓고는 길 한쪽도 볼 수 없다
　(……)
　이 세상에 없는 길을
　만들 수가 없다. 산 옆구리를 끼고

절벽을 오르니, 천불산千佛山이
몸속에 들어와 앉는다.
내 맘속 수수밭이 환해진다.

"마음이 또 수수밭을 지난다." 천양희의 시집『마음의 수
수밭』(1994)에 실린 시「마음의 수수밭」은 이렇게 시작한다.
수십 년간 책꽂이에 꽂혀 있었는데 낡고 해진 데다 어디서 어
떻게 처음 읽었는지 기억나지 않는다.

이십 대의 내가 '마음의 수수밭'을 이해했을까. 선물받
은 책인가 해서 앞 장을 보니 섭섭하게 아무 말도 적혀 있지
않았다. 그 시절의 친구들은 생일이면 시집을 선물했다. 생일
을 핑계로 술을 진탕 마시고 집에 들어와 침대에 누워 표지를
열면 거기에 다정한 축하 인사가 적혀 있었다. 그리고 몇 장
을 휘적휘적 넘기다 보면, 친구가 하고 싶은 말, 나누고 싶은
감정이 우수수 쏟아졌다.

"마음이 또 수수밭을 지난다"는 말에 붙들려 선 채로 시
집을 읽어가는 건 지금이다. 이미 오십 년을 살아버린 사람에
겐 지나온 수수밭들이 두서없이 떠오른다. 시에서 개밥바라
기별이 나왔다니 저녁인 듯싶다. 키 크고 빽빽이 자란 수수밭
이 내게는 쓸쓸하고 황량한 풍경이다. 어느새 나이가 이만큼

들고 보니 마음이 문득 쓸쓸하고 황량할 때가 있다는 것, 그리고 살다 보면 그럴 때가 종종 닥친다는 것을 알고 있다.

이 시집이 나온 1994년에 시인의 나이는 오십 대 초반이었다. 오십 대의 나는 이제야 그 마음을 알 수 있을 것 같다. 수수밭이 뜻하는 건 바로 휑하니 찬바람이 부는 쓸쓸한 마음이다. 나 역시 마음이 수수밭을 지날 때면 이 길을 헤쳐나갈 수 있을지 막막하기만 했다. 그럴 때면 책을 읽고 친구를 만나고 규칙적으로 운동을 하며 하루하루 해야 할 일들을 다소 미련스럽게 해나갔다. 그러다 보면 서서히 삶의 감각이 돌아와 있었다.

"세상을 내려놓고는 길 한쪽도 볼 수 없다"라는 시구처럼 세상을 멀리하고 자기 안의 어두움으로 숨어드는 건 답이 아니다. 시인은 머리를 흔들고 산을 본다. 거기에 싱싱하고 푸른 하늘의 자리가 펼쳐 있다. 그는 혼자가 아니다. 푸른 것들이 올라가라고 어깨를 치고 솔바람이 부추긴다. 시인은 "이 세상에 없는 길을 만들 수가 없다"고 말한다. 그래서 이 세상에 있는 길을 오른다.

돌아보면 내게 길이 보이지 않는 것은 고통과 괴로움이었다. 고통과 괴로움은 다르다. 고통이 밖에서 오는 것이라면, 괴로움은 그걸 붙잡는 내 마음이다. 삶은 곳곳에 고통을 펼쳐놓는다. 이십 대의 나는 눈앞의 고통을 벗어나면 행복한 삶이 펼쳐질 것이라고 생각했다. 하나의 고통을 건너고 다음 고통을 맞닥뜨리는 순간을 거듭하며 지쳐갔다. 이제 나는 고통 없는 인생은 없다고 생각한다. 마음이 '또' 수수밭을 지날 때 중요한 건 고통을 괴로움으로 만들지 않는 것이다.

그런데 그게 가장 어렵다. 괴로움은 고통에서 빠져나오려고 몸부림치는 상태다. 혹은 고통을 없애려고 내가 스스로를 괴롭히는 상태다. 고통 없는 인생이 정상이라고 생각할 때에는 거기에 새로운 괴로움이 생긴다. 이게 진짜 삶일까. 남들은 다 잘 사는 것 같은데 왜 나만 이렇게 괴로울까. 밖을 내다보기보다는 내 안으로 숨어든다. 때때로 고통을 절대로 마주치지 않으려고 전전긍긍하느라 현재의 삶의 기쁨을 놓친다. 그건 또 다른 괴로움이다.

시인의 방식으로 이야기하면, 마음이 '또' 수수밭을 지나는 것을 받아들여야 한다. 쓸쓸함에서 쓸쓸함으로 이어지는, 고통에서 고통으로 이어지는 삶을 선선히 받아들이는 것, 나는 그것을 수용이라고 생각하기로 했다. 고통을 너그럽게 받아들이고 덤덤하게 길을 나서려고 할 때, "내 마음속 수수밭이 환해진다."

이 시집 마지막에는 문학평론가 김사인이 쓴 발문인 「절

망을 넘어선 시의 표정」이 실려 있다. 김사인은 천양희 시인
의 시 쓰기란 '길에 대한 열망과 모색'이라고 일러준다. 그 길
이 "억울하게 탕진된, 그러나 이제는 돌이킬 수 없어진 그의
생이 안식을 얻을 삶의 길"이라는 김사인의 말이 바로 내 이
야기처럼 뜨끔하게, 그러나 희망처럼 들렸다. 무엇이 시인으
로 하여금 길을 떠나게 하는 걸까.

　시 「새에 대한 생각」의 "사는 게 이게 아닌데" 같은 구절
을 마주하면 가슴이 철렁한다.

　　새장의 새를 보면
　　집 속의 여자가 보인다
　　날개는 퇴하되고 부리만 뾰족하다
　　사는 게 이게 아닌데
　　(……)
　　참을 수 없이 가볍게 날고 싶지만
　　삶이 덜컥, 새장을 열어젖히는 것 같아
　　솔직히 겁이 난다.

　이 자리가 아닌 것 같지만 길을 나서기는 어렵다. 이 자
리가 좋아서가 아니다. 안전하기 때문이다. 그냥 살던 대로 웅

크리고 가만히 있으니 아무 일도 일어나지 않았다. 하지만 여태까지 살던 그대로는 더 이상 살아갈 수 없을 때, 좁은 세계에 갇혀서는 한 걸음도 나아갈 수 없을 때가 찾아온다.

「새에 대한 생각」은 "일어나 멀리 날 때 너는 너인 것이다 / 기어코 너 자신이 되는 것 / 그것이 너인 것이다"로 끝난다. 이 구절은 내가 나로 살기 위해 길을 떠난다고 읽으면 되지 않을까. 원래부터 날개를 가진 새로 푸른 하늘을 훨훨 나는 것 말이다. 그렇게 이 구절을 내 방식대로 읽고 나서 얻게 되는 건 용기다. 이 길을 나서는 게 옳은지, 이 길 끝에 과연 무엇이 있는지를 지금은 따지지 않기로 한다. 일어나 멀리 갈 때 나는 나이고, 그 길의 끝에는 내가 있다고 믿기로 한다. 그러니 망설일 것이 없다.

오십에 이르러 길을 물으며 『마음의 수수밭』을 읽는 까닭이 여기에 있다. 내 마음을 들여다보고 내가 놓인 상황을 돌아보는 것은 길을 묻는 출발로 꼭 필요하다. 또 나아갈 길을 묻는 일이 묻는 것에서 끝나지 않았으면 좋겠다. 나도, 나와 마찬가지로 길을 묻고 있는 길동무들도 길을 묻고 그 길을 찾아 나섰으면 좋겠다. 삶이란 부단히 떠나는 것이 아닐까. 떠나야만 하는 거라면, 두려움 없이 떠나는 용기를 가져야만 하는 건 아닐까.

시 「진로를 찾아서」에 나오는 구절을 작은 소리로 읽어 본다.

비로소 진로란
우리들 생이 그렇듯
비뚤비뚤하거나 비틀비틀한 것이라고
중얼거린다.

가다 보면 반듯하거나 평탄한 길이 아닐 수 있다. 그래도 실망할 건 없다. 일단 떠나지 않으면 한 걸음도 움직일 수 없다. 비뚤비뚤하거나 비틀비틀한 길이라 해도 내가 선택한 소중한 길이다. 이제 망설일 필요가 없다.

삶은

끊임없는 선물을 안긴다

내일은 비가 오지 않기를 바라면서 시간을 보낸다면 헛일을 하는 것이다. 당신의 생각이 비를 그치게 하지 못한다. 언젠가는 당신도 마음속의 끊임없는 지껄임이 아무짝에도 쓸모없는 것임을, 그리고 끊임없이 모든 것에 간섭하고 알려고 하는 그것이 다부질없는 짓임을 알게 될 것이다. 그리고 마침내 문제의 진정한 원인은 삶 자체가 아니라는 것을 깨달을 것이다. 문제의 진정한 원인은 삶을 놓고 벌이는 마음의 온갖 소동이다.

명상가 마이클 싱어가 2007년에 내놓은 『상처받지 않는 영혼』에서 이 문장들을 읽을 때 마음속에 먼저 올라온 건 저 항감이었다.

문제의 진짜 원인이 마음의 온갖 소동이라는 게 맞는 말일까. 생로병사부터 개인적인 문제들까지가 다 마음의 문제라는 건가. 살아간다는 건 온갖 것들과 끊임없이 부딪치는 과정이다. 아프고 늙고 죽는 문제들만 아니라 진학, 취업, 결혼 같은 삶의 경로에서 문제들은 모퉁이를 돌 때마다 튀어나왔다. 그렇게 여기에 이르렀다. 삶이 힘들었을까, 마음이 힘들었을까.

책을 놓을 수 없던 건 "마음속의 끊임없는 지껄임"이라는 말 때문이었다. 하루 종일 마음은 내가 접하는 모든 것들을 설명하고 옛날 일을 들추고 미래를 계획한다. 평상시에는 그럭저럭 그 소리를 다 들으며 지낸다. 그러다 삶의 중요한 문제와 마주하면 그 소리가 점점 더 시끄러워진다.

싱어는 마음속 불안과 두려움의 에너지나 욕망의 에너지가 쌓이면 이 목소리가 극도로 활발해진다고 말한다. 나이를 이만큼이나 먹었는데 후회나 걱정으로 잠을 못 이룬 적이 왜 없겠는가. 이 책을 집어 들었던 때는 특히 마음이 힘들었다. 오래 준비했던 일을 그만두게 되자 앞으로 무슨 일을 해야 할지 막막했다. 지나간 시간이 모두 낭비인 것만 같았고, 후회가 일어 앞으로 나가지 못했다. 싱어가 말한 "마음속의 끊임없는 지껄임"이 무슨 말인지 알 것 같았다.

사는 데는 두 가지 길이 있다. 안전한 지대에 머물기 위해 삶을 바칠 수도 있고 자유를 위해 노력할 수도 있다. 바꿔 말하면, 평생을 당신의 한정된 틀 속에다 매사를 끼워 맞추는 일에다 바칠 수도 있고 그 틀로부터 자신을 해방시키는 데에 바칠 수도 있다.

지나고 보니 괴로움은 삶이 내게 들이민 문제 때문만은 아니었다. 후회에 붙잡혀 지나간 시간에 갇혀 있는 마음에도 분명 문제가 있었다. 싱어가 강조한 것도 삶보다 마음이 중요하다는 게 아니었다. 마음속 지껄임에서 벗어나 자유로운 삶을 살 방법이 있다는 것이었다. 마음속 지껄임은 우리 삶을 있는 그대로 경험하는 것을 막는다. 삶을 놓고 마음이 소동을 벌일 때, 바로 그 마음을 들여다보고 영혼을 돌봐야 한다.

마음이 끊임없이 지껄이는 건 어쨌거나 나를 위해서다. 잘 모르는 길에 선뜻 발을 들여놓을까 봐 이전의 실패들을 떠올리게 하고 혹시 모를 위험을 경고한다. 싱어는 마음이 과거에 대한 견해와 미래에 대한 전망에 맞춰 현실을 조작하고,

있는 그대로의 현실에 대한 완충작용을 한다고 말한다. 그래서 우리의 의식은 현실 그 자체가 아니라 마음이 만들어낸 현실의 모조품을 경험하게 된다. 다른 이유가 아니라 모든 게 통제되는 느낌이 들도록 마음에 그 일을 맡겼기 때문이다.

마음이 나를 위해 애쓰는 건 알겠는데, 그 마음에 갇혀 있는 삶에는 자유가 없다. 불안과 걱정에 휘둘려 전전긍긍하는 삶을 살고 싶지 않다면 그 '마음의 감옥'에서 벗어나야 한다. 싱어는 진정한 성장을 하려면 '나'가 곧 마음의 소리가 아님을 깨달아야 한다고 말한다. 나는 내 마음의 소리를 듣는 자다. 마음이 끊임없는 걱정을 늘어놓을 때 그 걱정을 관찰할 수 있는 '참나眞我'가 바로 나다. 싱어는 이러한 나를 발견함으로써 결국 나를 해방시킬 수 있다고 이야기한다. 과연 그럴 수 있을까.

삶이 내 마음대로 되는 것이 아님을 깨닫고 받아들여라. 삶은 끊임없이 변화해가고, 그것을 통제하려고 해서는 결코 삶을 온전히 살 수 없을 것이다. 당신은 삶을 사는 대신 두려워하게 될 것이다.

싱어는 끊임없이 지껄이는 마음에 빼앗긴 우리 삶을 되

찾아야 한다고 말한다. 그가 제시하는 해법은 간단하다. '지금, 여기'의 삶을 살라는 것이다. 이제까지 마음공부, 명상, 힐링에 관한 많은 책에서 읽었던 말이다. 그런데 무슨 뜻인지 잘 몰랐다. 하지만 이 책을 읽으면서 마음이 끊임없이 지껄인다는 걸 깨닫게 되자, 내가 '지금, 여기'의 삶을 제대로 살고 있지 않다는 걸 알게 되었다. 이를테면 점심으로 된장찌개를 준비한다고 치자. 냄비에 물을 받아 멸치로 육수를 내는 동안, 월말이 되었으니 공과금을 내야겠네, 파를 안 사왔잖아, 저녁엔 뭐를 해 먹을까, 계란말이를 하기엔 계란이 모자라네 같은 수만 가지 생각들이 오간다.

그런데 한편으로 '지금, 여기'에만 주목하는 게 잘 사는 건지 의심스러웠다. 미래의 좋은 결과를 얻기 위해선 현재의 희생이 필요한 게 아닐까. 성적을 잘 받으려면, 대학에 들어가려면, 직장에 취직하려면, 안락한 노후를 보내려면 지금 하고 싶은 것을 다 하면서 살아서는 안 되는 게 아닐까. 나의 현재는 내내 이런 미래에 대한 걱정에 눌려 있었다.

마음이 끝없이 과거와 미래를 오가는 동안 된장찌개를 홀랑 태워 먹었다면 밥을 잘 차려 먹을 수 없다. 재료 사는 일을 까먹은 걸 계속해서 곱씹고 저녁 식단을 걱정하는 것보다 눈앞의 된장찌개를 잘 끓이는 게 낫다. 파를 살 때는 파에 집중하고, 찌개를 끓일 때는 찌개에 집중하는 게 좋다. 그렇게 매 순간 정성을 다하면 모든 끼니가 풍성해질 것이다. 오랫동안 현재와 미래를 양자택일로 생각했다. 이제는 좋은 현재가 쌓여 좋은 미래가 될 것이라고 믿기로 한다. 남아 있는 삶을 생각하면 미래에 내줄 현재가 풍족하지도 않다.

당신은 다만 삶이 당신에게 선물을 주고 있으며, 그 선물이란 당신의 탄생으로부터 죽음에 이르는 동안 일어나는 사건들의 흐름임을 깨달아야 한다.

싱어는 삶의 사건들을 선물이라고 말한다. 삶은 내게 끊임없이 선물을 안겼다. 어떤 선물은 기쁨을 주고 어떤 선물은 고통을 주었다. 그 선물을 여전히 덥석 받아들지는 못한다. 나의 마음은 이 선물이 좋은 건지 나쁜 건지부터 따지고, 선물을 받아들며 무게에 휘청거린다. 앞으로의 삶에서는 이 모든 선물을 조금은 용감하게 받아보고 싶다. 그게 남은 삶을 위한 최선일 것이다.

행복을 이끄는

삶의 지혜

자아의 신화를 이루어내는 것이야말로 이 세상 모든 사람들에게 부과된 유일한 의무지. 세상 만물은 모두 한 가지라네. 자네가 무언가를 간절히 원할 때 온 우주는 자네의 소망이 실현되도록 도와준다네.

작가 파울로 코엘료가 1988년에 내놓은 『연금술사』의 한 구절이다. 이대로 믿을 수 있으면 참 좋겠다. 하지만 삶은 '자아의 신화'를 찾는 것같이 그럴듯한 게 아니라 고된 의무를 부과했다. 세상일이 참 뜻대로 안 되던데 간절히 원하면 온 우주가 도와준다니, 간절하지 못했던 나 자신을 탓해야 하는 걸까.

『연금술사』는 양치기 소년 산티아고가 보물을 찾으러 가는 이야기다. 꿈속에서 한 아이가 나타나 한동안 양들과 놀다가 대뜸 산티아고를 이집트의 피라미드로 데려간 뒤 이곳에 오게 된다면 숨겨진 보물을 찾게 될 것이라고 말한다. 산티아고는 같은 꿈을 두 번이나 꾸게 되자 해몽을 잘한다고 소문난 한 노인을 찾아간다. 그 노인의 정체는 살렘의 왕인데 그는 양의 십분의 일을 주면 보물을 찾으러 가는 길을 알려주겠다고 한다. 앞선 인용은 그가 산티아고에게 한 말이다.

산티아고는 선택의 기로에 섰다. 양과 보물, 익숙해진 것과 갖고 싶은 것 사이에 하나를 택해야 했다. 노인이 가르쳐준 건 보물이 있는 곳에 도달하려면 신이 남긴 표지들을 따라가라는 것이었다. 그리고 노인은 표지들을 식별할 때 도움이 될 거라며 산티아고에게 '예'와 '아니요'를 뜻하는 우림과 툼밈이라는 검은색과 흰색의 보석을 선물했다.

산티아고는 양들을 모두 팔고 아프리카로 떠났다. 하지만 피라미드로 가는 길은 쉽지 않았다. 산티아고는 가진 돈을 몽땅 도둑맞은 뒤 크리스털 그릇 가게에 취직했다. 그의 열정으로 가게는 점점 더 흥했다. 산티아고는 일 년여 만에 양을 다시 살 충분한 돈을 모았다.

크리스털 그릇 가게 주인의 꿈은 메카 순례였다. 하지만 그는 꿈을 실현하고 나면 살아갈 이유가 없어질까 봐 두려웠다. 가게를 떠나던 날 산티아고의 가방에서 우림과 툼밈이 떨어졌다. 가게 주인의 삶의 방식이 더 나을지도 모르겠다고 생각하던 산티아고는 오랫동안 잊고 있었던 살렘의 왕을 떠올렸다.

산티아고는 다시 여행에 나섰다. 피라미드로 가기 위해서는 사막을 건너야 했다. 그러다 산티아고는 오아시스에 머무르게 되었는데 그곳에서 파티마를 만나 사랑에 빠졌고, 연금술사를 만났다. 그러던 어느 날, 침입자들로부터 마을을 구한 공을 인정받아 오아시스의 최고 족장에게 고문이 되어달라는 요청을 받았다. 오아시스에서 산티아고의 삶의 기반은 갖추어지는 듯했다. 하지만 연금술사는 충분한 돈을 가졌고, 사랑하는 사람이 있다는 산티아고에게 보물을 찾으러 가라고 충고했다.

산티아고는 다시 선택에 직면했다. 우주의 도움이 있어도 선택은 결국 그가 하는 것이었다. 그의 여정을 중단시키는 것은 고난이라기보다 안락한 삶이었다. 양과 보물, 익숙한 것과 갖고 싶은 것 사이의 선택이었다. 선택이 어려웠던 것은 자아의 신화, 꿈, 보물을 좇는 것이 꼭 행복을 가져다주는 게 아니었기 때문이다. 맨 처음 길을 떠나는 산티아고에게 살렘의 왕이 들려주는 이야기가 있다.

한 상인이 아들을 현자에게 보내 행복의 비밀을 배워오라고 했다. 현자는 그 비밀에 대해 설명하기 전에 기름 두 방울이 담긴 찻숟가락을 건네며 한 방울도 흘리지 말고 저택 구경을 하고 오라고 했다. 두 시간 후 현자는 집 안의 아름다운 집기와 정원을 보았느냐고 물었다. 젊은이는 찻숟가락에 신경을 쓰느라 아무것도 보지 못했다고 고백했고, 현자는 다시 아름다운 것들을 보고 오라고 했다. 구경을 하고 돌아온 젊은이의 숟가락은 비어 있었다. 그때 현자는 이렇게 말했다.

행복의 비밀은 이 세상 모든 아름다움을 보는 것, 그리고 동시에 숟가락 속에 담긴 기름 두 방울을 잊지 않는 데 있도다.

무려 십육 년 전에 읽은 책이다. 한 소년이 꿈을 이루어가는 아름답고 신비로운 이야기라고 생각했다. 그때라면 현자의 말에 이렇게 끌리지 않았을 것이다. 나이 든 지금, 인상적인 것은 주인공이 결국 그 보물을 찾는지에 있지 않다. 보물을 찾으러 나서는 게 옳은 선택인지, 과연 기름 두 방울을 얹은 숟가락을 들고도 아름다운 것들을 볼 수 있는지다.

꿈이 뭐냐는 『연금술사』의 질문은 평범한 일상을 살아가던 내게 아프게 다가온다. 나 자신에게 꿈을 물어본 지가 이 책을 처음 보았던 때만큼 오래된 것 같다. 오십 대의 내게도 꿈이 정말 중요한 문제일까. 이제는 꿈 같은 건 묻지 않고 그냥 살던 대로 살아도 되지 않을까. 그런 생각이 들었을 때 다음 대목이 눈에 들어왔다.

그들은 단지 금만을 구했네. 자아의 신화, 그 보물에만 집착했을 뿐 자아의 신화를 몸소 살아내려고 하지 않았지.

왜 어떤 연금술사는 성공하고 어떤 연금술사는 실패하는지에 대해 묻는 산티아고에게 연금술사가 답한 말이다. 자아의 신화를 구하는 법은 자아의 신화를 좇는 데만 있지 않다는 의미일 것이다.

신학교를 다니던 산티아고는 신부가 되는 길을 포기하고 드넓은 세상을 보는 걸 선택했다. 그의 아버지가 돈 없이 여행하는 사람은 양치기밖에 없다고 했기에 산티아고는 양치기가 되었다. 그때 산티아고에게 자신의 존재 의미는 여행이었다.

여행의 의미가 보물이 있는 목적지에만 있었을까. 그곳에 이르기까지 펼쳐진 드넓은 세상 역시 여행의 목적지들이었다. 그는 도착한 곳이 어디든지 마음을 열고 진심으로 임했다.

이제 '자아의 신화를 몸소 살아내는 것'이 무엇인지 어렴풋이 짐작한다. 보물을 찾는 것은 자아의 신화에서 부분일 뿐이다. 자아의 신화를 몸소 산다는 것은 양을 키울 때는 열심히 양을 키우고, 그릇을 팔 때는 열심히 그릇을 팔고, 사막에 도달해서는 열심히 사막에서 사는 것이다. 그리고 선택의 순간을 마주할 때는 숟가락에 놓인 기름 두 방울을 잊지 않는 것이다. 산티아고가 보물을 찾은 것은 스스로의 꿈을 잊지 않아서다.

『연금술사』에는 여러 다른 사람의 이야기가 나온다. 꿈이 실현되는 게 두려운 크리스털 가게 주인, 꿈을 실현할 능력이 있다는 걸 모르는 팝콘 장수, 자신의 꿈을 절대 믿지 않는 백부장 등 희망 없는 인생을 사는 사람들이 그들이다. 우주가 나서더라도 두 방울의 기름을 잊은 사람은 도와줄 수 없다.

현자의 가르침처럼, 이 세상 모든 아름다움을 보되 기름 두 방울을 간직할 것, 자신에게 닥친 운명에 충실하되 꿈을 잊지 않을 것, 이게 코엘료가 전하고 싶었던 삶의 연금술 아니었을까.

아무래도 나는 어딘가에 흘린 기름 두 방울을 다시 채워야 할 것 같다. 앞으로 남은 인생에서 내게 소중한 꿈이 무엇인지를 찾아봐야겠다. 젊었을 때 품었던 꿈은 잃어버렸다고 해도 삶에서 꿈이 꼭 하나여야만 하진 않을 테니 새로운 용기를 갖기로 마음먹는다.

마음에도 필요한

근육

누구나 살면서 좋은 일만 있기를 바란다. 불가능한 소원이다. 이만큼 살다 보니 그럴 수 없다는 걸 안다. 그러니 차선으로 좋지 않은 일을 겪더라도 잘 이겨내길 바랄 수밖에 없다.

커뮤니케이션 학자 김주환이 2011년에 낸 『회복탄력성』 표지에는 '시련을 행운으로 바꾸는 마음 근력의 힘', '역경을 통해 성장하는 사람들의 비밀' 같은 글귀들이 적혀 있다. 시련을 행운으로 바꿀 수 있고, 역경을 통해 성장할 수 있다니, 더 바랄 게 없다. '회복탄력성'이란 말에 사로잡힌 까닭이다.

회복탄력성은 '탄력', '회복력' 등을 뜻하는 'resilience'의 우리말 번역어다. 김주환이 어려움에서 적응적 상태로 다시 돌아온다는 의미인 '회복'과 정신적 저항력의 향상, 즉 역경을 딛고 다시 튀어 오르는 성장을 뜻하는 '탄력성'을 합쳐서 옮긴 개념이다.

　강력한 회복탄력성의 기반이 되는 진정한 행복감은 나 자신과 다른 사람에 대한 긍정적 태도에서 오는 것이지 외부적 조건에서 오는 것이 아니다.

　믿어지지 않는다. 행복을 외부적 조건에서 찾는다면 그 조건이 오히려 불행을 가져온다고 김주환은 말한다. 내가 돈이 많아야 행복하다고 생각하면 채워지지 않는 돈 때문에 불행할 것이고, 권력이 많아야 행복하다고 생각하면 채워지지 않는 그 권력으로 역시 불행을 느낄 것이다. 욕망이 원래 그런 것이긴 하다.

　회복탄력성을 약화시키는 부정적 정서가 두려움이다. 두려움은 행복의 조건이라고 믿는 것을 얻지 못할까 봐, 이미 가진 것을 잃어버릴까 봐 걱정하는 데서 생긴다. 행복은 성공이나 성취가 가져다주는 게 아니라 내면적 결단에서 오는 것임을 깨달아야 이런 두려움이 없어진다고 김주환은 이야기한다.

행복이 정말 내면적 결단만으로 가능할까. 내면의 결단이 아니라 층층이 쌓인 성공과 실패의 경험으로 행복을 판단할 수 있는 건 아닐까. 내면적 결단과 외적 조건이 결합된 실제의 경험이 아무래도 더 중요할 것 같다. 게다가 이런 발언에 이르면 나의 의심은 더욱 커진다.

위인들은 역경에도 '불구하고' 위인이 된 것이 아니라 사실 역경 '덕분에' 위대한 업적을 이룰 수 있었던 것이다.

우선 이런 주장이 과연 실제에 부합하는지 믿기지 않는다. 설령 부합하더라도 보통 사람에겐 상관없는 일처럼 느껴진다.

김주환은 나같이 의심 많은 사람을 위해 하와이 카우아이섬 종단 연구를 소개한다. 이 연구는 사회경제적 상황이 취약한 카우아이섬에서 1955년 태어난 모든 신생아를 어른이 될 때까지 추적하는 연구였다.

이 연구를 바탕으로 심리학자 에미 워너는 회복탄력성에 대한 주목할 만한 연구를 내놓았다. 워너에 따르면, 고위험군으로 분류된 아이 중 삼분의 일은 특별한 문제를 일으키지 않았다. 무엇이 이 아이들을 역경에도 불구하고 정상적인 삶을 살도록 지켜주었던 걸까. 워너는 그 원인이 회복탄력성에 있음을 발견했다.

워너의 결론에서 특기할 만한 것은 이 회복탄력성에서 인간관계가 핵심적 요인이라는 점이었다. 어려운 환경에서도 제대로 성장해나가는 아이들 곁에는 그 아이를 이해해주는 어른이 적어도 한 명 있었다는 것이다. 아이들은 그 한 사람의 사랑을 바탕으로 자신에 대한 사랑과 자아존중감을 길러가며 바람직한 인간관계를 맺는 능력을 키워나갔다.

『회복탄력성』은 독자들이 자신의 회복탄력성을 측정해볼 수 있는 질문지를 싣고 있다. 저자가 개발한 '한국형 회복탄력성 지수'다. 자기조절능력, 대인관계능력, 긍정성의 오십삼 개 문항으로 구성되어 있다. 자기조절능력은 감정조절력, 충동통제력, 원인분석력으로 이루어져 있다. 대인관계능력은 소통능력, 공감능력, 자아확장력으로, 긍정성은 자아낙관성, 생활만족도, 감사하기로 이루어져 있다.

몇 문항에 답을 적다가 그만두었다. 성적표를 확인하고 싶지 않은 마음이랄까. 아무래도 높은 점수가 나올 것 같지 않으니 회복탄력성을 높일 방법부터 빨리 찾고 싶었다.

김주환은 회복탄력성을 높이는 방법으로 긍정성의 강화

를 제시한다. 긍정성을 강화하면 자기조절능력과 대인관계 능력을 모두 높일 수 있으며, 긍정성을 습관화하면 뇌 자체를 긍정적인 뇌로 바꿀 수도 있다고 한다. 배운 지식 말고 익힌 지식이 '암묵적 지식'인데, 이 암묵적 지식은 '뇌에 새겨지는' 것으로 뇌에 새로운 신경망을 남긴다. 김주환은 삼 개월 정도의 긍정성 훈련을 통해 강한 회복탄력성을 지닌 뇌를 만들 수 있다고 말한다.

『회복탄력성』에서 특히 흥미로웠던 것은 심리학자 다니엘 캐니만의 대장내시경 실험이다. 그는 환자를 두 그룹으로 나눠 한 그룹은 검사를 한 뒤 곧바로 내시경을 제거하고, 다른 그룹은 한참 있다 제거했다. 조사에 따르면 후자 그룹이 검사를 덜 고통스럽게 기억했고, 재검사 의향도 훨씬 높았다. 두 그룹 사이에는 고통에 대한 기억이 달랐다.

다시 말해 경험은 기억에 따라 달라진다. 기억하는 자아, 즉 '기억 자아'는 자신의 경험에 대해 의미를 부여하고 스토리텔링을 하는 자아다. 회복탄력성이 높은 사람은 이 기억 자아가 역경과 고난에 긍정적인 의미와 스토리텔링을 만드는 사람이라는 것이다. 기억이 결국 자아의 의지에 달려 있다는 점을 고려할 때, 회복탄력성 담론은 심리학적 휴머니즘에 가까운 것이라는 생각이 들었다.

나이가 들어 이 회복탄력성이 늘어난 건지 줄어든 건지는 잘 모르겠다. 그래도 예기치 않는 일에 부딪힐 경우 젊었을 때만큼 크게 낙담하지는 않는다. 회복탄력성이 삶에서 획득되는 일종의 내성이라고 한다면, 내게도 약간의 내성이 형성된 것 같다.

김주환은 행복의 기본 수준은 일차적으로 유전적 요인에 의해 결정되지만, 체계적인 훈련을 통해 그 수준을 향상시킬 수 있다고 강조한다. 더하여 우리 머리는 평생 굳어지지 않고, 뇌세포는 팔십 세까지 만들어진다고 격려한다. 아직 늦지 않았다는 의미이니, 기분이 좋아진다.

행복이 외부에서 오지 않는다는 주장은 여전히 100퍼센트 믿지 못하겠다. 하지만 외적 사건은 어차피 통제 불가능한 거고, 비록 어렵더라도 내면적 변화를 통해 행복의 기본 수준을 높일 수 있다면, 그건 좋은 소식이다. 좋은 소식은 토를 달지 않고 있는 그대로 받아들이고 싶다. 젊은 시절에는 없었던 이런 태도가 나의 회복탄력성이 높아진 증거라고 믿는다.

2부

어둠 속에서
희망이 되어준 사랑

이게 정말

사랑일까

나이가 들어도 삶에서 사랑이 중요한 문제일까. 젊었을 때의 사랑이란 상대의 사랑을 확인하고 싶고, 내 사랑이 받아들여졌으면 좋겠고, 지금의 사랑이 영원했으면 싶은 마음에 휘둘리는 정서적 긴장 상태였다. 이런 사랑은 점잖은 중년의 삶과는 거리가 먼 듯싶다. 그렇지만 오십 이후의 삶에도 사랑은 문제다. 더욱 문제다.

사랑은 개인화의 위험에 저항할 수 있는 최상의 이데올로기이기도 하다. 이는 사랑이 다름을 강조하지만 모든 외로운 개인들에게 함께함을 약속해주기 때문이다. (……) 연인들 자신이 입법자이며, 서로에게서 기쁨을 느끼며 자체의 법을 제정한다.

사회학자 울리히 벡과 엘리자베트 벡게른스하임 부부가 쓴 『사랑은 지독한, 그러나 너무나 정상적인 혼란』(1990)의 한 구절이다.

여기서 '개인화'는 개인이 자신의 삶을 결정하고 그 주도권을 갖는 것, 다시 말해 자신의 일대기를 능동적으로 구성하는 것을 의미한다. 오늘날 현대사회를 살아가는 이들의 모습이다. 이 개인화가 순전히 개인의 선택인 것만은 아니다. 그것은 자기 확신과 소비의식의 혼합물이다. 이 개인화는 산업사회의 삶의 방식인 핵가족이 갖는 남녀의 성별 역할로부터의 해방을 의미하기도 한다. 노동시장, 훈련, 이동성 때문에 자기만의 삶을 가지려면 어쩔 수 없이 가족과 인간관계와 우정을 희생할 수밖에 없게 만들기도 한다.

문제는 각자의 '개인화된 일대기'다. 개인화된 일대기는 사랑, 결혼, 가족에 강력한 영향을 미친다. 19세기에 기반을 잡은 산업화는 핵가족의 형성을 조장했고, 핵가족은 '집 안에서의 무보수 노동'과 '집 밖에서의 시장'으로 조직되었다.

따라서 전통적인 핵가족 모델은 '하나의 노동시장 일대기'와 '평생의 가사 노동 일대기'로 이루어져 있었다.

그런데 오늘날 가정은 점차 '두 개의 노동시장 일대기'로 변해간다. 따라서 한 배우자가 직업을 갖고 돈을 벌어오며 다른 한 배우자가 집안일을 하고 정서적 돌봄을 제공하던 핵가족과는 다른 생활 방식이 필요해진다. 이제 모든 것이 타협과 협상의 대상이 되고 전통적인 핵가족 모델은 크게 흔들리게 된다.

개인화 시대를 맞아 남성과 여성은 수많은 가정에서 '실망과 죄의식을 번갈아 치르며 세기의 전투'를 벌인다. '퇴근 후 누가 아이를 데리고 오느냐'부터 시작해 '누가 쓰레기를 버리느냐'에 이르는 익숙한 전투다. 남편과 아내가 나빠서가 아니다. 양성평등은 양성 간의 불평등을 전제하는 제도들 안에서는 이루어질 수가 없기 때문에 함께 살기로 한 사랑하는 사람들이 치사한, 그러나 어쩔 수 없는 전투를 벌이게 되는 것이다.

현대사회가 시작되면서 개인화는 전적으로 남성의 특권이었다. 그런데 19세기 후반 이후 표준적인 여성 일대기도 급격히 변한다. 이제 양성 모두가 옛날의 역할모델과 새로운 현실 사이에서 혼란스러워하고 있다. 여기서 저자들은 심리학자 밀러의 연구를 끌어온다. 밀러에 따르면 1970년대 내담자들이 결혼과 육아로 자기가 얼마나 많은 것을 포기했는지를 자각한 중년 여성인 데 반해 이제 삶에서 충족되지 않는 감정적 욕구를 발견한 성공한 전문직 여성들이 상담을 받고 있다.

『사랑은 지독한, 그러나 너무나 정상적인 혼란』은 서구 사회를 분석한 책이다. 그러나 현재 우리 사회가 겪고 있는 가족의 변화와 크게 다르지 않다. 산업사회의 핵가족 모델을 '정상 가족'으로 보고, 그 외의 다른 가족을 '비정상'으로 보는 건 폭력적 시각이다. 현실과 맞지도 않다.

일인가구는 이미 30퍼센트 대이고, 비혼율은 늘고 있고, 출산율은 계속 낮아지고 있다. 한부모가족, 조손가족, 재혼가족, 성적 결합이 아닌 동거가족 등 다양한 형태의 가족이 점차 늘어나고 있다.

이제 가족이라는 제도는 사라지는 것이 아닐까. 미래는 알 수 없는 일이다. 하지만 현재를 돌아보면 신기하게도 가족은 살아남아 있다.

가족은 내적 고향 상실을 좀더 견딜 만한 것으로 보일 수 있게 만들어주는 피난처가 되었으며, 낯설고 적대적인 것으로 되어가는 세계 속에서 하나의 항구가 되었다.

저자들은 마을공동체 같은 오래된 결속이 의미를 잃어 갈수록 가족과 같은 바로 곁에 있는 결속이 정체성을 찾고 물질적·정신적 안녕을 유지하는 데 더 필수 불가결한 것이 된다고 말한다. 안정적 관계를 가지려는 인간의 욕구는 여전한 셈이다.

오십 이후의 삶에서는 어떨까. 저자들에 따르면, 사회의 변화는 결혼에 있어 중년의 위기를 낳게 된다. 그 까닭은 일반적인 추세로서의 개인화, 특히 여성의 개인화와 기대수명의 연장에 있다. 오스트리아의 경우, 1870년에 결혼한 커플이 평균적으로 이십삼 년 사 개월을 살았다면 백 년 후인 1970년에 결혼한 커플은 사십삼 년을 함께 산다. 또한 늘어난 기대수명에다 자녀 수까지 줄어들어서 여성의 자녀 양육 기간이 짧아졌다. 훨씬 길어진 '빈 둥지 기간'을 갖게 된 것이다.

결국 아이들은 모두 떠날 것이다. 노동의 세계에 속했던 한 배우자가, 또는 두 배우자가 가정으로 귀환한다. 여태까지 전통적인 핵가족의 분업으로 살아왔던 부부라도, 각자 노동 시장에 참여했던 부부라도 이제 과제는 같다. 부부는 새로운 공생의 협약을 맺어야 한다. 달리 말하자면 잘 지내기 위해

서로 노력해야 한다.

그래서 중년의 삶에서 사랑은 여전히 문제다. 아니 더 중요한 문제다. 결혼도, 가족도, 친밀 공동체도 딛고 설 게 결국 사랑일 수밖에 없어서 그렇다.

저자들은 사랑이라는 강력한 힘이 고유한 규칙에 따라 사람들의 기대, 불안, 행동 패턴 속에 자신의 메시지를 새겨 넣는다고 말한다. 사람들은 사랑이 이끄는 대로 결혼하고 이혼하고 또 재혼한다. 또한 사랑은 우리가 자신과 다른 누군가와 접촉할 수 있게 하며, 동시에 살아 있음을 느끼게 해준다고 저자들은 말한다.

당신 평생의 사랑이라고? 그것은 두 사람이 자신들의 인생 전체를 위해서 서로를 그럭저럭 참아낼 때 이루어진다고 나는 생각해.

『사랑은 지독한, 그러나 너무나 정상적인 혼란』을 읽으면서 따로 적어놓은 구절이다. 중년의 사랑에 나름 어울리는 말이다.

로맨스 소설은 연애하고 결혼하는 데서 끝이 나지만 삶은 그 후에도 계속된다. 그러니 결혼 이후의 사랑이 더 중요한 것 아닐까. 사랑이 아니고서야 자신만의 일대기를 써가는 사람들이 어떻게 함께 살아갈 수가 있을까. 세상이란 전장에서 어떻게든 함께 늙어가는 것, 내 몫의 짐을 지고 짐을 진 동반자를 격려하며 함께 걸어가는 것. 중년의 사랑은 이런 애틋한 모습으로 다가오는 것 아닐까.

파괴되더라도

패배하지 않기

소설책에는 줄을 잘 긋지 않는다. 편한 자리에 누워 책장 넘기는 줄도 모르고 읽는 게 맛이다. 감당 못 할 물고기를 쫓던 늙은 어부에 대한 어렴풋한 기억으로 책을 펴들고 소파에 드러누웠다. 그러다 몸을 일으켰다. 줄을 그으려면 아무래도 필기구가 필요했다.

『노인과 바다』(1952)가 이런 이야기였나. 이건 노인도 나도 피할 수 없는 삶에 대한 이야기였다. 생계의 무거움에 대한 이야기, 젊은 날의 추억과 꿈에 대한 이야기, 희망과 후회에 대한 이야기, 자연과 맺는 우정에 대한 이야기, 무엇보다 성공과 실패에 대한 이야기였다. 나중에 다시 읽고 싶은 문장들로 가득했다.

『노인과 바다』는 1940년에 발표한 『누구를 위하여 종은 울리나』 이후 십여 년 만에 어니스트 헤밍웨이의 재기를 알린 작품이었다. 그는 오십삼 세에 발표한 이 소설로 1953년 퓰리처상을 받았고, 1954년엔 노벨문학상을 수상했다.

줄거리는 간단하다. 가난하고 늙은 어부가 바다에 나가 큰 물고기를 잡았다. 작은 배에 묶어 돌아오다 상어들에게 뜯겨 결국 뼈만 남은 물고기를 가지고 돌아왔다. 물고기를 팔아야 먹고사는 가난한 어부에게 물고기 뼈는 아무것도 아니다. 그러니까 이 이야기는 실패에 관한 이야기다.

앙상한 줄거리를 놓고 보면 그렇다. 소설의 맨 첫 문단에서 노인의 배는 영원한 패배의 깃발처럼 보이는 돛을 달고 있다고 묘사된다. 노인은 이미 팔십사 일 동안 물고기를 잡지 못했다. 노인이 다섯 살 때부터 배에 데리고 다니던 소년의 부모는 노인의 운이 다했다고 소년을 다른 배로 보냈다.

하지만 노인은 희망과 자신감을 잃어본 적이 한 번도 없다고 쓰여 있다. 그래서 그는 바다로 나아간다. 그에게 바다는 호의를 베풀거나 거절하는 여성인 '라 마르la mar'였다. 스페인어로 바다를 다정하게 부르는 말이다. 잘나가는 젊은 어부들은 바다를 남성인 '엘 마르el mar'라고 부른다. 그들에게 바다는 경쟁자, 투쟁 장소, 적이라는 의미다.

노인은 낚싯줄을 바다에 정확하게 드리우지만 운이 없어 고기를 잡지 못한다.

누가 알아? 오늘이라도 운이 트일지? 매일매일이 새로운 날인 걸. 운이 있다면야 물론 더 좋겠지. 하지만 난 우선 정확하게 하겠어. 그래야 운이 찾아왔을 때 그걸 놓치지 않으니까.

허세로 보일 만큼 낙천적이다. 그러다가 노인에게 운이 찾아온다. 날치를 향해 덤벼드는 군함새와 만새기 떼를 본다. 경치를 구경하다가 야구 생각도 한다. 그런데 갑자기 수면 위의 찌가 물속으로 꺼진다.

이제부터는 노인과 물고기의 대결이다. 노인은 물고기를 놓치지 않기 위해 낚시에 관한 기술을 모두 동원한다. 온 힘으로 줄을 붙잡는다. 물고기의 요동으로 상처가 나고 손엔 피가 흐른다. 쉽게 끝나는 일이 아니다. 해가 지고 다시 뜨는데 배는 물고기에 끌려가고, 노인은 물고기를 놓치지 않기 위해 줄을 붙들고 있다.

삶의 무게만 한 힘으로 물고기에 끌려가는 배 위에서 노인을 버티게 한 건 무엇일까. 노인은 외롭다. 그 애가 있었으면 좋겠다고 외쳐보지만, 소년은 없다. 노인의 외로움을 달래주는 건, 노인을 버티게 하는 건 바다다. 피어오르는 구름과 날아가는 물오리를 보며 노인은 "바다에서는 그 누구도 결코 외롭지 않다"는 것을 깨닫는다.

노인은 자신감을 불어넣기 위해 젊었을 적의 추억을 떠올린다. 한 술집에서 밤새 이어진 팔씨름을 이겼던 승리의 기억이다. 이제 노인은 배를 끌고 가는 물고기를 친구처럼 느낀다. 자신과 마찬가지로 굶고 있는 물고기가 불쌍하기까지 하다. 그리고 노인은 잠을 잔다. 공중으로 뛰어오르는 돌고래 떼, 자기 집 침대에 누워 자는 것, 길게 뻗은 황금빛 해변, 해변으로 내려오는 사자의 꿈을 꾼다.

바다로 나간 후 세 번째 태양이 떠오르고, 마침내 노인은 엄청나게 큰 물고기를 잡는다. 그럼 이건 성공에 대한 이야기일까. 물고기가 너무 크다. 노인은 물고기를 배에다 묶는다. 노인은 물고기가 자신을 데리고 가는 건지 자신이 물고기를 데리고 가는 건지 혼돈스러워한다.

"하지만 사람은 패배하도록 만들어지지 않았어." 노인은 말했다. "사람은 박살이 나서 죽을 수는 있을지언정 패배를 당하진 않아." 그래도 이렇게 되고 보니 저 물고기를 죽인 게 후회스럽군, 노인은 생각했다.

노인은 오랜 시간 쫓은 물고기를 잡았지만 성공은 잠시뿐이다. 노인의 작살에 맞은 물고기에서 피가 흐르고, 피 냄새는 상어를 부른다. 바다 깊은 곳에서 올라온 상어가 물고기를 공격한다.

노인은 상어가 물고기를 물어뜯을 때 자신이 물어뜯긴 것처럼 느낀다. 노인은 상어를 죽이느라 줄도, 작살도 잃는다. 그래도 남은 물고기를 지키기 위해 마지막 힘을 낸다. 좌절하지 않는다면 패배하지 않는다. 노인은 패배하지 않기 위해 노에다 칼을 묶어 새로 무기를 만든다.

뒤늦게 노인은 물고기를 죽인 것에 대해 후회를 한다. 그는 물고기가 살아 있을 때 사랑했고 죽은 뒤에도 사랑했다. 자신이 살아남기 위해, 많은 사람을 먹이기 위해서라고 해도 물고기를 죽인 건 죄일 것만 같았다. 노인은 물고기를 위해서나 자신을 위해서나 이게 다 꿈이었으면 좋겠다고 바란다.

그러니까 이 이야기는 성공에 대한 것도, 실패에 대한 것도 아니다. 패배하지 않는 것에 대한 이야기다. 노인에게 물고기를 잡은 것이 성공이 아니듯, 뜯어 먹히고 뼈만 남은 물고기를 갖고 집으로 돌아오는 것 역시 실패가 아니다. 성공과 실패는 바다를 경쟁자, 투쟁 장소, 적으로 보는 사람들에게 어울리는 이야기다. 노인은 다만 어부로서 생계에 진지했고, 바다와 물고기를 사랑했다.

이 이야기를 삶에 대한 이야기로 읽는 건, 이만한 나이를 먹고 보니 삶은 성공도 실패도 아니었기 때문이다. 지나온 삶에는 여러 성공과 실패가 섞여 있다. 내 낚싯줄에 어떤 물고기가 걸릴지 알 수 없듯, 성공도 실패도 내 뜻대로만 되지 않았다. 언제 물고기가 튀어 올라 상처를 낼지 알 수 없듯, 삶의 모든 일을 예측하는 것은 불가능했다.

지금 내가 할 수 있는 건 패배하지 않는 것이다. 단, 조건이 있다. 헤밍웨이에게 배운 것이다. 노인이 바다를 사랑하듯, 삶을 사랑할 것. 사랑 없이는 삶을 계속할 수 없다. 삶은 경쟁의, 투쟁의, 적이 있는 장소가 아니다. 삶은 피어오르는 구름이, 날아가는 물오리가, 친구처럼 느껴지는 물고기가 있는 바다와 같은 곳이라는 걸 깨달았다면, 내가 너무 일찍 달관할걸까. 아니 이제는 어울리는 깨달음일지도 모르겠다.

지나온 나의 삶은

어떤 이야기일까

학부에서는 사회학을, 대학원에서는 국문학을 공부했다. 사회과학이 사실을 다룬다면, 문학은 허구를 다룬다. 허구란 이야기다. 왜 나는 이야기를 좋아했던 걸까. 혹시 삶이 이야기라고 무의식으로 생각해왔던 건 아닐까.

지금도 소설은 계속 읽는다. 최근 읽었던 놀라운 이야기는 작가 얀 마텔이 2001년에 내놓은 『파이 이야기』다. 『파이 이야기』는 좀 독특한 구조로 이루어져 있다. 이 소설은 작가가 피신 몰리토 파텔이란 사람을 인터뷰하고 관련된 자료들을 정리한 형식을 취한다. 파이는 파텔이 자신의 이름 피신이 피싱pissing(소변을 보는)으로 놀림을 받자 스스로 붙인 이름이 다. 파이는 재미있는 소년이었다.

한때는 의심도 쓸모 있는 법. (……) 하지만 우린 나아가야 한다. 의심을 인생철학으로 선택하는 것은, 운송수단으로 '정지'를 선택하는 것과 비슷하다.

'정지'가 없는 소년은 마주하는 종교마다 열렬히 뛰어들 었다. 흥미로운 건 소년에게 각 종교의 신이 함께 존재했다는 점이다. 어느 날 부모와의 외출에서 가톨릭 신부와 이슬람 지 도자와 힌두 사제가 만나 파이를 두고 자신들의 신도라고 주 장했다. 사람들은 종교를 하나만 가져야 한다고 했다. 소년은 이에 동의하지 않았다. 소년은 자신이 여러 신을 사랑하고 싶 을 뿐이라고 항변했다.

어느 날 인도 폰디체리에서 동물원을 운영하던 소년의 아버지는 동물들을 팔고 캐나다로 떠나기로 결정했다. 이미 판매되어 운반해야 할 동물들과 파이의 가족은 화물선에 탔 다. 그런데 배가 갑자기 침몰했다. 소년은 구명보트로 운 좋게 목숨을 건졌다. 하이에나, 얼룩말, 오랑우탄, 그리고 리처드 파커라는 호랑이와 함께였다. 동물들이 하나둘 죽어나갔다. 결국 리처드 파커와 파이만 남아 있게 되었다.

갈증과 허기와 호랑이. 소년은 비상식량으로 당장의 갈증과 허기를 면했다. 하지만 호랑이와 단둘이 남은 구명보트에서 살아남는 것은 어려워 보였다. 소년은 포기의 순간에 스스로가 살려는 강렬한 의지를 갖고 있음을 깨달았다. 그래서 호랑이를 피하기 위해 구명보트에 연결된 뗏목을 만들고, 거기서 머물렀다.

시간이 흐르면서 소년은 새로운 결심을 하게 되었다. 물리적 위력으로 호랑이를 이길 수는 없는 일이었다. 굶주리는 호랑이를 그냥 놓고 보다가는, 벌벌 떨고 무서워만 하다가는 어느 날 배고픈 호랑이의 밥이 될 뿐이었다. 호랑이와 단둘이 탄 배에서 살아남으려면 호랑이를 길들여야만 했다.

호랑이 길들이기. 이 새로운 선택으로 소년은 살게 되었다. 소년은 허기와 갈증으로 시달리는 호랑이에게 먹을 것과 마실 것을 주고, 시끄러운 호루라기로 훈련을 시켰다. 평생 채식주의자로 살던 소년에겐 물고기를 잡는 것만 아니라 잡은 물고기를 죽이는 것도 어려웠다. 비상 식수는 곧 떨어질 터였다. 태양증류기로 어렵게 물을 모았다. 호랑이와 같이 살아가기 위한 고된 나날이 시작되었다.

그가 죽으면 절망을 껴안은 채 나 혼자 남겨질 테니까. 절망은 호랑이보다 훨씬 무서운 것이 아닌가. 내가 아직도 살 의지를 갖고 있다면, 그것은 리처드 파커 덕분이었다. 그 때문에 나는 가족과 비극적인 처지에 대해 많이 생각하지 못했다. 그는 나를 계속 살아 있게 해주었다.

역설적으로 공포에 직면하고 그것을 길들이려고 나서자 공포는 소년을 살게 하는 힘이 되었다. 그러니까 공포를 이기는 법은 공포를 잊거나 없애는 것이 아니라 공포가 거기에 있음을 응시하고 공포와 더불어 살아가는 것임을 소년은 발견하게 되었다.

언제 죽을지 모른다는 생존의 조건 앞에서 소년은 절망하고 슬퍼할 틈이 없었다. 부지런히 마실 것과 먹을 것을 구했다. 그리고 소년은 신앙심에 기대 자신의 고통을 서서히 수용해나갔다. 모든 신을 포용했던 소년이었다. 망망대해에 호랑이와 단둘이 살아남은 이 배에서 소년은 처음부터 신과 함께 있었던 것이었다.

여기까지가 소설의 대부분을 차지하는 『파이 이야기』의 첫 번째 버전이다. 그런데 소설 말미에는 짧은 두 번째 버전의 이야기가 이어진다. 이 두 번째 버전에서는 동물들이 나오지 않는다. 첫 번째 버전의 동물들이, 리처드 파커라는 호랑이 이름에서 눈치챌 수 있듯, 여러 실제 인물들을 상징하고 있음을 비로소 독자들은 추측할 수 있게 된다.

어느 버전의 이야기든 리처드 파커가 소년을 살게 했다는 것은 변하지 않는다. 두 버전 모두에서 소년은 배가 침몰해 가족을 다 잃었다. 그 과정은 비극이지만 결말은 '해피엔딩'이다. 바다 위에서 227일 동안 조난당했던 소년은 이제 캐나다에 정착해 단란한 가족을 이루어 행복하게 살고 있다.

세상은 있는 모습 그대로가 아니에요. 우리가 이해하는 대로죠, 안 그래요? 그리고 뭔가를 이해한다고 할 때, 우리는 뭔가를 갖다 붙이지요. 아닌가요? 그게 인생을 이야기로 만드는 게 아닌가요?

소년은 자신이 탔던 배의 침몰을 조사하러 나온 일본 운수성 소속 관리에게 두 가지 버전의 이야기를 했다. 그리고 어느 쪽이 나은지 물었다. 어떤 것이든 증인도, 증거도 없는 소년의 이야기일 뿐이다. 소년만 아는 이야기다. 일본 관리나 독자나 결국 자신이 믿을 수 있는 쪽을 고르는 수밖에 없다.

누구도 다른 사람의 인생을 온전히 알 수 없다. 삶을 다른 사람이 이해할 만한 이야기로 추려놓으면, 그 이야기가 사실에는 아주 가까워질지라도 진실을 모두 드러낼 수 없다. 한 사람이 자신만의 삶의 의미를 어떻게 만들어왔는지, 삶의 고난에 어떻게 대처해왔는지를 다른 사람들이 다 알 수는 없는 일이다.

이게 소설을 읽는 이유이지 않을까. 우리는 새로운 정보나 전문적 지식을 얻으려고 소설을 읽지 않는다. 소설은 허구다. 하지만 이 허구는 삶의 진실에 가깝게 다가서 있다. 『파이 이야기』가 전하는 진실은, 삶이 이야기이고 어떤 이야기를 택할지는 자신에게 달려 있다는 것이다. 그것은 어떤 삶을 살지의 문제이고, 내 삶에 어떤 의미를 부여할지의 문제다.

사람은 누구나 자신만의 이야기를 가진다. 아니 가지고 싶어 한다. 지나온 나의 삶은 어떤 이야기로 이루어져 있던 것일까. 『파이 이야기』가 파이의 이야기라면, '지연 이야기'는 나의 이야기일 것이다. 자신의 이름을 가진 자신만의 이야기를 만드는 게 삶의 제일의 목적일 것이다.

소중한 건 기억으로,

사소한 건 망각으로

리베카 솔닛은 페미니스트 작가다. 『남자들은 자꾸 나를 가르치려 든다』(2014)의 저자이기도 하다. 이 책을 유명하게 만든 말이 '맨스플레인'이다. 그렇다고 이 말을 솔닛이 만든 것은 아니다. 하지만 이 책은 남성들이 여성을 뭔가 가르쳐야 하는 대상으로 보는 '맨스플레인'의 현실을 날카롭게 비판해 전 세계적으로 널리 읽혔다.

그의 또 다른 저작 『멀고도 가까운』(2013)은 결이 좀 다른 책이다. 고통스러웠던 한 시기를 통과해낸 솔닛의 자전적

에세이다. 이 책은 "당신의 이야기는 무엇인가"를 물으며 시작한다. 우리는 이야기에 휘둘리지 않고 그것을 듣는 법을 배워야 하고, 이야기꾼이 되어 자신의 길을 열어야 한다고 솔닛은 말한다. 그리고 그는 자신의 이야기를 풀어놓는다.

솔닛의 어머니는 알츠하이머병을 앓고 있었다. 어머니는 응급 상황이 닥치면 솔닛에게 전화했다. 솔닛은 다른 형제가 아니라 왜 자기에게만 연락하는지 물었다. 어머니는 솔닛이 딸이어서, 그리고 집에만 있어서라고 답했다. 아들에겐 좋은 것만 보이고 딸에겐 궂은일만 맡기려는, 그리고 작가로서의 딸을 인정하지 않는 말이었다.

어머니는 솔닛의 금발을 질투했다. 질투심에 자기보다 키가 작은 걸 지적하며 트집을 잡았다. 솔닛은 그럴 때마다 '백설공주'를 떠올렸다. 어머니의 이야기는 끝없는 비교와 시기심의 이야기였다.

솔닛은 어머니에게 당신의 동화를 선택하게 했다면, 『백설공주』가 아니라 『신데렐라』를 선택했을 것이라고 생각했다. 어머니는 외할머니가 의존했던 딸이었다. 활달한 언니와 예쁜 동생 사이에서 과소평가된 아이였다. 솔닛이 중요한 일을 이야기하면, 어머니는 자신의 두려움과 불평거리로 화제를 돌렸다.

미국 서부를 여행하던 솔닛은 래프팅 안내인에게 같이 가겠느냐는 갑작스러운 제안을 받았다. 솔닛은 "네"라고 답했다. 그는 그 대답이 인생의 커다란 이정표가 되었다고 말했다. 어머니는 두려움과 의무감으로 솔닛에게 "안 돼"를 가르쳤다. 솔닛은 모험에 대해 "네"라고 대답함으로써 내면화된 어머니로부터, 어머니의 이야기로부터 벗어났다. 어머니가 급속도로 악화되는 중 그는 아이슬란드에 초대받았다. 망설이지 않고 응했다. 그런데 뜻밖에 유방암 판정을 받았다. 솔닛은 새로운 인생의 시련에 마주했다.

여기까지 읽은 소감을 말하면, 이건 정말 오십 대가 만나는 세상이다. 오십 대에 이르면 노년기를 보내는 부모님은 크고 작은 건강 문제와 부딪치고, 내 몸도 예전 같지 않다. 솔닛은 알츠하이머병을 앓는 어머니를 돌봐야 했고 본인은 암수술을 받아야 했다. 이제 솔닛은 병과 고통의 이야기에 귀를 기울였다.

솔닛은 영화 〈모터사이클 다이어리〉 이야기를 듣다 나병에 대해 알게 되었다. 나병 환자들의 손과 발이 상하는 것은 환자 자신들이 그 부위에서 아무것도 느낄 수 없기 때문이었다. 솔닛은 인간이 자기 몸을 하나의 전체로 인식하는 데 고통이 매우 중요하다는 걸 발견했다. 자아의 경계는 자신이 느끼는 것에 의해 정해진다.

나병 환자 이야기는 솔닛으로 하여금 감정이입을 새롭게 생각하게 했다. "무감각이 자아의 경계를 축소시키는 것이라면, 감정이입은 그 경계를 확장한다." 솔닛의 세계관의 확장을 가져온 〈모터사이클 다이어리〉는 체 게바라의 일기를 바탕으로 만든 영화다. 의대생이었던 체 게바라는 나병 환자 촌을 찾아다녔다. 그는 고통받는 이들에 대한 감정이입을 통해 자아를 확장하고 세계로 나아갔다.

솔닛의 투병 생활은 혼자만의 시간이 아니었다. 그는 미숙아를 돌보는 친구, 암 투병을 막 시작한 친구가 들고 온 이야기들로 치료를 견뎠다. 암 투병을 하던 친구는 벽에 석고로 섬을 만들고, 그 섬들을 가늘고 빨간 실로 이은 지형도를 만들었다.

거미줄이나 지푸라기로 무엇인가를 만드는 이야기의 여주인공들, 끊어지지 않는 실 같은 이야기로 목숨을 이어간 『아라비안나이트』의 셰에라자드, 밤이면 낮 동안 짰던 수의를 풀어버리던 『오디세이』의 페넬로페. 솔닛은 이들이 실을 잣고 천을 푸는 과정을 통해 시간을 자신의 것으로 만들었다고 말한다.

이야기는 대상을 묶어내는 실이었고 그 실로 세상이라는 천이 직조되었다. 강력한 이야기 속에서, 우리는 우리가 서로 이어져 있음을, 그렇게 이어져 패턴을 이루고 있음을 본다.

솔닛의 어머니는 알츠하이머병에 걸려 자신의 이야기를 잃어버렸다. 솔닛은 어머니의 내리막길을 함께하며 자신이 달라졌다는 걸 깨달았다. 어머니와 관계가 좋지 않은 시절엔 어머니와 닮지 않으려고 애를 썼다. 하지만 이제 솔닛은 어머니가 자신의 취향, 관심사, 가치에 얼마나 많은 영향을 미쳤는지를 선선히 받아들였다.

자신의 이야기 꾸러미를 정리하면서 솔닛이 찾아낸 말은 고대 그리스어 '시그노미sungnômé'다. '이해하다, 공감하다, 용서하다, 봐주다'라는 의미를 담고 있다. 시그노미를 내 방식으로 말하자면, 이해를 위해서는 감정이입이 필요하고, 감정이입을 위해서는 공감이 요구되며, 공감을 통해 용서가 이루어진다.

솔닛이 보기에 어머니는 자신의 욕망과 그 욕망 안의 모순을 모른 채 알 수 없는 힘에 휘둘렸던 여인이다. 그럼에도 어머니는 주어진 조건 속에서 열심히 살았던 사람이라고 솔닛은 회고한다. 이를 통해 비로소 솔닛은 '복수와 용서'라는 계산에서 벗어나고, 있는 그대로의 어머니를 바라본다.

제목 『멀고도 가까운』이 의미하는 건 바로 이런 것이 아닐까. 어머니는 먼 존재였지만, 이야기를 통해 가까운 존재가 되었다는 발견을 담고 있다고 나는 해석하고 싶다. 먼 것은 먼 것대로, 가까운 것은 가까운 것대로 받아들이는 게 삶이자 사랑이지 않을까.

『멀고도 가까운』의 앞부분에는 엄청난 살구 더미가 나온다. 어머니의 살구나무에서 딴 살구였다. 이 살구를 솔닛은 의미를 찾아야 하는 이야기로 받아들인다. 그는 상한 살구는 버리고, 실한 살구는 먹고, 나머지는 잼과 절임과 술을 만든다. 삶의 다양한 이야기들을 살구에 비유한 것이라면, 이런 살구 더미는 내 앞에도 산더미처럼 놓여 있다. 어떤 건 소중한 이야기고, 어떤 건 마음 아픈 이야기다. 그때는 몰랐지만 지금 다시 생각하면 뜻깊은 이야기도 있다.

이제 살구를 골라야 할 나이에 도달한 것 같다. 소중한 것은 기억으로, 사소한 것은 망각으로, 미처 눈에 띄지 않은 것은 그냥 보내야겠다. 우선 엄마와 나의 이야기부터 다시 생각해봐야겠다.

'나만의 방'은

무엇으로 채울까

백 년 후에는, 여성은 보호받는 성이기를 그만둘 것이라고 말입니다. 논리적으로, 그들은 한때 그들에게 거부되었던 모든 활동과 능력 발휘에 참여할 것입니다.

작가 버지니아 울프가 1929년에 펴낸 『자기만의 방』에서 한 말이다. 울프가 거의 백 년 후인 지금을 지켜보면 어떻게 생각할지 궁금해진다. 여성이 이젠 모든 활동과 능력 발휘에 참여하고 있는 걸까.

19세기 후반부터 영국에서는 여성참정권 운동이 거셌다. 그 결과 1928년 여성에게 남성과 동등한 참정권이 주어졌다. 『자기만의 방』은 바로 이 1928년 10월에 케임브리지 대학 뉴넘칼리지와 거튼칼리지에서 강연한 내용을 바탕으로 한다. 여성의 권리 요구가 뜨겁게 분출한 시대를 배경으로 하는 셈이다. 뉴넘칼리지와 거튼칼리지는 여성을 위해 설립된 대학이었다.

울프가 다룬 주제는 '여성과 픽션'이었다. 그는 결론부터 내놓는다. 여성이 픽션을 쓰기 위해서는 '돈과 자기만의 방'이 있어야 한다고 말이다. 울프는 이 주제에 대한 이해를 돕기 위해 옥스브리지와 퍼넘이라는 가상의 대학에 '나'가 방문한 이야기를 들려주었다. '나'는 옥스브리지에서 오찬회에 참석했는데, 호화로운 음식과 즐거운 대화가 이어졌다. 반면에 여자대학인 퍼넘에서의 정찬은 빈약했다.

옥스브리지는 옥스퍼드대학과 케임브리지대학을 합하여 만든 말이고, 퍼넘은 가상의 여자만의 칼리지를 가리킨다. 중세 때부터 케임브리지와 옥스퍼드에 퍼부어진 엄청난 투자에 비하면 여자대학의 형편은 초라하기 그지없었다. 울프는 이게 다 우리 할머니들과 어머니들이 돈을 벌지 못해서였다고 개탄했다. 그중 누구라도 퍼넘에 삼 만 파운드만 남겨주었다면, 새고기 요리와 포도주를 곁들인 멋진 식사를 하지 않았 겠느냐고 반문했다.

울프는 여성이 남성의 모습을 원래보다 두 배로 확대해 주는 거울의 역할을 맡아왔다고 보았다. 인생은 여성이나 남 성 모두에게 어렵다. 그런데 인류의 절반이 자신보다 열등하 다고 느낄 수 있다면 얼마나 자신감이 북돋아지겠냐는 것이 었다.

울프는 이런 남성 심리에 대한 여성의 공헌이 여성 자신 이 지불하는 식사 계산서로 중단되었다고 말했다. 당당하게 자신의 지갑에서 돈을 꺼내 숙식을 해결했으니 더는 남성에 게 의존할 필요가 없었다.

여성에게 투표권을 부여하는 법안이 통과된 날, 울프는 숙모의 유산을 상속받게 되었다는 소식을 들었다. 고정된 수 입은 울프에게 마음의 변화를 가져다주었다. 그는 자신을 해 칠 수 없으므로 이제 어떤 남자도 미워하지 않았다. 두려움과 신랄함은 연민과 아량으로 바뀌었고, 사물을 그 자체로 생각 하는 자유를 찾았다.

울프는 여성과 픽션의 관계를 역사 속에서 찾았다. 고대 아테네의 연극무대부터 셰익스피어의 주인공까지 남성이 쓴 '픽션 속 여성'은 남성과 같거나 더 위대하게 그려졌다. 그러나 실재의 여성은 거의 부재했다.

울프는 여성이 왜 글을 쓰지 않았는지를 설명하기 위해 '주디스'라는 가상의 셰익스피어 여동생을 만들어냈다. 16세기에 태어난 주디스는 놀랄 만한 재능을 가지고 있었지만, 어느 겨울밤에 스스로 목숨을 끊었다. 그는 오빠 셰익스피어만큼 교육을 받지 못했고, 오빠에게 주어진 기회를 부여받지 못했다. 울프는 타고난 재능이 있지만, 그것을 발휘하지 못해 미쳐버린 무명의 제인 오스틴과 같은 여성들이 역사 속에 있었을 것이라고 주장했다.

영국에서는 18세기 말엽에 이르러서야 중산층 여성이 글을 쓰기 시작했고, 19세기 초엽에 이르면 『오만과 편견』(1813)을 쓴 제인 오스틴, 『제인 에어』(1847)를 쓴 샬럿 브론테, 『폭풍의 언덕』(1847)을 쓴 에밀리 브론테 등이 나타났다.

울프는 오스틴, 브론테 자매가 공동의 거실에서 창작했을 것이라는 점을 상기시켰다. 이런 조건은 작품에도 영향을 미쳤다. 『제인 에어』에서 울프가 찾아낸 어색하고 부자연스러운 단절은 그 사례였다. 그는 이 단절이 『제인 에어』의 흐름을 일그러뜨렸다고 보았다.

울프가 아쉬워했던 건 이것이었다. 이들에게 돈이 주어졌더라면, 더 다양한 지식과 실제적 경험과 더 많은 교제가 주어졌더라면, 이들의 천재적 재능이 더 활짝 피어났을 것이라고 그는 생각했다.

울프는 성차별의 역사가 남성 작가에게도 영향을 미쳤다고 보았다. 남성의 시선으로 실제 여성의 모습을 잡아내기 어렵다는 게 하나라면, 여성의 시선 없이 남성이 스스로의 모습을 전체로 볼 수 없다는 게 다른 하나였다. 울프는 누구나 자신이 볼 수 없는 '뒤통수에 동전 크기의 반점'이 있기 때문에 다른 성만이 그걸 이야기해줄 수 있다고 말했다.

또 울프는 누구에게나 여성성과 남성성이 있고, 정상적이고 편안한 존재 상태란 그 둘이 조화를 이루며 살고 영적으로 협동할 때라고 생각했다. 예를 들어, 그가 보기에 셰익스피어는 양성적이었다. 마음속의 남성성과 여성성을 모두 발휘해 작품을 창작했다는 것이었다. 울프는 한쪽 성의 측면에서만 창작할 경우 남성과 여성의 온전한 모습을 담을 수 없다고 보았다.

뛰어난 재능을 가졌음에도 아무것도 하지 못한 채 쓸쓸히 죽어가고 잊힌 수많은 누군가의 누이들의 삶이 백 년 후에는 재현되지 않기를 바란 울프. 그런 그에게 백 년 후의 여성인 내가 지금의 상황을 전할 수 있다면, 어떤 말을 할 수 있을까. 오늘날 여성은 충분히 경제적으로 자립적이며 권리와 자유를 충분히 누리고 있다고 말할 수 있을까.

이제까지 내가 살아오는 동안 남녀평등에서 점진적 성과는 분명 있었다. 하지만 울프가 생각했던 백 년이 충분히 긴 시간은 아니다. 여전히 여성의 임금은 남성보다 낮고, 직장에서의 유리천장도 사라지지 않았다. 우리나라에서는 최근 여성의 안전을 요구한 강남역 시위, 일련의 성폭력을 고발한 '미투' 운동 등이 뜨거웠다.

젊은 여성들이 연대하고 주도하는 이런 시위와 운동을 보면서 여성에 대해 다시 생각하게 되었다. 지금껏 살아오면서 여성이라는 사실이 결코 적잖은 영향을 끼쳤음에도 여태 여성문제를 그렇게 진지하게 고민하지는 않았다. 오래전 건성으로 읽었던 『자기만의 방』을 다시 꼼꼼히 보게 된 까닭이 여기에 있다.

『자기만의 방』은 서양에서 제2차 세계대전 이후 대학 교양수업의 필독서가 되었다고 한다. '자기만의 방'이 물리적 공간으로서의 의미만을 갖는 건 아닐 것이다. 정신적 독립으로서의 의미 또한 담고 있다고 생각한다. 여성인 내가 정신적 독립으로서의 나만의 방은 무엇으로 채워야 할까. 오랜만에 숙제다운 숙제를 받았다.

가족 간 사랑은

연민과 이해와 용서

내 묵은 슬픔을 눈물로, 피로 쓴 이 극의 원고를 당신에게 바치오. (……) 고뇌에 시달리는 티론 가족 네 사람 모두에 대한 깊은 연민과 이해와 용서로 이 글을 쓰도록 해준, 당신의 사랑과 다정함에 감사하는 뜻으로 이 글을 바치오.

극작가 유진 오닐의 『밤으로의 긴 여로』 맨 앞에 나오는 헌사다. 이 헌사는 오닐이 1941년, 열두 번째 결혼기념일에 아내 칼로타에게 바친 것이다. 오닐은 아내에게 자신이 죽은 다음 이십오 년 동안 이 작품을 발표하지 말라는 유언을 남겼다. 오닐의 아내는 그가 세상을 떠난 삼 년 후인 1956년 이 작품을 세상에 내놓았다.

『느릅나무 아래 욕망』(1924) 등으로 노벨문학상을 받은 오닐은 왜 이런 유언을 남겼을까. 묵은 슬픔을 눈물과 피로 써야 했지만 차마 세상에 드러낼 수는 없었으리란 생각이 든다. 이건 오닐 자신의 생생한 이야기이기 때문이다.

연극으로 보지 못하고 대본으로만 『밤으로의 긴 여로』를 읽는 데는 시간이 적잖이 들었다. 작품 속 가족 이야기를 마주하기가 힘들었고, 또 자꾸 내 가족 이야기를 떠오르게 했다. 이 희곡을 쓰기 시작했던 쉰한 살의 오닐처럼 우리나라 대다수 오십 대에게 가족은 두 겹으로 이루어진 삶의 울타리다. 태어나면서 운명으로 주어진 가족이 한 겹이라면, 내가 선택한 가족이 다른 한 겹이다. 이 작품은 오닐의 첫 번째 울타리였던 가족을 그린 희곡이다. 작품 속 인물인 막내아들 에드먼드는 오닐 자신인 것으로 보인다.

『밤으로의 긴 여로』에서 메리는 수녀원 여학교를 다니며 피아니스트가 될 꿈을 품고 있었다. 그러다 티론을 만나 결혼을 했다. 메리는 배우인 남편을 따라 미국 전역 싸구려 호텔을 일정한 거처 없이 떠돌았다. 그녀는 에드먼드를 낳고 크게 아팠을 때 의사가 권한 모르핀에 중독되었다. 가족들은 돈에 인색한 아버지가 돌팔이 의사를 불러서 일어난 일이라며 아버지를 원망했다. 특히 형 제이미는 에드먼드가 태어나는 바람에 어머니가 모르핀을 시작한 것이라는 분노를 숨기지 않았다.

비극은 또 있었다. 사실 둘 사이에는 다른 형제인 유진이 있었다. 메리가 첫째 제이미와 둘째 유진을 친정에 맡기고 티론에게 가 있는 동안 유진이 홍역으로 죽고 말았다. 메리는 홍역에 걸린 제이미가 동생을 시샘해 일부러 동생 방으로 들어갔다고 의심했다. 이 때문에 제이미는 죄책감을 안고 살아야 했고, 에드먼드가 태어난 뒤로는 동생에 대한 열등감을 느꼈다.

거기다 지금 두 가지 불행이 진행되고 있다. 가족들은 메리가 모르핀을 다시 시작할까 봐 걱정한다. 그래서 메리의 기척 하나하나에 신경을 곤두세우고 있다. 하지만 메리가 모르핀을 다시 시작한 게 점차 분명해진다. 게다가 여름 감기로 생각했던 에드먼드의 병세가 심상치 않다. 결국 에드먼드는 폐병 진단을 받는다.

메리는 현재에 살고 있지 않다. 과거를 헤매는 유령이다. 끊임없이 젊고 아름다웠던 과거를 회상하고 현재를 거부한다. 가족에게 그건 상처다. 자신의 존재가 거부되기 때문이다. 메리가 행복했던 때가 자신과 결혼하기 전이라고 티론은 추측하고, 에드먼드는 자신이 태어나기 전이라고 생각한다.

티론은 가난한 어린 시절을 보냈다. 아버지가 가족을 버리고 아일랜드로 돌아가는 바람에 그의 어머니와 네 명의 아이들은 억척스럽게 살아야 했다. 티론은 연극배우로 명성을 얻었지만, 싸구려 흥행작에만 매달림으로써 경력을 마감해야 했다.

그의 성격은 인색했다. 하지만 땅은 악착같이 사 모았다. 그의 어머니는 양로원에서 죽는 것을 두려워했다. 티론 역시 인생의 마지막을 양로원에서 맞이할지도 모른다는 두려움을 갖고 있었다. 아들의 폐병을 그토록 걱정하던 티론이 에드먼드의 요양소로 가장 값싼 곳을 고른 것은 아이러니했다.

『밤으로의 긴 여로』를 읽으며 가족에 대해 다시금 생각한다. 이 작품 속 가족은 서로에게 가해자고 피해자다. 남에게는 하지 않을 가장 아픈 말을 건네지만 이내 서둘러 사과하고, 다시 같은 곳을 찌르지만 그 상처에 오히려 자신이 아파한다.

『밤으로의 긴 여로』는 오닐의 자전적 이야기로 알려져 있다. 그의 실제 가족에서 아버지는 떠돌이 배우였고, 어머니는 약물중독자였다. 첫째 형은 알코올중독으로 죽었고, 둘째 형 역시 어려서 죽었다. 오닐이 왜 눈물과 피로 묵은 슬픔을 기억하고 기록해냈는지를 짐작할 수 있다.

그가 이 작품을 통해 전달하려 했던 것은 '연민과 이해와 용서'다. 허물을 덮어두고 있는 그대로 받아들이는 것이 용서일 것이다. 이 용서에 이르기 위해 필요한 것이 연민과 이해다. 연민이 가련하게 여기는 것이라면, 이해는 너그러이 헤아리는 것이다. 어머니는 어머니대로, 아버지는 아버지대로, 형은 형대로 어쩔 수 없는 상처로부터 고통받는 피해자들이다. 가련함과 너그러움으로 가족 구성원을 선선히 받아들이는 용서는 곧 사랑이지 않을까.

인간이 되는 바람에 항상 모든 것이 낯설기만 하고, 진정으로 누구를 원하지도, 누가 진정으로 원하는 대상이 되지도 못하고, 어디 속하지도 못하고, 늘 조금은 죽음을 사랑할 수밖에 없게 된 거죠!

『밤으로의 긴 여로』에서 시인으로 나오는 에드먼드는 인간의 실존적 조건에 대해 말한다. 인간의 조건 중 하나는 외로움이다. 우리가 사랑을 하고 가족을 이루는 것도 다 이 외로움 때문이다. 그렇지만 모든 가족이 외로움을 덜어내고 사랑을 느낄 수 있는 울타리가 되어주진 않는다. 가정은 폭력이나 학대 같은 끔찍한 일들이 일어나는 곳이기도 하다.

가족 간의 사랑을 여기서 일방적으로 말하려는 것이 아니다. 그 사랑은 서로에 대한 연민과 이해와 용서를 필요로 한다는 오닐의 암시를 생각해보려는 것이다. 가족을 이루기로 결심했다면, 연민과 이해와 용서라는 마음의 태도를 가져야 한다는 게 『밤으로의 긴 여로』가 안겨주는 현재적 의미가 아닐까. 이러한 마음의 태도를 갖는 데는 물론 상당한 시간이 요구된다.

나는 어릴 적 엄마에게 많이 야단맞으며 컸다. 엄마는 예민하고 엄격했다. 거리감을 갖지 않을 수 없었다. 그런데 결혼한 후 엄마와 다시 사귀게 되었다. 내가 아이를 낳고서야 엄마가 셋이나 되는 아이를 친정에서 먼 타지인 부산에서 키우는 게 얼마나 힘들었을지 돌아보게 되었다. 게다가 처음에는 가까운 친구들조차 없었으니 얼마나 외로우셨을까.

엄마의 어려움과 외로움을 생각해봤다고 해서 우리 모녀간의 거리감이 완전히 사라진 건 아니다. 하지만 엄마라는 존재를 이해하려 했다는 것만으로도 우리의 심리적 거리감은 한 뼘 정도 가까워진 셈이다. 이제 남은 내 삶에서 나는 엄마의 삶을 얼마나 더 이해할 수 있을까. 삶이 오닐의 말처럼 여로旅路라면, 나의 이 여행 끝에선 엄마에게 좀더 가까이 다가서 있길 소망한다.

사랑을

적립하기

노년의 걱정거리
힘 좋은 어깨 위로 훌훌 털어 넘겨주고
가벼운 마음으로 죽음 향해 천천히
기어갈 결심을 굳혔노라.

월리엄 셰익스피어가 1605년경에 발표한 『리어왕』의
한 구절이다. 리어의 비극은 여기서 시작했다. 리어는 딸들에
게 왕국을 물려주고 백 명의 기사와 딸들의 집을 돌아가며 살

작정이었다. 잘못된 생각이었다. 한 나라의 왕이더라도 자식들에게만 기대서 편안한 노년을 보내는 건 불가능했다.

리어는 딸들에게 누가 자신을 가장 사랑하는지 묻는다. 답에 따라 상으로 영토를 내릴 작정이다. 첫째 딸 고너릴과 둘째 딸 리간은 미사여구를 동원해 사랑을 호소한다. 리어는 셋째 딸 코딜리아에게도 자신에 대한 사랑을 증명할 말을 요구한다. 코딜리아의 답은 '없다'였다. 코딜리아는 자식으로서 아버지를 사랑하며 결혼 후 그 사랑을 남편과 나눌 거라는 진실밖에 내놓을 게 없다.

리어는 코딜리아를 쫓아낸다. 다행히 구혼자 프랑스 왕이 코딜리아와 함께 떠난다. 코딜리아의 진심은 방백을 통해 객석에만 전달된다. 코딜리아는 자신의 사랑이 입보다 무거우므로 침묵을 택하기로 한다. 하지만 리어는 말로 하지 않으면 상대방의 진심을 알지 못한다. 그는 코딜리아의 진심을 알아달라는 신하 켄트까지 추방해버린다.

리어의 비극은 여기서 비롯된다. 진심에 대한 태만이다. 공들여 상대방의 마음을 알려 하지 않는 리어와 진심이 있지만 말하지 않는 코딜리아가 맞부딪쳐 운명의 소용돌이가 일어난다. 그 대가는 크다.

첫째 딸은 리어에게 수행 기사를 줄여달라고 요구한다.

리어는 불같이 화를 낸 다음 둘째 딸에게 향한다. 둘째 딸은 언니에게 돌아갈 것에 더해 수행 기사를 더욱 줄이라고 요구한다. 리어는 두 딸이 자신을 사랑하지 않음을 비로소 눈치챈다.

자식에게 배신당하는 인물은 또 있다. 글로스터 백작이다. 글로스터의 서자庶子 에드먼드는 가짜 편지로 적자嫡子 에드거를 모함한다. 이에 글로스터는 격분해 에드거를 찾아내라고 명령한다.

나이가 들어 읽는 『리어왕』은 젊었을 때와 느낌이 많이 다르다. 셰익스피어는 쇠락해가는 노년의 음울함을 보여주려고 쓴 게 분명하다. 당시 셰익스피어는 사십 대였다. 평균수명도 짧을 때라 사십 대에 노년에 대해 관심을 갖는 건 자연스럽다. 그는 무슨 말이 하고 싶었던 걸까.

일단 리어는 은퇴를 결심한 셈이다. 노년의 몸으로 한 나라를 다스리는 게 쉽지 않으니 왕의 자리를 넘기고 싶었다. 문제는 부와 권력이 있을 때는 진심이 필요 없지만, 부와 권력을 넘겨준 다음에는 진심이 필요하다는 데 있다. 불행하게도 리어에게는 진심을 알아볼 능력이 없었다.

글로스터 역시 진심을 읽는 데 실패한다. 그는 가짜 편지를 믿었다. 그 편지엔 아버지의 재산을 받을 수 없고, 아버지의 억압에 묶여 있으니 같이 아버지를 제거하자는 음모가 적혀 있었다. 글로스터는 에드거의 진심을 알아보지도 않고 에드먼드를 믿어버렸다.

스스로 자리에서 내려온 리어나 자기 자리를 지키려던 글로스터 모두 불행한 노년을 맞는다. 옛날 옛적 어느 왕국의 일이니 오늘날과 같은 복지제도는 없다. 노년의 삶은 전적으로 가족의 돌봄에 달려 있다. 리어도 글로스터도 쇠락해가는 것을 피할 수가 없다. 그러니 평생 가꾸어온 가족관계가 중요했다.

리어는 가족에게 폭군처럼 굴었다. 효도 경쟁을 시키며 코딜리아를 쫓아낸 게 비극의 씨앗이었다. 글로스터 역시 혼외자로 에드먼드를 두었으니 비극의 씨앗을 스스로 키웠다. 다행히도 코딜리아는 언니들로부터 버림받은 리어를 도우려 달려왔고, 에드거는 두 눈을 잃은 글로스터를 돌보았다.

작품의 절정은 이런 리어의 광기와 거센 폭풍이 뒤섞인 비극적 장면이다.

무정하게 강타하는 이 폭풍을 견디는
불쌍하고 헐벗은 자들아, 너희들이 어디 있건
쉴 곳 없는 머리와 먹지 못한 허리와
숭숭 뚫린 누더기로 이 같은 계절에

어떻게 몸을 보전하느냐? 아, 이런 일에
난 너무 소홀했다. 허식이여. 치료를 받아라.
자신을 노출시켜 가엾은 자들을 느껴라.

리어는 첫째 딸과 둘째 딸에게 저주를 쏟아붓고 폭풍우 치는 바깥으로 나갔다. 그는 불쌍하고 허약하고 경멸받는 노인이 되고만 자신을 견딜 수 없었다.

리어는 모든 것을 잃고 가엾은 사람이 되어서야 비로소 다른 사람의 사정에 눈을 돌렸다. 자기 연민이 타인에 대한 연민으로 바뀌는 순간이다. 그는 진실에 눈을 뜨고 허식虛飾에서 벗어나려고 한다. 진즉 마음을 열었다면 첫째 딸과 둘째 딸의 교언巧言이 아니라 셋째 딸의 진심을 선택했을 것이다.

가족관계도 인간관계다. 공들여 가꿔야 한다. 리어처럼 부와 권력을 휘두르며 강요하면 어떻게 가까이 다가설 수 있을까. 말하지 않더라도 서로의 진심을 알아보려고 노력하고, 가능하다면 자신의 진심을 표현하려고 노력하고, 서로의 신뢰를 깨뜨리지 않으려고 노력해야 한다. 『리어왕』의 교훈이다.

이런 노력을 가능하게 하는 게 사랑이다. 가족 간 사랑은 하루아침에 타올랐다가 사그라드는 사랑이 아니다. 평생에 걸쳐 쌓아가고 키워가는 사랑이다. 부모님을 보살피는 것도,

자식을 키우는 것도 이런 사랑 없이는 고단하기만 할 것이다.

태어나고 늙고 병들고 죽어야 하는 생로병사를 그 누구도 피할 수 없다. 이 세계의 엄연한 질서다. 노년은 오고야 만다. 그런데 이것을 자주 잊는다. 이전에는 실감이 나지도 않았다. 오십이 되어서야 나 역시 노년과 마주하게 되었다.

당장 여러 대비를 해야 한다. 건강을 제대로 돌봐야 하고, 저축도 어느 정도 있어야 하고, 일상도 나이에 맞춰 재조직해야 한다. 그런데 건강과 돈 못지않게 중요한 건 인간관계가 아닐까. 이런 인간관계가 한순간에 주어지는 것이 아니니 사랑을 꾸준히 적립하는 건 어떨까.

혈연으로 이루어진 가족관계에 국한할 필요는 없다. 21세기의 노년에는 혼자 살지, 가족과 살지, 대안공동체를 만들어 살지, 누구도 자신의 미래를 단언할 수 없다. 그 어디서라도 돌봄을 주고받으며 산다면 그것 역시 나쁘지는 않을 것이다.

백 세 인생에서 오십이 절반이라면 희망은 있다. 가족은 물론 인간관계나 공동체에 사랑을 쏟아볼 시간이 제법 많다. 광기와 연민에 사로잡힌 리어왕처럼 살고 싶지는 않다. 당장 가까운 이들에게 안부 전화부터 해봐야겠다.

빛과 어둠을

모두 받아들이는 용기

황량한 풍경이다. 여자가 울고 있다. 시뻘건 속살이 드러난 몸 속에는 부서진 이오니아식 기둥이 보인다. 벌거벗은 몸을 보 정기 띠들이 감고 있다. 온몸에는 작고 큰 못들이 박혀 있다.

화가 프리다 칼로가 1944년 그린 자화상 〈부러진 척추〉 다. 아무리 묘사를 덧붙여도 그림에 담긴 고통을 전하기에는 모자라다. 가끔 화집 『프리다 칼로』(2005)를 들추어본다. 저 자는 예술사가 안드레아 케텐만이다.

칼로는 평생 건강 때문에 몹시 고통받았다. 여섯 살에 소아마비에 걸려 오른쪽 다리와 발이 제대로 성장하지 못했다. 이 때문에 '목발의 프리다'란 서글픈 별명을 얻었다. 열여덟 살에는 심한 교통사고를 당했다. 척추가 탈골되었고, 아홉 달 동안 척추를 고정하기 위해 석고 보정기를 착용해야 했다.

칼로는 사진작가인 아버지에게 화구를 얻고 침대에 이젤을 고정했다. 침대 윗부분은 거울로 덮었다. 거울에 비친 자기 모습을 모델로 삼았다. 케텐만은 칼로가 자화상을 그리게 된 계기라고 말한다. 칼로는 평생 많은 자화상을 남겼다. 그는 너무나 자주 혼자이기에, 가장 잘 아는 주제이기에 자신을 그린다고 고백했다.

케텐만은 칼로가 병상에 누워 있던 이 시기에 자신과 자신을 둘러싼 세계를 경험하고 발견하기 시작했다고 지적한다. 육체적 고통은 칼로의 어찌할 수 없는 생의 조건이 되어버렸다. 칼로는 일생 내내 통증과 수술과 치료를 벗어날 수 없었다. 교통사고로 손상된 몸 때문에 낙태와 유산까지 겪어야 했다.

〈헨리 포드 병원(혹은 날아가는 침대)〉(1932)은 유산으로 칼로가 겪었던 고통을 생생하게 보여준다. 칼로는 황량한 공장지대 풍경을 배경으로 커다란 침대에 벌거벗은 채 피를 흘리며 누워 있다. 그의 몸에서 뻗어나간 핏줄 같은 실 끝에는 태아, 하반신 모형, 골반뼈, 증기살균기, 달팽이, 시든 꽃들이 묶여 있다.

케텐만은 사물들을 일상적 환경에서 분리해내는 이런 양식을 멕시코 봉헌화에서 찾는다. 멕시코 봉헌미술은 사실을 있는 그대로 재현하는 데 목적이 있지 않다. 원근법을 무시한 배경, 의미 있다고 생각되는 사물들에 대한 지나치게 섬세한 묘사가 그 기법이다. 가장 핵심적인 요소를 선택해 재구성하는 것이다.

디에고 리베라와의 관계는 칼로 삶의 또 다른 조건이었다. 스물한 살 연상인 리베라는 칼로가 처음 만났을 때 이미 유명한 화가였다. 리베라는 멕시코 민중미술의 전통을 계승했고, 정부 후원의 벽화 작업을 이끌었다. 칼로가 독립적인 멕시코 미술을 주장한 예술가와 지식인 동맹에 참여한 것은 리베라의 영향이었다.

결혼 후 칼로는 테우아나 의상을 즐겨 입었다. 리베라는 멕시코 의상을 입은 칼로를 국가적 영광의 인격화라고까지 말했다. 장식이 많고 화려한 드레스는 칼로의 오른쪽 다리의 결함을 감춰주었을 뿐만 아니라 멕시코적이고 민중적인 것을 표현하는 데 적합했다. 당시 멕시코시티의 지식인 여성들이 테우아나 의상을 즐겨 입었던 데는 페미니즘적 맥락도 있었다. 테우아나는 멕시코 테우안테펙 지역의 민속의상이었다. 이 지역은 여성들이 지역 경제구조에서 지배적인 역할을 담당했다.

칼로와 리베라 부부는 이념적으로 많은 것을 공유하는 동지로 보였다. 하지만 리베라는 칼로의 또 다른 고통이었다. 리베라는 1929년 결혼 후 계속 다른 여자를 만났다. 칼로의 여동생과도 깊은 관계를 맺었다. 리베라가 관계를 정리하자 이번에는 칼로가 남녀를 불문하고 다른 사람들과 관계를 가졌다. 1939년에 두 사람은 이혼했다.

〈짧은 머리의 자화상〉(1940)에서 칼로는 머리를 바짝 자르고 남성 정장을 입고 의자에 앉아 있다. 이혼 후 여성성까지 거부하는 모습이다. 이혼한 이듬해 리베라는 칼로에게 두 번째 청혼을 했다. 칼로는 경제적으로 독립하고 성관계를 하지 않는다는 조건으로 청혼을 받아들였다.

이런 우여곡절에도 칼로에게 리베라는 중요한 존재였다. 칼로는 자신의 이마에 리베라의 얼굴을 넣은 자화상을 그렸다. 또 반쪽은 자신의 얼굴로, 나머지 반쪽은 리베라의 얼굴로 이루어진 초상화를 남기기도 했다.

〈우주와 대지(멕시코)와 나와 디에고와 세뇨르 솔로틀의 사랑의 포옹〉(1949)에서 칼로는 리베라를 아기처럼 안고 있다. 여신의 모습을 한 대지가 두 사람을 안고 있고, 우주는 이 모두를 안고 있다. 칼로의 가슴은 피를 뿜고 있다. 대지의 여신 시우아코아틀의 가슴에선 젖이 흐른다. 우주는 달이 뜬 밤과 해가 뜬 낮으로 나뉘어 있다.

이런 이원론적 우주관은 고대 멕시코 신화에서 기원한다. 신화에 따르면, 낮의 신과 밤의 신 사이의 경쟁으로 세상의 균형이 유지된다. 우주의 양팔에는 식물들이 자라고, 어둠 쪽에는 칼로의 반려견 솔로틀이 안겨 있다. 이는 멕시코 신화에서 죽은 자들의 영토를 지키는 수호신 솔로틀을 상징하는 것으로 해석된다.

이 작품은 칼로가 리베라와의 상처 많은 관계를 우주의 시선에서 품는 것으로 읽힌다. 칼로와 리베라와 솔로틀과 대지까지 우주의 검은 팔과 하얀 팔에 안겨 있다. 이런 우주라면 기쁨과 슬픔, 사랑과 증오까지 한꺼번에 포용할 만하다.

더 주목하고 싶은 것은 우주의 검은 팔과 하얀 팔에 안겨 있는, 삶의 양면성을 수용한 칼로의 모습이다. 칼로는 1950년 일곱 차례 척추 수술을 받았고 아홉 달 동안 입원해 있었다. 1953년 멕시코에서 열린 첫 전시회는 침대에 누운 채 참석했다. 그해 칼로는 오른쪽 무릎 아래를 절단해야 했다. 그리고 1954년 마흔일곱의 나이로 세상을 떠났다.

우주의 두 팔처럼 삶에는 밝음과 어둠이 존재한다. 칼로의 삶에는 고통의 몫이 유난히 많았다. 그는 이 고통을 이겨내며 그림을 그렸다. 젊었을 때는, 꺾이지 않는 의지로 자신의 존재를 증명하려는 칼로를 보며 위안을 얻었다.

이제 나이가 들어보니 위안에 더해 용기를 얻는다. 삶에는 극복해야 하는 고난도 있고, 안고 가야 하는 고통도 있다. 칼로의 삶은 후자였다. 끝나지 않는 고통을 안고 가려면 삶의 어두운 면과 밝은 면을 모두 받아들이는 용기가 필요하지 않을까.

어둠을 보며 근거 없는 낙관에 빠지지 않기. 빛을 보며 지나친 비관에 물들지 않기. 힘들더라도 희망을 잃지 않고 할 수 있는 일을 하기. 칼로의 그림은 이 깨달음의 증거이지 않을까. 내겐 그렇다.

성찰하는

열정의 삶

자유로운 땅에서 자유로운 사람들과 함께 있고 싶도다.

그 순간을 향해 나는 말할 수 있으리,

"머물러다오! 너는 너무도 아름답구나!"

내 이 세상에서의 삶의 흔적은

영겁의 시간 속에서 결코 소멸되지 않을 것이다.

이러한 드높은 행복을 예감하면서

나는 지금 지고의 순간을 향유하노라.

요한 볼프강 폰 괴테가 쓴 『파우스트』(1831)의 한 구절이다. "머물러다오! 너는 너무도 아름답구나!"란 말을 만났을 때 기막힌 심정을 갖게 된다. 『파우스트』는 신과 악마 메피스토펠레스의 내기를 줄거리로 한다. 메피스토펠레스는 파우스트를 놓고 신에게 내기를 청했다. 메피스토펠레스는 파우스트를 자기의 길로 이끌 수 있다고 자신했다. 신은 인간이 노력하는 한 방황하게 마련이지만 결국 올바른 길로 들어설 것이라며 제안을 수락했다.

평생 학문에만 정진해온 파우스트는 앎의 회의에 부딪힌다. 연구에 몰두하느라 삶의 기쁨과 멀어지고 세상의 영화를 누리지 못한 처지를 비관한 나머지 자살을 결행하려고 한다. 그런데 그 순간 천사들의 합창이 들려오고 파우스트는 삶으로 돌아온다. 파우스트의 두 영혼은 여전히 갈등하고 있다. 한 영혼은 사랑의 환락 속에서 세속적인 데 머무르려 하고 다른 영혼은 숭고한 선인들의 경지에 오르려고 한다. 영혼의 갈등은 메피스토펠레스가 파고들기 좋은 틈이다.

파우스트는 메피스토펠레스의 도전을 받아들인다. 메피스토펠레스가 향락으로 파우스트를 속일 수 있고 파우스트가 스스로에게 만족한다면, 그것을 삶의 마지막 날이 되게 하자는 내기다. 약속은 파우스트가 어느 한순간을 향해 "머물러다

오! 너는 너무도 아름답구나!"라고 말하면 자신을 결박해도 좋다는 것이다. 그리고 늙은 파우스트는 작품의 마지막에 가서 이 말을 결국 내뱉는다.

흥미로운 건 이 순간을 재현하는 괴테의 상상력이다. 파우스트는 황제의 전쟁을 도와 제국의 해안을 봉토로 받고, 그곳에서 간척사업을 벌인다. 파우스트는 언덕 위의 전망대를 세우기 위해 메피스토펠레스의 힘을 빌린다. 메피스토펠레스 부하들은 언덕 위의 오두막에 있던 선량한 사람들을 죽이고, 오두막은 불타버린다.

이 상황에서 '근심'이 파우스트의 방에 찾아든다. 근심에게 파우스트는 자신이 오직 갈망했고 성취했으며 일생을 돌진해왔다고 말한다. 근심은 평생 눈먼 존재가 인간들이라며 파우스트의 눈이 멀게 되는 저주를 내린다. 눈먼 파우스트는 삽질하는 소리를 들으며 메피스토펠레스에게 수로 공사를 독려한다. 새로운 땅에 천국 같은 유토피아를 만들겠다는 의지다. 이 유토피아를 꿈꾸며 파우스트는 지금을 '지고의 순간'이라고 선언한다.

그런데 그 삽질 소리는 다름 아닌 무덤을 파는 소리다. 아이러니도 이런 아이러니가 없다. 지금 지고의 순간을 향유한다고 선언한 파우스트는 그대로 땅 위에 쓰러진다. 그의 영혼이 계약에 따라 메피스토펠레스의 손에 떨어지게 되는 찰나다. 무덤을 파는 소리를 유토피아를 건설하는 소리로 착각하면서 말이다. 그래서 이 긴 작품을 읽으며 달려가 마주하는 "머물러다오! 너는 너무도 아름답구나!"는 기가 막히고 쓰디쓰다.

착각만 이 장면을 쓰디쓰게 만드는 건 아니다. 파우스트는 죄 없는 사람들을 희생시키며 자신의 꿈을 추구한다. 메피스토펠레스와 함께 세상으로 나아간 파우스트는 지나간 자리마다 폐허를 만들어놓는다.

그레첸과 헬레네는 그러한 희생의 대표적인 인물이다. 파우스트는 메피스토펠레스가 가져온 보석으로 그레첸의 환심을 산다. 파우스트를 사랑하게 된 그레첸의 결말은 비참하다. 그레첸 가족은 산산조각이 난다. 그레첸은 파우스트와의 사이에서 태어난 아이까지 살해한다.

또 파우스트는 메피스토펠레스의 도움으로 헬레네를 유혹한다. 헬레네는 아름다움으로 그리스와 트로이 간의 전쟁을 일으킨 여성이다. 파우스트와 헬레네 사이에 태어난 오이포리온은 무모함과 욕망으로 한없이 높은 곳으로 오르려다 결국 떨어져 죽고 만다.

헬레네까지 떠났지만 파우스트는 변하지 않는다. 파우스

트는 해안을 덮쳤다 물러가는 파도를 향해 분노한다. 이 근대인은 자연의 비생산성과 무목적성을 참을 수가 없다. 파우스트는 바다를 바다 안쪽으로 쫓아버리는 '값진 즐거움'을 위해 간척사업을 시작한다.

정말 피곤한 인간이다. 그는 어디선가 멈춰야 했다. 맨 마지막 장인 2부 5막 궁전 장면에서 생각에 잠겨 거닐던 늙은 파우스트는 거기서라도 멈춰야 했다. 성찰 없는, 무모한 열정의 끝은 『파우스트』의 부제인 '한편의 비극' 그 자체다.

『파우스트』는 오래된 책이다. 괴테는 이 작품을 1773년에 집필하기 시작해 1831년에 끝맺었다. 파우스트는 이성과 합리성에 대한 믿음으로 꽃핀 17~18세기의 계몽주의와 인간의 자연에 대한 지배를 확장시킨 18세기의 산업혁명을 한 몸에 구현한 인간형이다. 동시대에 대한 괴테의 문학적 탐구가 경이롭고 감탄을 자아내게 한다.

그런데 우리는 지금 그로부터 얼마나 멀리 와 있을까. 가는 곳마다 폐허를 만들어놓은, 성찰을 빠뜨린 무모한 열정으로부터 얼마나 벗어났을까. 끝없이 식민지를 건설하고 두 차례의 세계대전을 일으킨 20세기 서구의 역사는 그 자체가 파우스트적이다. 21세기는 좀 나을까. 결국 천사들이 파우스트를 메피스토펠레스로부터 구해냈던 결말을 볼 수 있을까.

파우스트는 지고의 순간을 향해 결코 멈추지 않았다. 그런데 그런 지고의 순간은 오지 않았다. 그가 지고의 순간이라고 생각했던 것은 '파국의 순간'이었다. 비극을 피하려면 어디선가 멈춰야 했다. 파우스트에게 결여된 것은 잠시 멈춰 돌아보는, 자신의 생각을 생각하는 힘이다. 그러니까 성찰의 힘이다.

이게 내 방식의 『파우스트』 독서법이다. 불멸의 고전인 만큼 『파우스트』를 읽는 방식은 여럿일 것이다. 고전이 고전인 까닭은 그것에 담긴 의미와 교훈이 열려 있다는 데 있다. 지금 다시 만난 『파우스트』는 내게 성찰 없는 열정이 나의 삶은 아닐 것이라고 깨닫게 했다. 나는 어느 지점에서 멈춰야 하는 걸까.

젊은 날의 열정이 가치 없었다고 생각하지는 않는다. 그러나 무모한 열정을 발휘하기에 내 나이는 너무 많다. 이제는 성찰하는 열정의 삶을 살고 싶다. 성찰하는 열정의 삶은, 그렇다면 어떻게 가능할까. 인생의 새로운 화두 하나를 건진다.

사람은

사랑으로 산다

'사람은 무엇으로 사는가.' 질문이 너무 무겁다. 사람을 살게 하는 것, 삶에서 가장 중요한 것은 무엇인가. 이만큼 살았어도 이 질문에는 답을 못 내놓겠다. 작가이자 사상가 레프 니꼴라예비치 똘스또이는 1882년에 펴낸 「사람은 무엇으로 사는가」에서 이 질문을 감당한다.

어렸을 때 이 작품을 동화책으로 읽었다. 지금 읽고 있는 버전 역시 동화책으로 나온 것이다. 어린이들 읽기 좋으라고 쓴 큰 글씨가 나이 든 내 눈에 시원하다. 어린 시절 이해하지 못했던 문장들을 수십 년 만에 다시 읽어나간다. 그리고 다음의 구절에 오랫동안 눈이 멈춘다.

사람들이 자기 자신에 대한 걱정으로 살아간다는 것은 그들의 생각일 뿐, 사실은 오직 사랑에 의해서만 살아간다는 것을 나는 이제야 깨닫게 되었습니다.

신의 명령을 어긴 벌로 인간 세상에 떨어진 천사는 세 가지 깨달음을 얻고 신의 용서를 받는다. 깨달음을 얻은 과정을 이야기하면 좀 길다.

가난한 구둣방 주인 쎄묜이 있었다. 빌려준 돈을 받아 모피 코트를 해 입으려고 길을 나섰다. 돈을 못 받아 홧김에 술을 마시고 돌아오는데 교회 뒤에서 벌거벗은 남자를 보았다. 봉변을 당할까 봐 얼른 지나치려던 쎄묜은 양심의 가책을 느껴 그 남자를 집에 데려왔다.

이 미하일이라는 남자는 세 번 웃었다. 첫 번째, 쎄묜의 아내 마뜨료나가 저녁을 대접하자 웃었다. 사람의 마음속에 무엇이 있는지를 알았기 때문이다. 그것은 사랑이었다. 러시아는 몸을 따뜻하게 할 코트 하나가 절실한 추운 나라다. 길에 벌거벗은 사람이 있다. 어떤 일이 벌어질까. 누가 되었든

지나가던 모르는 사람이 돕지 않을까. 마뜨료나가 처음 쎄묜에게 사납게 굴었던 건 다만 사는 게 고달파서다. 마뜨료나의 가슴에도 사랑이 있었다.

두 번째, 일 년은 끄떡없도록 튼튼한 신발을 만들지 않으면 혼내줄 것이라는 신사를 향해 웃었다. 그렇게 말했던 신사는 일 년 후를 기약하기는커녕 돌아가는 마차 안에서 죽었다. 유한한 존재인 인간에겐 자기 몸에 필요한 게 무엇인지 알 수 있는 능력이 없다. 사람에게 주어지지 않은 것이 무엇인지를 알았기 때문에 미하일은 웃었다.

세 번째, 부모 없이 잘 자라는 쌍둥이를 전송하며 웃었다. 사람은 무엇으로 사는지 알았기 때문이다. 신이 미하일에게 준 임무는 이제 막 쌍둥이를 낳은 엄마의 영혼을 데려가는 것이었다. 엄마는 아이들을 돌봐줄 사람이 아무도 없다고 애원했고 미하일은 빈손으로 돌아갔다. 신은 다시 가서 여자의 영혼을 데려오면 세 가지 질문의 답을 알게 될 것이라고 말했다. 결국 여자의 영혼을 빼앗은 미하일은 날개를 잃고 추락해 쎄묜과 조우했다.

그리고 육 년 후 아이들 구두를 맞추러 온 한 가족을 만났다. 아이들은 미하일이 걱정이 되어 신의 명령을 어기기까지 했던 쌍둥이였다. 옆집 여자가 아이들을 데려가 자기 아이와 함께 키웠다. 여자는 두 살 때 자기 아이를 잃었다. 여자는 남은 두 아이가 자신에겐 촛불과 같다고 말했다. 다른 여자의 마음속에 있던 사랑이 쌍둥이를 불쌍히 여기고 돌보게 한 것이었다. 진작 알았으면 신의 명령을 어길 필요가 없었다. 사람은 사랑으로 사는 존재였다. 세 가지 깨달음을 얻은 미하일은 다시 날개를 펼치고 하늘로 올라갔다. 미하일은 대천사 미카엘의 러시아 이름이다.

똘스또이는 『전쟁과 평화』(1869)와 『안나 카레니나』(1877)를 발표한 후 세계적인 명성을 누렸다. 『부활』(1899) 또한 널리 알려진 작품이다. 백작 가문에서 태어난 그는 젊어 방탕한 생활을 했다. 하지만 이후 인생에 대한 깊은 고민과 종교적 성찰을 거쳐 사상가로서의 면모를 보였다. '똘스또이의 회심'이라고도 불리는 이 고뇌의 기간은 그가 오십 대에 발표한 『참회록』(1882)에 잘 담겨 있다.

똘스또이는 사상가로서의 면모만 보인 것이 아니었다. 농민의 아이들을 위해 학교를 세워 아동교육에 뛰어들었고, 빈민 구제 활동을 벌였다. 또 사유재산을 부정했는데, 이로 인해 아내 소피아와 불화를 겪기도 했다. 이러한 그의 사상과 행동은 제정러시아 당국과 갈등을 일으켰다. 당국은 똘스또이의 비판적인 글은 검열했고, 그의 글을 실은 잡지를 판매

금지했다. 더하여, 교회에 대한 비판으로 러시아정교회는 똘스또이를 파문하기도 했다.

「사람은 무엇으로 사는가」나 「사람에게는 땅이 얼마나 필요한가」 같은 글들은 사상가이자 사회운동가로서의 똘스또이의 면모를 보여주는 작품들이다. 그는 복음서의 이야기와 전해 내려온 민화들을, 아이나 어른이나 많이 배운 사람이나 못 배운 사람이나 모두 읽을 수 있도록 엮었다. 그래서 그의 작품들은 동화로 분류되기도 하고, '민화'로 불리기도 했다.

이 작품들은 예술적 성취를 목표로 하고 있지 않다. 그보다는 똘스또이 자신이 깨달은 인간과 사회에 대한 통찰을 전달하려는 의도를 갖고 있다. 그것도 어떻게 하면 잘 전달할 수 있을지 고심해가며 창작한 글들이다. 그에게는 예술보다 삶이 먼저였다.

'사람은 무엇으로 사는가.' 다시 한번 물어본다. "사람은 사랑으로 산다"가 똘스또이가 내놓은 답이다. 이걸 딱 붙들고 살면 세상에 불안할 것이 없다. 추운 겨울날 벌거벗은 채 길 위에 있어도 이웃의 도움으로 살길이 열릴 것이라고 믿을 수 있으니 말이다. 모두가 다 이 답을 믿는다면 그곳이 바로 낙원이다. 똘스또이의 동화를 읽는 순수한 어린이들은 이렇게 믿을 것이다. 똘스또이가 특별히 아동교육에 힘을 쓰고 동화를 썼던 마음이 여기에 있었을 것이다.

그렇다면 어른은? 어른은 어떻게 살아야 하는가. 어른도 믿고 싶다. 모두의 마음에 사랑이 있다는 것을, 그게 거짓이 아니라는 것을 믿고 싶다. 하지만 현실은 녹록지 않아 보인다. 사랑보다 앞에 놓인 게 있지 않은가. 먹고사는 문제 말이다. 사랑만 먹고살 수는 없다. 게다가 내가 사랑하겠다고 마음먹어도 그 사랑이 사랑으로 돌아오지 않는 경우도 있다. 사랑이 사랑으로 이어지는 것이 아니라 무관심으로, 불안으로, 상처로 이어질 수도 있다.

어떻게 해야 하나. 사랑만으로 살아가기에는 내가 너무 순진하고, 사랑을 부정하기에는 삶이 너무 황량해진다. 내 방식의 해석을 시도한다. 똘스또이가 전하려 한 것은 사랑이 삶의 충분조건이 아니라 필요조건이라고 나는 보고 싶다. 삶은 필요조건만으로 살아갈 수 없다. 충분조건이 필요하다. 그러나 충분조건이 성립되려면 먼저 필요조건이 있어야 하지 않는가. 이러한 깨달음이 내가 도달한 지혜라고 믿고 싶다.

3부

되는 대로 살긴
이제 시간이 아까워서

다음에 오는

이들을 위하여

연극평론가 안치운의 『그리움으로 걷는 옛길』(2003)은 여행기이자 산행기다. 좋은 에세이가 그렇듯, 이 책 또한 소소한 독서의 즐거움을 안겨주고 깊게 생각할 지점들을 선사한다. 자연과 사람과 사회와 역사에 대해 그가 하는 말에 귀를 기울인다. 때로 그와 함께 풍경에 빠져들기도 하지만, 그가 따끔하게 비판하는 세속의 부박함 쪽에 있는 나를 발견하기도 한다.

　　몇 년 전부터 산행을 시작했다. 넘어져 다쳐서야 병원을 찾았던 젊은 날과 달리, 어느 날 자고 일어났는데 이유도 모르게 팔이 잘 올라가지 않아 정형외과를 찾았다. 의사 말로는 완치가 어렵다고 했다. 물리치료를 받다 어지간한 것 같아 그만두면 얼마 안 있어 증상이 다시 나타났다.

의사는 운동을 권했다. 어깨가 늘 무지근했고 팔이 가끔 저렸으며 체중은 성인병을 예고하고 있었다. 무조건 운동을 해야 한다는 압박이 나이와 함께 여기저기서 밀려왔다.

무엇이 좋을까. 달리기는 저질 체력 때문에 어렵고, 수영은 물에 들어갔다가 나오는 것이 성가시고……. 그렇게 하나씩 지우다가 산행을 생각해냈다. 내 마음속 한구석에 가족들과 함께 등반하던 어릴 적 즐거운 기억과 지리산을 종주했던 대학 시절 뿌듯한 기억이 있었다. 운동도 하고 자연을 즐길 수 있으니 지속 가능한 일거양득의 답이었다.

등산화부터 사놓고 몇 주간 인터넷으로 산 구경만 하다가 어느 날 집을 나섰다. 청계산 입구에 도착해 놀란 건 엄청난 활기였다. 일요일이라 한산한 지하철을 타고 온 터여서 슬쩍 사람멀미가 났다. 곳곳에서 일행을 기다리며 모인 사람들은 시골 장터에 온 것처럼 소란스러운 웃음을 터뜨렸다. 벌써 산행을 마친 이들은 굉음을 내는 기계로 흙을 털고 있었다. 무성한 활엽수와 어두운 침엽수 터널을 지나 진달래 능선에 올랐다. 젖은 옷이 금세 마를 만큼 시원한 바람이 불었다. 능선이 높이를 더하니 오가는 사람들은 눈에 띄게 줄었다. 비로소 산에 들어왔다는 실감이 들었다.

내 쪽으로 오던 사람이 '수고하십니다'라고 인사를 건넸다. 그 말 한마디에 오래전 읽은 『그리움으로 걷는 옛길』이 떠올랐다. 길에서 만난 사람의 안부를 묻고 처음 보는 사람 집에서 잠을 청하던 안치운이 내겐 무척 낯설었다. 아파트 앞길에서, 지하철에서 처음 본 사람에게 인사를 하지는 않는다. 산에 들었다는 한 가지 이유로 낯선 사람이 환한 얼굴로 인사를 건네는 느낌이 따뜻했다.

안치운은 번잡한 도시를 떠나 지도에 잘 나오지 않는 오지를 헤매며 그곳에 사는 사람들의 삶을 전했다. 어느 날 그는 길을 잃고 화전민의 집 아들 방에서 밤을 보내게 되었다. 밤늦도록 이야기를 나눈 그 집 아들은 아침에 이미 밭에 나가고 없었다. 안치운은 김수영 시집을 방에 두고 나왔다. 오죽 아끼는 책이면 먼 길을 떠나는 배낭에 꾸려 넣었을까. 나는 안치운의 따뜻한 마음을 떠올리며 낯선 사람에게 '수고하십니다'라고 화답했다.

책을 펼쳐 그 부분을 찾는다. 저자가 화전민 집에서 잔 것은 1981년 초였다. 글은 그로부터 이십 년 후에 쓰였다. 오랜만에 다시 찾았을 때 집도, 사람도 모두 사라졌다. 안치운은

"집의 흔적조차 없는 산속에서 기억마저 추상화처럼 그 실체를 줄일 대로 줄이는 것이 두려워…… 주먹으로 눈시울을 가려야 했다." 『그리움으로 걷는 옛길』이라는 제목을 짐작하게 하는 대목이다.

1970년대 중반에 대학에 들어간 안치운은 "더러운 세상이 극복될 수 없다고 여겨질 때마다 우리는 배낭을 메고 산으로 들어갔다"고 말한다. 시대와의 불화가 그를 산으로 이끌었다. 이십여 년이 흐른 1990년대 후반에도 그는 여전히 "병든 서울"을 떠난다고 말한다. 시대와의 불화는 여전해 보이고 옛길에 대한 그의 사랑도 여전하다.

안치운은 그리운 옛길을 걸으며 옛길을 살려낸다. 강원도 인제에 이르렀을 때는 이곳이 옛 춘천도호부의 속현으로, 기린현에 속해 있었다는 걸 밝힌다. 발길은 갈터, 연가리골, 쇠나드리, 진동리로 이어진다. '신갈나무, 피나무, 물푸레나무, 함박꽃나무, 엘레지, 주목, 등대시호, 한계령풀, 점봉산 엉겅퀴, 조록싸리' 같은 알아서 반갑고 몰라서 궁금한 이름들이 길을 따라 끝없이 등장한다.

안치운이 오랜만에 찾은 진동계곡은 공사 때문에 어수선했다. 그는 사라진 진동계곡 옛길에서 길의 의미를 생각한다. "현대문명은 길이라는 진보의 개념 위에 세워졌다. 그 아래에는 우리가 알지 못하는 위험이 도사리고 있다." 깊은 산에 들어 안치운이 마주한 것은 현대문명의 명암이다. 그는 옛길들을 걸으며 아름다운 우리말 지명을 대신한 조야한 한자식 지명들을 불편해한다. 그리고 제 터전에서 쫓겨난 화전민들이 도시 하층민이 되고 마는 현실에 분개하며 무분별한 개발로 훼손된 자연을 안타깝게 증언한다.

안치운만큼 깊고 높은 산을 가기는 어렵다. 나는 마음먹고 떠나봐야 서울과 경기도 산들을 바쁘게 올라 바쁘게 내려오는 정도다. 유명한 산들은 인터넷과 책으로 구경한다.

내가 자주 가는 산은 북한산이다. 북한산을 오르는 길은 많다. 구기동에서 비봉을 오르고, 수유리에서 대동문을 오르고, 우이동에서 백운대를 오른다. 계절에 따라 길은 화려한 꽃과 짙은 녹음과 타는 단풍을 펼쳐보인다. 겨울이면 녹음으로 가렸던 시야가 마음마저 시원하게 먼 곳까지 펼쳐진다.

그렇게 새로운 풍경을 눈에 넣으며 나무들 사이 오솔길을 걷는다. 온몸에서 땀이 솟는다. 시간이 흐르면서, 걷는 것이 아니라 숲속을 흐르고 있다는 느낌이 든다. 힘이 들어 적당한 바위에 앉는다. 땀이 흘러들어 따가워진 눈을 훔친다. 두고 온 일상이 아주 먼 곳의 소식처럼 느껴진다.

길을 떠나면 만날 수 있는 내가 있다. 일상의 자리가 역할과 책임으로 묶인 자리라면, 가벼운 배낭까지 벗어놓은 바위 위의 자리는 자유로운 무심無心의 자리다. 안치운은 말한다.

여행은 수없이 낮아지기 위한 움직이는 연습과 같다. 자연과의 만남, 사람들과의 만남에서부터 자기 자신을 응시하는 것에 이르기까지 깊고 넓은 태도를 지니게 한다.

뒤늦게 산행을 시작한 나 같은 사람에겐 오랜 세월 산을 오르고 길을 걸었던 안치운 같은 안내자가 있어서 든든하다. 인터넷을 뒤지면 교통편부터 길까지 자세하게 사진으로 남겨놓은 블로거들도 많다.

산에 오르면 표지판도 있고 누군가 달아놓은 리본도 있다. 헷갈리는 갈림길에서 나뭇가지에 매달려 펄럭이는 리본만큼 반가운 것은 없다. 산행 초보자인 나는 리본을 달진 않는다. 나도 언젠가 뒤에 오는 이들을 위해 리본을 달게 될까. 이 나이가 되어서야 비로소 내 뒤에 오는 이들을 생각하게 된다. 산행이 내게 준 선물의 하나다.

재미는

힘이 세다

책을 읽고 하마터면 동네에 여자축구팀이 있는지 찾아볼 뻔했다. 축구는 국가 대항전이나 있어야 봤지 평상시엔 별 관심도 없었다. 선을 하나 그려 가장 왼쪽에 축구를 싫어하는 사람을 놓으면 그것보다 약간 중앙 쪽에 내가 있고 축구를 하는 여자는 선의 가장 오른쪽에 놓을 수 있을 것이다. 그런데 이 책을 읽고는 축구가 세상에서 제일 재미있어 보였다.

　에세이스트 김혼비의 『우아하고 호쾌한 여자 축구』(2018) 이야기다. 책은 오랫동안 즐거이 축구를 관전해온 좋은 팬이 여자축구팀에 들어가 열정적으로 축구에 빠져드는 이야기다. 축구가 본업이 아니다. 그래서 김혼비의 열정은 더 순수하다. 이 책은 재미에 관한 이야기다.

뙤약볕에 쭈그리고 앉아 줄지어 기어가는 개미를 쳐다보고, 문방구 앞 오락기계에 정신이 팔려 집에 늦게 들어가 혼이 나던 어린 시절, 세상은 재미있는 일투성이였다. 학교를 다니고 생업에 뛰어들면서 호기심과 에너지는 차츰 말라갔다. 인간을 '호모 루덴스', 즉 놀이하는 존재로 바라보자면 나는 놀이를 잃은 존재였다. 세상이 점점 재미없어졌다.

취미에 대해 생각한다. 십 대나 이십 대라면 다양한 것들을 접하고 재미를 느끼고 소질을 발견해서 생업을 찾을 수도 있다. 특정 취미에 지나치게 몰입하는 사람이란 일본어 '오타쿠'에서 온 '덕질'이 직업으로 연결되는 '덕업일치'인 셈이다. 오십의 취미는 다르다. 전적으로 재미를 붙이는 일이고 삶을 풍성하게 만드는 일이다.

친구들에게 "뭘 하고 노느냐"고 더러 물어본다. 여행, 등산, 골프, 붓글씨, 탁구, 목공, 주말농장, 경비행기 날리기, 달리기 등 다양한 답이 돌아온다. 바쁜 직장이라 새벽에 등산을 갔다 이른 출근을 하는 친구도 있고, 마라톤 출전을 위해 열심히 몸을 만드는 친구도 있고, 여러 취미를 섭렵해온 취미의 고수도 있다. 취미를 즐기는 것은 생업의 분주함과 무관하게 삶의 태도에 관한 문제로 보였다.

버트런드 러셀은 『행복의 정복』에서 행복하려면 폭넓은 관심을 가지라고 권유한다. 그는 폭넓은 관심사가 긴장을 이완시키고 지나친 몰입으로 잃기 쉬운 균형감각을 유지하게 해준다고 말한다. 무엇보다 올바른 기분 전환 방법을 갖고 있는 것이 행복해지는 데 무척 중요하다고 강조한다.

이제 와 생각해보니 러셀의 조언은 전적으로 옳다. 그렇다면 뭘 하고 놀까. 무엇에 관심을 가져야 잃어버린 호기심과 에너지를 찾을 수 있을까. 『우아하고 호쾌한 여자 축구』란 제목에 끌려 이 책을 읽게 된 것도 결국 남들은 무엇을 하고 노는지 궁금해서였다.

김혼비는 운동을 좋아했고 잘했다. 이 '체육 소녀'는 호날두와 해외 축구, K리그를 보는 열혈 축구팬이 되었다. 여자 축구팀 회원 모집 공고를 발견하지만 축구가 팀 스포츠라는 것 때문에 망설였다. 그런데 결정은 간단했다. "나는 정말 축구를 하고 싶었다"가 모든 일의 중심이 되었다.

축구 이야기라고 해서 무턱대고 젊은 여자들 이야기일 것이라고 생각했다. 그래서 다소 부러운 마음으로 21세기의 젊은 여자들은 어떻게 노는지 보려 했다. 삼십 대인 김혼비는 물론 나보다 훨씬 젊다. 하지만 내 시야에 걸린 건 그전부터 축구를 하던 사십 대, 오십 대 '언니들'이었다.

여자축구팀 이야기를 책으로 펴내준 김혼비가 아니었으면 이런 언니들이 있는지 모를 뻔했다. 세상이 변해서 여자들도 축구를 하는 이야기가 아니라 축구를 하는 여자들의 이야기였다. 프로나 아마추어 출신 선수들과 섞여 한국의 보통 언니들이 축구를 하고 있었다.

나나 김혼비나 십이 년간 공교육을 받는 동안 축구를 해본 적이 없다. 교육 기간 내내 축구를 접할 기회는 없었고 운동 자체에서 멀어졌다. 언니들도 마찬가지였다. 언니들은 김혼비와 달리 프로축구에도 별 관심이 없었다. 축구에 대한 대단한 애정이 있어서라기보다는 '다단계' 같다는 표현처럼 어쩌다 알음알음으로 팀에 합류했다. 애정은 오히려 축구를 하면서 생겼다. 언니들은 왜 이제야 축구를 시작했을까 하면서 땀을 흘리며 운동장을 뛰어다니고 있었다.

이들이 축구를 하면서 장애물이 왜 없었겠는가. 축구는 여성 친화적인 문화와 거리가 멀었다. 축구를 하는 여자를 신기해하는 일상적 시선에 맞서야 했고, 저자가 '맨스플레인'으로 지적하고 있듯 걸핏하면 가르치려 드는 남자들과 축구를 해야 했다.

생활의 문제도 있다. 아마추어 여자축구팀에 사십 대와 오십 대의 비율이 가장 높은 것은 출산과 육아가 집중된 삼십 대가 빠졌기 때문이었다. 운동장 안의 세계는 밖의 세상과 별반 다르지 않았다. 그래도 20세기에 젊은 여자였던 언니들은 축구를 하면서 21세기를 살고 있었다. 재미는 많은 것을 이긴다.

일상으로 들어온 축구는 김혼비의 많은 것을 변화시켰다. 그는 삼십 대에 크게 아프면서 아름다움을 위해 체중과 씨름하던 지난날을 돌아보았다. 하지만 몸과의 관계는 쉽게 바뀌지 않았다. 관계는 축구를 하면서 바뀌었다. 이제 그는 날씬하고 아름다운 몸이 아니라 축구를 잘할 수 있는 몸을 원한다. "어떤 욕망을 이길 수 있는 건 공포가 아니고 그보다 더 강렬한 다른 욕망이었다." 그의 다리엔 알이 뱄고 긴 머리는 짧아졌다.

재미는 공짜가 아니다. 폭넓은 관심사를 가져야 하고, 필요한 것이 있으면 배우고 익혀야 한다. 호기심과 열정 없이는 불가능한 일이다. 거기에다 같이 즐길 이들이 있으면 더할 나위 없다.

김혼비가 여자축구 경기를 처음으로 관전하던 날, 비인기 종목인 만큼 관중석에는 주로 전현직 축구선수들이 앉아서 경기를 관람하고 있었다. 한 선수가 부상을 당하자 경기보다도 부상 선수에 대한 걱정으로 주변이 술렁댔다. 들것에 실린 선수가 가까이 오자 관중석에선 열렬한 응원의 외침이 터졌다.

우리 여기 다 있다.

그들에게 선수의 부상은 정말로 남의 일이 아니었다. 그 뜨끈뜨끈한 외침에 책을 읽던 나도 울컥했다.

근육을 붙이고 체력을 키우며 언니들과 오래오래 운동장을 뛰어다닐 김혼비를 생각하면 내 일이 아니라도 뿌듯하다. 오늘도 어디선가 뛰고 있을 그들을 응원하고 싶다. 축구뿐만 아니라 어디선가 재미있는 걸 찾아내 즐기고 있을 모두를 응원하고 싶다. 잃어버린 재미를 찾아 나서는 나 같은 사람들은 앞서 즐기는 사람들이 어딘가에 있다는 것만으로도 든든하기 때문이다.

재미는 힘이 세다. 오랫동안 혼자가 편한 사람이어서 축구팀에 들어가기 꺼렸던 김혼비는 이제 언니들과 함께 울고 웃는다. 축구를 시작하기 전엔 스스로도 알 수 없던 일이다. 내가 몰라서 못 찾은 재미도 어딘가에 있지 않을까. 나이가 들어도 재미를 느낀다면 세상은 언제나 처음이다.

일의 기쁨,

여가의 기쁨

젊었을 때 '일이 뭐냐'는 질문을 심각하게 생각하지 않았다. 생계를 꾸려야 하고, 자아실현도 해야 하고, 사회에서 하나의 위치를 갖고 관계도 맺어야 하니까 당연히 필요해 보였다. 그런데 집안일을 하면서는 이게 일인지 아닌지 헷갈렸다. 생계로 보면 보조이고, 자아실현이 되는지는 모르겠고, 사회에서의 위치는 간접적이기만 했다.

　　오랫동안 직장을 다닌 친구들도 요즘 지켜보면 생각이 많아진다. 취업을 위해 공부하고 직업을 가진 다음엔 업무를 익히고 지금의 자리까지 올라왔다. 그런데 정년을 보장해주는 직장이라도 이젠 다닌 기간보다 남은 기간이 훨씬 짧아져 버렸다.

일과 연관해 최근 내 시선에 걸린 말이 '파이어족'이다. 파이어FIRE, Financial Independence, Retire Early란 경제적 자립과 이른 은퇴를 뜻한다. 파이어족은 삼십 대 후반이나 사십 대 초반에 은퇴해 여유로운 삶을 즐길 수 있도록 이십 대 때부터 소비를 극단적으로 줄이고 수입의 70~80퍼센트를 저축하는 사람들이다. 미국에서 2008년 금융위기 이후 고학력·고소득 계층을 중심으로 확산되었다고 한다. 일에 대한 생각이 많이 바뀐 걸까.

일에 대한 지나친 강조가 개인의 행복을 훼손하는 자기 착취적 사회에 대한 반발은 그동안 많았다. 과도하게 일에 치중된 삶에서 벗어나려는 '워라밸'의 추구, 현재의 행복을 중시하고 자신을 위해 과감히 소비하는 '욜로족'의 등장, 오직 목표와 성취만을 향해 돌진하는 피로사회에 맞서는 '소확행'의 유행 같은 건 이미 익숙한 사회현상들이다.

자본주의 문명이 지배하는 국가의 노동자계급은 기이한 환몽에 사로잡혀 있다. 이러한 망상이 개인과 사회에 온갖 재난을 불러

일으켜, 지난 2세기 동안 인류는 크나큰 고통을 겪어왔다. 다름 아니라 노동에 대한 사랑, 일에 대한 격렬한 열정이 이러한 환상의 한가운데 자리 잡고 있으며…… 한 개인뿐만 아니라 후손들의 생명력까지 소진한 지경에 이르렀다.

사회주의자 폴 라파르그는 무려 19세기 저작인 『게으를 수 있는 권리』(1883)에서 일에 대한 사랑은 망상이며 고통의 근원일 뿐이라고 일축한다. 여태 읽은 책 중에 이 책만큼 일에 대해 격렬히 저항하는 책은 본 적이 없다. 라파르그는 카를 마르크스의 사위로 평생을 사회주의운동에 헌신한 인물이다. 그의 시대는 온갖 사회주의 상상력이 터져 나온 시기이자 전 세계적으로 노동운동이 들끓었던 때이기도 했다. 그의 격렬한 삶은 이 책의 서문이 교도소에서 쓰였다는 것만으로도 충분히 짐작할 수 있다.

라파르그는 노동을 지적 타락을 가져오고 모든 생명체를 기형으로 만드는 원흉으로 지목한다. 그가 보기에 아름다운 외모와 건강한 신체를 소유한 오세아니아 원주민, 로마인들이 마주친 정결한 게르만족, 여유와 한가로움을 가진 우랄산맥의 바시키르족 등과 비교했을 때 현대 서구 노동자들의 삶은 너무나 고통스럽고 비참했다.

라파르그는 1848년 6월 파리의 노동자들이 '일할 권리'를 요구한 것을 비난한다. 그는 노동자들이 기독교, 경제학, 자유사상의 윤리가 노동을 찬양하는 것에 맞서 자연의 본능으로 돌아가야 한다고 주장한다. 결국 노동자는 '일할 권리'가 아니라 '게으를 수 있는 권리'를 요구해야 한다는 것이 그의 핵심 아이디어다.

흥미로운 건 라파르그가 제시하는 노동의 악덕이다. 그에 따르면, 지나친 노동은 사회 전체를 과잉생산에 따른 산업 위기로 몰아넣고 결국 공황을 일으킨다. 제조업자들은 과잉생산된 상품을 팔러 세계를 헤집고 다니며 식민지를 건설하며, 잉여 자본은 "태양 아래서 빈둥대고 있는 행복한 나라를 찾아내 기차선로를 놓고 공장을 세워 저주받을 노동을 수입"한다. 노동에 대한 열정, 그러니까 너무 많이 일하는 것은 산업의 발전까지도 막는다. 일하는 시간을 줄이려면 노동이 하루빨리 기계로 대체되어야 하는데 인간이 계속해서 너무 많이 일하게 되면 대체가 더뎌지기 때문이다.

라파르그는 기계를 "인류의 구원자"라고 말한다. "천박한 일과 돈 때문에 하는 노역에서 인류를 구원하고 여가와 자유를 마련해줄 신"으로까지 칭송한다. 라파르그의 이상이 '하루에 세 시간만 일하고, 나머지 낮과 밤 시간은 한가로움과 축제를 위해 남겨두는 삶'인 한, 기계가 인류의 구원자라는 표현이 과장만은 아니다.

라파르그 시대와 우리 시대는 얼마나 다를까. 그의 시대는 아이들까지 하루 열두 시간에서 열네 시간을 일하던 시대였다. 일에 대한 그의 격렬한 저주가 이해되지 않는 바가 아니다. 시간이 흐르면서 어린이들은 일에서 벗어났고, 노동시간은 점점 짧아졌다. 이제 노동조합은 법으로 보장되며 복지국가라는 개념이 생겨났다. 이 정도면 많이 달라진 걸까.

파이어족을 보면 일은 여전히 돈 때문에 하는 노역이다. 현재의 소비에 주력하는 욜로족도 다르지 않다. 평생을 일에 파묻혀 살 수는 없으니까 최대한 빨리 은퇴해 자유롭게 살겠다는 파이어족이나, 미래의 성공을 위해 오늘을 희생해가며 살지 않겠다는 욜로족이나 모두 일로부터의 탈출을 꿈꾸기는 마찬가지다.

우리 사회는 어떨까. 파이어족의 경우는 얼마나 많은 이들이 가능한지 모르겠다. 백 세 시대를 맞은 지금 삼십 대와 사십 대에 남은 인생을 감당할 만큼 벌 수 있는 사람이 많을 것 같지 않다. 욜로족의 경우는 삶에서 일을 빼버리고 남은 부분에서만 행복을 찾는 게 바람직한 것인지 모르겠다. 행복한 현재에 취해 미래를 잠시 잊는다 해도 나를 기다리는 긴 노후의 미래는 그 미래를 살아가야 하는 나를 잊어줄 것 같지 않다.

그리고 라파르그가 내 말을 들으면 분명 비웃을 것 같지만 일이 주는 작고 큰 보람이 있다. 미루어두었던 청소를 끝내고 깨끗해진 집 안을 바라보는 마음, 요리를 만드는 건 귀찮지만 그것을 맛있게 먹어주는 가족을 지켜보는 마음, 마감에 쫓기는 원고를 시간에 맞추어 보내고 한숨 돌릴 때의 마음 같은 것들 말이다.

그렇다고 라파르그의 경고를 무시할 생각은 전혀 없다. 좋아하는 일만 하고 사는 사람이 어디 많은가. 일의 많은 부분은 돈 때문에 하는 노역이 맞고, 인생을 즐길 시간을 인색하게 남긴다. 그러니까 문제는 일도 버릴 수 없고 여가도 버릴 수 없다는 데 있다. 어딘가 둘 다를 충족시킬 만한 균형점이 있지 않을까. 내게 남은 삶을 잘 산다는 건 그 사이의 균형점을 찾는 일이라고 나는 믿고 싶다.

나는 지금

어떤 바늘을 꿰매고 있을까

왜 우리는 이렇게 쫓기듯이 인생을 낭비해가면서 살아야만 하는가? 우리는 배가 고프기도 전에 굶어 죽을 각오를 하고 있다. 사람들은 제때의 한 바늘이 나중에 아홉 바늘의 수고를 막아준다고 하면서 오늘 천干 바늘을 꿰매고 있다.

이렇게 말하는 청년은 스물여덟 살에 미국 매사추세츠 주에 있는 월든 호숫가에 집을 짓고 이 년 정도를 자급자족으로 살았다. 『월든』(1854)을 쓴 사상가이자 작가 헨리 데이비드 소로다. 그가 생각하는 낭비는 우리가 생각하는 것과 반대다. 이를테면 소로에게 있어 돈을 벌려고 열심히 일하는 것은 인생의 낭비지만, 호수를 바라보며 하루를 보냈다면 그건 실속 있는 삶이다.

그의 계산 방식은 이렇다. 멀지 않은 피츠버그로 가는 데 누가 빠른지를 내기한다. 피츠버그까지 거리는 삼십 마일(약 사십팔 킬로미터)이고 차비는 구십 센트다. 이 돈은 하루 품삯에 해당한다. 소로는 당장 도보로 떠나 밤이 되기 전에 도착한다. 한편 상대는 차비를 버느라고 하루를 그냥 보낸다. 운이 좋아 봐야 밤에, 아니면 그다음 날에 피츠버그에 도착할 수 있다. 결국 걸어간 소로가 이긴다.

『월든』을 여는 「숲 생활의 경제학」은 이런 방식으로 소박한 생활이 얼마나 남는 계산인지를 보여준다. 비싼 음식과 화려한 집과 입고 남을 옷 같은 걸 버리면 소로의 기준으로 훨씬 풍요로운 삶을 누린다는 것이다.

배가 고프기도 전 굶어 죽을 각오를 하게 하는 건 미래에 대한 두려움이다. 미래에 대한 두려움에 휘둘렸다면 스무 살에 대학을 졸업하고 교사 생활을 하다가 학교를 운영하고 잡지에 글을 싣던 스물여덟 살의 젊은이가 숲으로 들어갈 수 없었을 것이다. 그는 먹고사는 것을 마련하는 일에서 여가를 얻어 인생의 모험을 떠나자고 말한다.

내가 숲속으로 들어간 것은 인생을 의도적으로 살아보기 위해서였다. 다시 말해서 인생의 본질적인 사실들만을 직면해보려는 것이었으며, 인생이 가르치는 바를 내가 배울 수 있는지 알아보고자 했던 것이며, 그리하여 마침내 죽음을 맞이했을 때 내가 헛된 삶을 살았구나 하고 깨닫는 일이 없도록 하기 위해서였다.

그래서 그는 숲으로 갔다. 그리고 그 경험은 괴팍한 젊은이의 실험으로 끝나지 않았다. 19세기의 『월든』이 21세기에도 읽히는 이유 중 하나는 그가 월든 호숫가의 생활을 통해 우리의 삶에서 과연 무엇이 가치 있는 것인지를 여전히 묻는 데 있다. 그의 숲속 생활은 고행이나 은둔이 아니라 그가 꿈꾸어온 삶과 이상을 실천한 것이었다.

소로는 거친 음식을 먹고, 간소한 옷을 입고, 되는 대로 구한 재료로 오두막을 지었다. 밭에서 김을 매거나 글을 읽고 쓰면서 오전을 보내고, 오후에는 완전한 자유의 시간을 보냈다. 농사도 남달랐다. 그는 경작하는 콩들이 자신만을 위해 자라는 것이 아니라 우드척이란 야생동물을 위해서도 자라며, 게을리 김을 맨 덕분에 자라난 잡초들의 씨앗이 새들의 주식이라는 걸 주목한 농부였다.

대자연 속에, 후드득후드득 떨어지는 비 속에, 또 내 집 주위의
모든 소리와 모든 경치 속에 너무나도 감미롭고 자애로운 우정
이 존재하고 있음을 느꼈다. 그것은 나를 지탱해주는 공기 그 자
체처럼 무한하고 설명할 수 없는 우호의 감정이었다.

소로는 '간소화하고 간소화하라'로 얻은 자유 안에서 대
자연의 존재를 깨닫는다.『월든』이 여전히 읽히는 또 다른 이
유는 바로 이 책이 펼쳐보이는 자연에 있다. 숲 생활이라고
해서 소로가 고립되었던 것은 아니다. 방문자들도 있었고, 마
을까지 산책도 더러 했다. 하지만 대부분의 시간을 고독 속에
서 호수와 숲과 식물과 동물을 사귀었다.

도시에서 태어나고 자란 나 같은 사람도『월든』을 읽으
며 호숫가의 풍경에 빠져든다. 어느 겨울밤 기러기 울음소리
를 듣고 밖으로 나와 호수를 가로지르는 기러기들을 보고, 그
소리에 화답하는 올빼미 울음소리를 듣는 풍경은 어떤가. 호
수의 얼음이 우는 소리가 들리고, 여우들은 눈 덮인 땅을 돌
아다니며 짖는다. 찬찬한 관찰자 앞에서 사계절이 천천히 흘
러간다.

소로는 이런 자발적 고독을 통해 각자 자신에게 더 가까이 다가가자고 말한다. 세계를 향해서가 아니라 '지도 위에 공백으로 남아 있는 자신의 내부'를 향해서 '신대륙을 발견하는 콜럼버스'처럼 모험을 떠나자고 말이다.

소로는 우리 각자가 '하나의 왕국의 주인'이므로 '새롭고 보다 자유스러운 법칙'을 스스로 세워야 한다고 주장한다. 개인에 대한 소로의 옹호는 국가의 제한까지 넘어버릴 정도로 강력하다. 실제로 국가의 잘못을 들어 세금 납부를 거부하고 감옥에 갇힐 만큼 그의 기세는 대단했다. 같은 맥락에 놓인 『시민의 불복종』(1849)도 이후 큰 영향을 미쳤다.

소로의 자유는 물질의 유혹과 미래에 대한 두려움에서 벗어난 자리에서 주어졌다. 이런 자유를 그리워하는 사람들이 무엇을 추구해야 하는지가 분명하다. 열심히 일해 돈을 많이 벌면 이런 자유, 이런 인간적인 삶을 살 수 있을 것이라는 생각은 틀렸다. 물질적 풍요에 끝이란 건 없기 때문이다. 『월든』에서 큰 감명을 받았다는 간디의 말대로, 모든 사람의 필요에 넉넉한 곳인 지구도 한 사람의 탐욕에는 불충분하다. 맛있는 음식을 먹으려는 시골 농부까지 힐난하는 소로가 좀 과격해 보이지만 물질에 대한 욕망에는 분명 절제가 필요하다.

미래에 대한 두려움은 어떤가. 우리는 지금 알 수 없는 미래의 아홉 바늘을 상상하며 천 바늘을 꿰매느라 헉헉거리고 있는 건 아닌가. 이십 대의 내가 오십 대의 아홉 바늘을 위해 꿰매놓은 건 계산이 맞았나. 그럼 오십 대의 나는 나의 칠십 대와 팔십 대를 위해 얼마나 많은 바늘을 꿰매야 하는가. 소로가 숲속 생활을 통해 우리에게 알리고 싶었던 것이 바로 지금 어떤 바늘을 꿰매야 하는지다. 월든 호숫가에서 살던 젊은 청년은 그런 건 남들이 일러주는 것이 아니라 자신의 삶과 마주해 알아내는 것이라고 강조한다.

이제 어떤 곳에서 살아야 할까. 남은 삶에서 내게 중요한 건 무엇일까. 대체 어디까지가 필요이고 어디까지가 탐욕일까. 후회하지 않는 삶을 살려면 무엇부터 해야 할까.

이 나이에 소로처럼 모든 것을 버리고 숲으로 갈 자신은 없다. 하지만 '간소화하고 간소화하라'는 소로의 충고는 따르고 싶어 지난 몇 년 동안 미루어왔던 서가 정리를 시작했다. 한때는 유용했을지 몰라도 의미 없는 책들이 적지 않았다. 그동안 내 마음의 숲을 채워왔던, 이제는 그다지 쓸모없는 지식을 정리한다고 생각하니 그 숲이 환해지는 것 같았다. 『월든』이 안겨준 선물이었다.

노는 것의
즐거움

아무래도 나는 재미있는 사람이 아니다. 재미를 찾아 나가 노는 것이 아니라 『호모 루덴스』(1938)를 읽고 있는 것만 봐도 그렇다. 그건 저자인 역사가 요한 하위징아도 마찬가지였을 것 같다. 인간 문명이 놀이로 생겨나고 발전해왔다는 주장을 증명하기 위해 시간적으로는 먼 고대부터, 공간적으로는 동서양을 넘나들며 방대한 연구를 해냈으니까.

인간이 본래 놀이하는 존재라고 해서 누구나 잘 놀 수 있는 건 아니다. 노는 시간은 왠지 떳떳하지 못한 시간이다. 그렇다고 놀지 않는 건 아닌데 마음 한구석의 찜찜함은 어쩔 수 없다. 노동이건 작업이건 해야 하는데 하지 않은 일은 언제나 남아 있게 마련이다. 인생의 목표를 향해 성실하게 일을 해도 모자란 판에 어떻게 노는 데 돈과 시간을 쓰는 걸 스스로 잘했다고 할까. 그렇게 별다른 취미 없이 이 나이까지 먹다 보니 어떻게 놀아야 하는지 모르게 되었다.

놀이란 대체 무엇일까. 하위징아에 따르면 놀이는 잉여 에너지의 발산, 힘든 일 이후의 긴장 완화, 장래의 일에 대한 훈련, 충족되지 못한 동경에 대한 보상의 기능으로 분석되어 왔다. 그런데 하위징아는 이런 분석들이 놀이에 담겨 있는 열광과 몰두와 광분을 설명하지 못한다고 지적한다.

놀이의 본질은 결국 '재미'다. 하위징아는 재미가 분석과 논리적 해석을 거부하며, 심리적 범주로 환원될 수 없다고 말한다. 어떤 놀이는 진지하다는 점에서 진지하지 않은 것으로 놀이를 규정하는 것도 어렵다. 또 어리석지 않다는 점에서 놀이는 지혜와 어리석음의 대립 관계도 뛰어넘는다. 더 나아가 놀이는 진리와 허위나 선과 악 같은 대립 관계도 뛰어넘는다.

하위징아가 주목하는 것은 사회적으로 구성되는 다양하고 구체적인 형태로서의 놀이의 의미다. 하위징아에 따르면 놀이란, 첫째, 자발적 행위다. 둘째, 일상에서 벗어난 행위다.

셋째, 시간과 공간의 제약을 받는다. 즉 놀이 스스로의 시작과 끝을 가지며 놀이가 벌어지는 공간을 갖는다. 넷째, 놀이는 먼저 질서를 창조하고 스스로 질서가 된다. 그래서 불완전한 세계와 혼란스러운 일상에 잠정적이고 제한적인 완벽함을 가져다준다. 다섯째, 사회적 집단의 형성을 촉진하며 그 집단은 평범한 세상으로부터 자신들이 벗어나 있음을 강조한다.

하위징아는 의례, 축제, 경쟁적 경기, 예술, 법률, 전쟁 등 어떻게 보면 일상적이지 않은 거의 모든 것에서 놀이의 흔적을 찾아낸다. 지나치게 외연을 확장해서 놀이라는 단어의 원래 의미가 희미해질 지경이지만, 그는 놀이하는 인간을 통해 문명이란 무엇인지를 탐구한다.

『호모 루덴스』는 제2차 세계대전이 발발하기 일 년 전인 1938년에 발표되었다. 전 세계가 제2차 세계대전이라는 야만으로 치달아가던 때였다. 하위징아는 1940년 자신이 몸담고 있던 네덜란드 레이던대학이 독일군 점령으로 문을 닫을 때까지 강의했다. 이후 나치를 비판했다는 이유로 수용소에 감금되었다 1942년 석방되었고, 1945년 2월에 세상을 떠났다. 독일의 항복이 그해 5월이었으니 전쟁이 끝나는 것을 보지 못했다.

하위징아가 이런 야만에 가장 극명하게 대비해놓은 것

은 그리스 문명이다. 그는 그리스의 소피스트에게서 놀이의 모습을 찾는다. 소피스트는 명예로운 자기선전과 논쟁을 하려는 열망으로 사회적 놀이를 추구했다. 한편 아리스토텔레스는 일을 잘하는 것뿐만 아니라 잘 빈둥거리는 것 또한 중요하다고 말했다. 그리스인들에게 시간을 보내는 것을 표현하는 '디아고게diagōgē'는 자유민에게 어울리는 지적·미학적 열중이며, 최종 목표이자 완성이었다.

흥미로운 것은 학교school의 의미 변화다. 학교의 어원인 그리스어 '스콜레scholē'는 여가라는 뜻이다. 그리스인들에게 소중한 것은 여가의 결실이었다. 그런데 이 의미는 이후 변화되어왔다. 문명이 젊은이들의 자유 시간을 제한함으로써 이제 학교는 여가와는 반대인 체계적인 지적 훈련을 받는 장소라는 의미를 갖게 되었다.

중세의 삶은 놀이로 가득했고, 르네상스, 바로크, 로코코, 신고전주의, 낭만주의를 거치면서도 놀이는 여전히 문화의 중심축이었다. 하지만 18세기부터 효율성과 공리주의가 사회에 깊숙이 스며들기 시작했고, 산업혁명과 기술 분야의 발전은 물질문명과 경제적인 요소에 대한 과대평가로 나아갔다. 결국 19세기에 이르러 문화는 '놀이 되는' 것을 중단했다.

놀이의 상실은 이성의 확대가 아니라 이성의 부식으로

나타났다. 하위징아는 나치에 참여한 카를 슈미트의 '적과 친구의 이분법'을 비판한다. 그리스 문화의 '아곤agon', 즉 경쟁적 경기에서 라이벌은 파괴되어야 하는 대상이 아니었다. 그 반면에 슈미트에게 적은 파괴해야 할 대상이다. 하위징아에게 이건 인간 이성의 슬프고 절망적인 상태다. 하위징아는 사회가 야만과 혼란 속으로 추락하지 않기 위해 놀이 규칙의 준수가 중요하다고 주장한다.

분명 놀이는 소거할 수 없는 인간의 특질이다. 그런데 어쩌다 놀이는 삶의 여분이 되고 말았을까. 일을 마친 저녁이나 주말에, 피곤하니까 좀 쉬고 어떻게든 남는 시간에 텔레비전이나 유튜브로 남들이 노는 걸 보는 게 놀이일까. 그 화면 안에서 열심히 운동하거나 예능을 펼치는 것은 놀이일까. 남들이 차려놓은 놀이 공간에 돈을 내고 들어가 노는 것은 놀이일까. 하위징아라면 아마도 이런 건 놀이 냄새가 나는 상품이라고 했을 것이다.

하위징아의 말처럼 인간을 호모 루덴스, 즉 놀이하는 인간으로 보는 데 여전히 선뜻 동의되지는 않는다. 하지만 충만한 삶을 영위하는 데 일하는 인간만으로는 분명 부족하다. 먹고사는 게 중요하다 해도 그것만으로는 좋은 삶이라고 보기 어렵다. 이제라도 생각을 바꾸지 않으면 계속 재미없게 살지 모른다.

지금 와서 후회되는 것은 여태 변변한 놀이를 가지지 못했다는 점이다. 여유 시간을 빼앗아가는 21세기 문명을 탓하기만도 어렵다. 드물지만 주위를 둘러보면 자기만의 놀이의 세계를 가꾸는 사람들이 있다. 글씨에 빠져 자신만의 서체를 익혀가는 친구도 있고, 젊어서 다루던 악기를 놓지 않고 소리를 들려주는 친구도 있다. 할 일이 많았다는 핑계를 대기에는 이제 남은 시간이 많지 않다.

그러니까 나는 이제 재미있게 살고 싶다. 나는 어떤 걸할 때 재미있는지, 그래서 나는 어떤 사람인지를 차츰 알아가고 싶다. 노는 데 시간과 공을 들여 언젠가는 재미있는 사람이 되고 싶다. 이미 반평생을 살아버렸다 해도 너무 열심히찾지는 않을 것이다. 그것이야말로 놀이가 아닌 일의 논리일테니까.

도시를 떠나

한갓진 시골에서 살아볼까

귀농을 생각해보지 않은 사람이 있을까. 다 접어두고 시골에 가서 농사나 지어볼까 하는 생각부터 복잡해져가는 도시 생활이 지긋지긋해 한갓진 전원생활을 그려보는 꿈까지. 가끔 귀농을 생각했다. 오십 대에 이르니 못할 이유가 없다는 생각마저 든다. 코로나19 때문에 멀리 나다니지 못한 지 오래되어 불쑥 시골이나 풍경이 그리워질 때는 더 이런저런 생각을 해본다.

이런 내 생각을 실제 귀농했거나 귀농을 제대로 알고 있는 이들이 듣는다면 비웃을 것 같다. 농사가 얼마나 고단한 노동을 필요로 하는데 철없는 소리 한다고 하지 않을까. 텃밭을 가꾸는 데도 상당한 노력을 기울여야 한다는데 귀농은 당연히 비할 바가 아닐 것이다.

이런 귀농에 대한 생각을 돌아보게 한 책이 지리학자 최영준이 2010년에 내놓은 『홍천강변에서 주경야독 20년』이다. 부제는 '역사지리학자 최영준의 농사일기'다. 1990년대의 십 년과 21세기의 첫 십 년 동안 일주일의 절반은 서울에서 학생들을 가르치고, 나머지 절반은 홍천강변에서 농사를 지은 저자가 틈틈이 적어둔 일기를 모은 것이다.

먼저 관심이 갔던 건 홍천이란 지역이다. 홍천은 경기도 양평과 가평에 잇닿아 있다. 서울에서 가까운 유명한 스키장이 있는 곳이다. 지금껏 스키를 타본 적은 없지만, 스키장 주변에 있는 펜션에는 가족과 함께 놀러 간 적이 있다. 팔봉산에서 가까운 홍천강 상류 주변에는 괜찮은 펜션들이 많았다. 아침 강 안개가 피어나는 풍경이 특히 아름다웠다.

바로 이 홍천강을 따라 내려오다가 만나는 강원도 춘천시 남산면 산수리 논골마을이 이 책의 무대다. 최영준은 일기 앞부분에서 주경야독의 꿈을 펼쳐보인다.

밭 아래로 넓게 퍼진 강변의 모래밭, 넓고 잔잔한 강 그리고 앞에 병풍처럼 우뚝 서 있는 짙은 녹색 산은 마치 안동 풍천의 병산서원 주변과 흡사한 경치라는 느낌이 든다. (……) 주위 풍광에 어울릴 만한 글방을 하나 짓고 들어앉아 낮에는 논밭을 다듬고 밤에는 글을 읽으며 살고 싶다.

젊은 시절에는 도시가 좋았다. 아직까지도 도시를 완전히 떠날 엄두는 나지 않는다. 하지만 일 년의 절반 정도는 주경야독을 하면 어떨까. 낮에는 일하고 밤에는 책을 읽으며 글을 쓰는 일이 나쁘진 않을 것 같다.『홍천강변에서 주경야독 20년』내용도 대부분 서울과 홍천을 오가며 주경야독을 하는 생활을 담고 있다.

이제 내 삶이 바뀌고 있는 것도 이런 주경야독에 더 끌리는 이유다. 이제까지 내 일은 집안일을 떠맡고 책을 읽고 글을 쓰는 것이었다. 그런데 나이가 들수록 집안일은 줄어들고, 머잖아 집은 빈 둥지가 되어 허전할 나이가 되었다. 어차피 밤에 책을 읽고 글을 쓸 거라면, 물소리, 새소리, 바람소리가 들리는 시골이 낫지 않을까.

『홍천강변에서 주경야독 20년』이 내 시선을 끌었던 다른 하나는 삶에 대한 최영준의 태도다. 그가 일기에 주로 적어둔 것은 날씨, 자연, 농사, 가족, 홍천 이웃들에 대한 이야기다. 그동안 우리 사회를 뒤흔들었던 정치적 사건을 다룬 내용이 거의 없다는 게 오히려 눈에 띈다. 몇 차례 치러진 대통령 선거도 두어 번 정도만 언급되고 있다. 저 멀리 바람소리로만 들릴 뿐이다.

나이가 들어갈수록 정치 뉴스를 적게 보게 된다. 오히려 관심을 갖게 되는 것은 사람과 생활에 관한 뉴스다. 다른 사람들은 어떻게 살고 있을까. 무엇을 보고 읽고 느끼는 걸까. 어떻게 사는 것이 좋은 삶일까. 생각이 이렇게 변하다 보니 독서 목록들도 달라진다. 딱딱한 사회과학 저작보다 따듯한 인문학 책들이 더 좋아진다.

『홍천강변에서 주경야독 20년』에서 내가 발견한 것은 삶에 대한 최영준의 감각이다. 삶에 대한 감각이란 삶의 중심 가치를 무엇으로 할 것인지의 문제다. 최영준은 홍천이라는 시골에서의 주경야독을 그 중심 가치로 선택한 셈이다.

이 주경야독에서 '야독夜讀'은 익숙한 것일지라도 '주경晝耕'은 내게 낯선 것이다. 최영준은 농사와 시골 생활에 대한 감상적인 생각을 우회적으로 비판한다. 한겨울 홍천강변에 내리는 엄청난 눈에 대해, 한여름 일상생활을 성가시게 하는 수많은 벌레에 대해 있는 그대로의 현실을 전달한다. 농사를 짓는 일이 현실로부터의 도피가 아니라 새로운 현실임을 그는 생생히 기록한다. 이십 년의 일기를 최영준은 다음과 같은 내용으로 마무리한다.

손바닥에는 두툼한 굳은살이 박였고 손등에는 주름이 진 데다가 손톱에는 비누로도 잘 닦이지 않는 얼룩이 남아 있다. 때때로 학문하는 사람들을 만나 악수를 하다 보면 내 손에서 느껴지는 거친 느낌에 놀라는 표정을 읽을 수 있다. 늘 땅을 파고 무거운 짐을 나르는 팔뚝에는 노동의 흔적이 배어 있다.

이 책을 다 읽고 나서 귀농은 내게 어려운 일이라는 것을 다시 한번 깨달았다. 어릴 적부터 도시에서만 살아왔기에 폭설에도, 벌레에도, 노동에도 자신이 없다. 도둑이 든 이야기는 무섭기도 했다. 최영준은 마흔아홉에 홍천에서의 주경야독을 시작했지만, 오십을 넘은 내가 새로운 모험을 감행하기에는 선뜻 용기가 나지 않는다.

그럼에도 최영준의 일기가 여운을 남기는 까닭은 무엇일까. 아름다운 풍경 속에서 펼쳐지는 최영준의 생활은 농사와 공부에 대한 단조로운 일상의 연속이었다. 그런데 이러한 관찰은 밖에서 보는 시선이다. 내부의 시선에서 보면, 거기에는 자연에 순응하고 노동을 제공하며 동네 사람들과 어울려야 하는 분주한 일상의 연속이 진행되고 있었다.

　도시에 있으나 시골에 있으나 삶은 비슷하다. 그런데 최영준의 선택은 자신이 원했던 자연과 더불어 사는 삶이다. 내게 짙은 여운을 남긴 것은 바로 최영준의 용기였다. 지리학자였으니 자연 속에서 산다는 것이 얼마나 고단한 것인지를 그가 몰랐을 리 없다. 그것을 알고 있으면서도 최영준은 산골로 들어갔고, 그곳에서 행복을 찾았고 또 만났다.

　도시 출신이지만 나이가 들어갈수록 자연이 좋아진다. 단지 보는 것을 넘어서 자연을 느끼고 호흡하며 함께하고 싶다. 일주일 내내 또는 절반은 아니더라도 하루 정도는 자연과 더불어 살아보는 건 어떨까.

　주말농장을 하는 친구들을 보면 엄두가 나지 않았지만, 무척 부러웠다. 나이를 먹을수록 거창한 소망을 품기가 민망해진다. 그럼에도 언젠가는 주말 텃밭을 가꾸고 싶다는 용기를 품어본다.

잃어버린

취향을 찾아서

들을 만한 음악이 없다. 더는 좋은 음악이 나오지 않는다는
말이 아니다. 여전히 세상엔 좋은 음악이 나오고 있지만, 내가
찾지 못하고 있다는 뜻이다. 내게 음악은 오랫동안 좋은 친구
였는데 한참 곡을 들이지 않아 서먹해졌다.

예전엔 음악을 어떻게 들었더라? 어렸을 땐 라디오 음악
프로그램에서 나오는 곡에 꽂히면 어딘가에 적어두었다. 그리
고 용돈을 모은 뒤 음반가게로 달려가 카세트테이프를 샀다.

대학에 들어가서 좋았던 일 중 하나는 음악 들을 시간이

많아진 것이었다. 학교 앞 음반가게에서 레코드판과 시디를 샀다. 그때 샀던 들국화, 산울림, 노래를 찾는 사람들, 비틀스, 레드 제플린, 핑크 플로이드, 엘튼 존, 퀸, 반젤리스, 조지 윈스턴, 이자크 펄만, 요요마 같은 레코드판은 턴테이블 같은 오디오기기가 없는데도 여전히 갖고 있다.

　새로운 음악은 친구들이 알려주었거나 길거리, 라디오, 텔레비전 같은 데서 들었다. 그러다 인터넷 시대가 열리면서는 음악 플랫폼에서 높은 순위에 오른 곡들을 들었고, 유튜브 같은 동영상 플랫폼에서 알고리즘으로 뜨는 음악을 들었다. 새로운 음악을 들을 기회는 더 많아졌고, 이제는 돈도 거의 들지 않는다. 어떤 건 취향에 맞지 않았고 어떤 건 너무 좋았다. 그런데 너무 좋은 음악이 점점 드물어졌다. 그러다 음악과 멀어졌다.

　작가 톰 밴더빌트가 2016년에 내놓은 『취향의 탄생』은 뭔가를 좋아하고 싫어하는, 이른바 취향이란 걸 분석한 책이다. 그가 가장 먼저 주목한 것은 음식이다. 인간의 뇌는 에너지원이 될 수 있는 단것은 먹고, 독성이 있을 가능성을 가진 쓴 것은 먹지 말라고 명령을 내린다. 잡식성이면서도 새것을 혐오하는 인류의 취향은 진화 과정에 도움이 되었다. 몸에 좋은 다양한 음식을 먹도록 하면서 이상한 음식을 먹지 않도록

한 것이었다.

하지만 이런 논리는 아무리 좋은 식당에 가도 더 좋아하는 메뉴가 있다는 걸 설명해주지 못한다. 밴더빌트는 어떤 음식을 선택하느냐의 취향에서 '기억'과 '예측'이 중요하다고 말한다. 어떤 걸 좋아할지의 가장 큰 기준은 과거에 좋아했느냐이기 때문이다.

흥미롭게도 기억이나 예측이 실제 취향과 꼭 일치하진 않는다. 참여자들에게 일주일 동안 가장 좋아하는 아이스크림을 매일 먹으면 어떨지 예측해달라는 한 연구에서, 일주일 후 참여자들의 실제 취향은 예측과 거의 0의 상관관계를 가졌다.

일단 선택을 하고 나면 '구매자의 후회'를 겪기 싫은 마음으로 자기가 고른 음식을 더 좋아하게 된다고 한다. 취향이 선택에 영향을 미치고, 선택은 취향에 다시 영향을 미치는 것이다. 기대 역시 취향에 영향을 미친다. 실제 경험이 기대에 부합하면 좋아하고 부합하지 않으면 싫어한다.

취향은 또 배워가는 것이다. 커피를 처음부터 좋아하는 사람은 적다. 커피의 쓴맛이 위협이 아니라는 사실을 배우면서 즐기게 된다. 밴더빌트는 음식이 이제 삶과 죽음의 문제가 아니라 개인적인 취향의 문제가 되었고, 그 결정은 더욱 복잡해졌다고 말한다.

　정보사회의 진전은 취향의 이러한 흐름을 보여준다. 밴더빌트는 온라인에서 소비자들이 높게 평가하는 것과 많이 즐기는 것이 상이하다는 사실을 주목한다. 예를 들어 넷플릭스에서 사람들이 높은 평점을 부여하는 작품과 실제로 보는 작품은 적잖이 달랐다. 이러한 현실은 정보사회를 살아가는 이들에게 무엇이 자신의 진짜 취향인지 아는 것을 더욱 어렵게 만들고 있다.

　밴더빌트도 자주 언급하듯 사회학자 피에르 부르디외는 취향에 관한 탁월한 연구를 남겼다. 부르디외에 따르면 계급은 섬세한 취향의 구분을 통해 재생산된다. 밴더빌트는 부르디외의 분석이 '1960년대 프랑스적 현상'이라고 지적한다. 이제 전통적인 취향에 대한 계급적 성향은 파악하기 어려워졌고 민주적으로 바뀌었다는 것이다.

　음악은 어떨까. 음악 플랫폼인 에코 네스트의 공동 설립자는 음악에 대한 기호만큼 한 개인에 대해 알려주는 것은 드물다고 말한다. 영화만 해도 같이 볼 수 있지만 음악은 혼자서 듣기 때문이다. 에코 네스트의 한 엔지니어는 세상의 모든 음악을 주머니에 넣고 다닐 수 있는 지금 무엇을 듣는지가 더 복잡해졌다고 이야기한다. 새로운 음악은 계속 나오고, 클래

식에서 힙합까지 음악의 우주는 무한 팽창한다.

그렇다면 사람들은 어떤 음악을 듣는 것일까. 음악도 음식처럼 들어본 것을 좋아한다. 먹어본 음식을 좋아하고 들어본 음악을 좋아한다면 취향은 변하지 않을 것이다. 그런데 취향은 변한다. 그 이유 중 하나는 '참신함'에 있다. 참신함은 '친근함'과는 대척점에 서 있다. 밴더빌트에 따르면 어떤 음악을 선택하느냐는 참신함과 친근함의 중간 지점에서 찾을 수 있다.

취향의 변화를 보면 사람은 참 묘한 존재다. 밴더빌트는 한 개인의 취향이 남과 달라지고 싶을 때 변하고, 또 남과 같아지고 싶을 때도 변화한다고 말한다. 결국 사람은 남과 다른 자기만의 독특함을 갖고 싶으면서도 남과 같아지기를 바라는 모순적인 존재다. 유행하는 옷을 입고 싶은 마음도 있고, 남들이 다 입는 것 말고 자신만의 개성을 나타내는 옷을 입고 싶은 마음도 있다는 것이다.

이 책의 원제는 『당신도 좋아할 거야』(You May Also Like)다. 뭔가가 의미 있다는 것보다 뭔가를 좋아한다는 것이 더 중요한 시대가 되었다. 오늘날 분명한 것은 두 가지다. 하나가 취향이 개인의 삶에서 갈수록 중요해진다는 것이라면, 다른 하나는 밴더빌트의 말처럼 이 취향이 점점 더 복잡해진다는 것이다.

이러한 경향에 나는 양가감정을 갖게 된다. 한편에선 취향의 시대가 여전히 낯설다. 개인의 소중함을 중시하지 않던 젊은 시절을 보냈기 때문이다. 그때는 정치적 이념이 개인적 취향에 앞서 존재했다.

하지만 다른 한편에서 보면, 취향이 갈수록 중요해진다. 이제는 젊은 시절처럼 새로운 사람을 만나기가 쉽지 않고, 나만의 시간은 점점 많아지고 있다. 취향이 이렇게 중요하다면, 어떻게 해야 할까. 잃어버린 취향을 찾아야 할까, 새로운 취향을 개발해야 할까. 아니면 내가 좋아했던 음악 동호회 문이라도 두드려봐야 할까.

사교성이 부족한 내가 동호회에 가입하는 건 현재로선 무리인 것 같다. 내가 지금 할 수 있는 최선의 선택은 일단 잃어버린 취향을 되찾는 것 같다. 저렴한 오디오기기나 하나 구입할까. 일단 그것부터 해보고 싶다.

내 마음이

쉴 수 있는 집

한적한 시골에 잘 지은 집을 보면 왠지 부럽다. 머릿속으로 나도 볕이 잘 드는 집을 한번 지어본다. 고즈넉한 마당은 어떨까. 가을 아침 마당에 서면 찬 공기가 서늘하게 온몸을 감싸는 건 어떨까.

나만의 상상이다. 젊었을 때는 친구들을 만나면 집이 왜 이렇게 비싼지, 어느 동네가 아이를 키우기에 좋은지 같은 이야기를 했다. 요즘은 가끔 시골에 집 짓는 이야기를 한다. 단행한 사람은 없다. 아이들이 집을 떠나가고 있더라도 아직 도시에서의 생업으로 바쁜 탓이다.

우리는 아파트에 적응한 세대다. 남들이 지어놓은 규격에 형편껏 삶을 맞추며 살아왔다. 그러다 집 짓는 이야기를 나누면 동네 친구들과 놀던 집 앞 골목이나 뒷동산이 그리워진다.

서현의 『내 마음을 담은 집』(2021)은 집을 짓는 이야기다. 그것도 각자의 형편에 맞춘 작은 집 세 채를 짓는 이야기다. '작은 집의 건축학개론'이 그 부제다.

저자는 건축학자이자 건축가다. 공공건축가로서 그는 서울 가락시영아파트 재건축사업에 참여했다. 이 프로젝트는 조 단위 사업비가 들어간 대형 사업이었다. 그러다 한 은퇴한 간호사를 만나게 되었다. 그 간호사는 오천만 원으로 집을 지을 계획이었다.

서울에 지어진 쾌적한 새 아파트는 내 집 마련을 계획하는 많은 사람에게 꿈의 공간이다. 평생을 달려 근사한 보금자리를 마련했으니 이젠 되었다고 할 수 있을 만큼 말이다. 오천만 원의 예산으로 시골에 짓는 작은 집도 당당한 꿈이다. 열다섯 평짜리 집을 짓고 이젠 되었다고 할 수도 있는 것이다. 하지만 두 프로젝트 사이의 재정적 낙차가 내겐 아득했다.

건축가 서현은 집을 지을 사람을 건축주라고 부른다. 네

팔 사람들을 돕는 간호사를 보며 그가 자신에게 건축주가 되었다고 말한다. 건축가가 마음을 쓰는 건 건물이 아니라 사람이었다. 건축주가 어떤 집을 짓고 싶은지, 그 집에서 어떤 삶을 살고 싶은지, 그래서 그가 어떤 사람인지가 건축가 서현에겐 중요하다. 그의 이야기가 내겐 뜻밖이었다. 몇 평인지, 몇 층인지, 가격이 얼마인지, 어느 동네인지가 아니라 사람이 중심이란 게 이렇게 신선하다니. 『내 마음을 담은 집』의 첫 번째 집이자 간호사의 꿈인 집은 건축주 이름에서 글자를 따온 문추헌文秋軒이다. 충청북도 충주시에 있는 집이다.

담류헌談流軒은 이 책에 두 번째로 나오는 집 당호다. 경기도 파주시에 있다. '이야기 담', '흐를 류', 그러니까 이야기가 흐르는 집이다. 서현은 설계를 의뢰한 건축주에게 어떤 집에서 살고 싶은지 물었다. 아들만 둘이었던 건축주 부부는 꿈이 같았다.

아들들은 학교를 마치면 친구들과 우르르 집에 돌아온다. 아이들이 만화영화를 큰 소리로 틀어놓고 보고 있으면 어느새 부모들이 모여든다. 아이들을 찾으러 온 게 아니다. 이 집에서 맥주를 마시며 놀려고 오는 것이다.

이처럼 이야기가 흐르고 꽃을 피우는 것. 이것이 이 가족의 미래이자 집의 가치라고 서현은 말한다. 정말로 어느 날

서현이 초대를 받아 방문한 그 집 현관에는 아이들 신발이 수북했다. 책에 실린 신발 사진만 봐도 장난기 가득한 아이들의 웃음소리가 들리는 듯했다.

도시 아파트의 삶은 시끄러움을 허락하지 않는다. 건축주 부부는 더는 두 아들에게 잔소리하고 싶지 않은 마음으로 서현을 찾아왔다고 한다. 아이들 키우면서 소음을 내는 집도, 그 소음을 당하는 집도 아파트에선 참 괴롭다.

서현이 칠백 건의 주거 사례를 모아 그려내는 아파트 생활이라는 게 흥미롭다. 아파트 평면도는 딱 주어진 전용 면적비, 남향, 맞통풍, 공사비를 만족시킨다.

아들과 딸이 있는 4인 가족이 방 세 개짜리 아파트에 산다고 상상해보자. 일단 햇빛이 잘 들고, 입구에서 가장 먼 안방이 있다. 그 집의 최고 권력자가 산다. 대개 부모인데, 가끔 권력 전도가 일어난다. 수험생이 있거나 자녀 중 한 명이 가계를 책임지는 경우, 안방은 그들 차지다.

부부 사이에 권력 분할이 이루어지면 주로 남편이 안방에서 밀려난다. 남편은 소파 앞에 자리를 잡거나 남는 방이 있으면 서재를 얻는다. 그리고 아들은 현관 옆에 놓인 문간방을, 딸은 안방과 가까운 방을 차지한다. 왜냐고 물으면 도둑이 들 때 가족을 지켜야 한다고 답한다. 서현은 여기서 현관 외부에 위험이 상존한다는 한국인의 생각을 읽어낸다.

서현의 흥미로운 아파트론은 더 있다. 흔히 이웃과의 소통 단절이 아파트 같은 공동주택의 문제로 지적되었다. 하지만 익명을 전제로 한 설문조사에서는 이웃으로부터 간섭받지 않고 사는 주거에 대한 수요가 굉장히 높았다.

아파트의 경제·사회적 가치는 위풍당당하다. 아파트는 사두면 돈이 된다. 또 최고로 효율적인 공간 분할과 안전을 보장하는 주거 형태다. 그런데 어떤 사람들은 고생을 무릅쓰고 도시의 아파트를 벗어나 시골에 집을 짓는다.

사람이 집을 짓는 이유는 돌아갈 곳이 필요하기 때문이다. 그 '집'이 담는 것은 밥 먹고 잠자는 일상일 수 있다. 그러나 '좋은 집'은 그곳으로 돌아가는 사람의 마음을 담는 공간이다.

이 구절을 읽으면서 정말 마음이 흔들렸다. 집에 밥 먹고 잠자는 것 이상을 바라면 사치일까. 『내 마음을 담은 집』에 나온 작고 아름다운 집을 보면 꼭 그렇지는 않을 것 같다. 마음을 담을 집을 짓고 싶은 사람들이 있다. 그 마음을 궁금해하고 담으려는 건축가도 있다. 그렇게 건축주는 물론 건축가의 마음까지 집에 담겼다.

이 책에서 마지막으로 소개하는 집은 건원재乾圓齋다. 하늘이 동그란 집이라는 뜻이다. 중정의 동그란 하늘 사진을 보고 있노라면 지금 내가 사는 아파트가 정말 답답하게 느껴진다. 건축가는 이 집 중정 벽면에 계절마다 다양한 빛의 풍경을 선사했다. 건축가의 의도와 사계절의 자연이 만나 만들어내는 놀라움이었다. 건원재는 충청남도 공주시에 있다.

아직 도시의 생활을 떠날 마음의 준비가 되어 있지 않다. 『내 마음을 담은 집』에서 만난 작은 집들은 나름 인상적이지만, 내겐 여전히 먼 꿈이다. 그럼에도 내가 열심히 읽은 까닭은 건축가 서현과 세 집 건축주들이 보여준 집에 대한 생각에 있다.

집이란 무엇일까. 서현은 집이란 우리가 돌아갈 곳이라고 말한다. 나이가 들어갈수록 집에 머무는 시간이 길어진다. 세상일은 점점 더 작게 느껴지는데 집은 점점 더 크게 느껴진다. 언젠가는 나도 집에 마음을 맞추지 않고 마음에 맞춘 집을 나에게 선물할 수 있을까. 내 마음이 돌아가 쉴 수 있는 집을 상상하는 일이 요즘 점점 더 즐거워진다.

진짜 행복은

어디에서 오는 것일까

나는 지금 행복한가. 행복하려면 어떻게 해야 할까. 행복에 대해 생각하는 건 우울의 전조前兆다. 기쁨의 한가운데서는 행복을 떠올리지 않는다. 지금 행복하지 않은 게 분명한데 그럼 어떻게 해야 할지 막막할 때, 우리는 행복을 생각한다.

행복이란 무엇일까. 심리학자 대니얼 길버트가 2006년에 낸 『행복에 걸려 비틀거리다』에 따르면, 행복이란 단어는 다양하게 쓰여왔다. 이를테면 감정적 행복, 도덕적 행복, 평가적 행복처럼.

감정적 행복이란 느낌이다. 정신분석학자 프로이트는 인간이 삶 속에서 얻고자 하는 것, 예를 들어 쾌락 같은 것을 행복이라고 보았다. 소크라테스를 비롯한 철학자들은 행복을 바르고 도덕적이고 보람 있고 충만한 삶을 통해 얻을 수 있는 특별하고 좋은 느낌이라고 보았다. 심리학자들은 행복의 감정과 평가의 차원을, 철학자들은 감정과 도덕의 차원을 중시했다.

길버트는 이 감정적 행복이 주관적 경험이라는 점을 강조한다. 어떤 경험이 더 행복하고 덜 행복한지를 알기 어렵다. 그럼에도 행복의 측정과 평가를 시도할 수 있다고 그는 주장한다. 행복을 측정하려면 섬세한 접근이 필요하다. 주관적 경험에 대한 관찰과 측정은 모호할 수 있음을 수용하고, 개인의 자기 보고를 측정치로 삼아야 한다. 그리하여 무수하게 많은 보고를 통해 오류를 줄이는 확률로서의 행복을 측정할 수 있다.

『행복에 걸려 비틀거리다』가 정작 주목하는 것은 다음의 질문이다. "왜 우리는 무엇이 우리를 미래에 행복하게 만들어줄지 모르는 것일까."

길버트에 따르면, 인간만이 미래를 상상하는 동물이다. 인간이 매일 생각하는 것 가운데 12퍼센트가 미래에 관한 것이다. 미래에 대한 상상은 불쾌한 사건을 예견해 그 영향을 최소화하고 스스로를 준비시킨다. 우리 인간은 미래에 대한 통제의 강한 열망을 갖는다. 뇌는 우리가 경험할 것을 통제하고 싶어 하며 거기서 즐거움을 느낀다.

문제는 우리 뇌가 결점을 갖고 있다는 점이다. 뇌는 경험을 몇 가지 중요한 실마리로 압축해 저장한다. 그리고 나중에 기억해낼 때 이것들을 재조합해 내놓는다. 이 과정에서 '채워넣기'가 이루어진다. 더 큰 문제는 뇌가 빠뜨리는 내용이다. 우리는 과거를 상세히 기억하지 못하고 현재를 자세히 보지 못하는 것처럼 미래를 세부 사항까지 상상할 수 없다. 그러고는 상상 속에 빠뜨리는 것을 실제로 일어나지 않을 것처럼 생각한다.

또 우리는 현재를 통해 과거와 미래를 바라보는 '현재주의'를 벗어날 수 없다. 과거가 여기저기 구멍 뚫린 벽이라면, 미래는 큰 구멍 자체다. 과거가 현재에 의해 조정되는 것이라면, 미래는 현재에 의해 창조되는 것이다.

거기에다 우리는 합리화의 달인이다. 많은 선행 연구가 사람들은 자기의 것이 되면 더 좋게 평가한다는 걸 보여준다. 무언가를 사면 사기 전보다 더 좋아하게 된다. 대학에 들어가면 그 대학을 더 좋아하게 된다. 우리는 많은 해석 가운데 자신에게 유리한 것을 찾아내는 데 탁월하다.

우리 스스로에게 동기를 부여하기 위해서는 세상을 긍정적인 방향으로 해석할 필요가 있기 때문이다. 따라서 우리는 현실 없이도 살 수 없고, 착각 없이도 살 수 없다. 그것은 각각 나름대로의 목적을 수행하고 서로의 한계점을 보완해준다.

길버트가 강조하려는 바는 우리 인간이 현실에 크게 매여 있는 동시에 합리화라는 착각을 동원해 살아간다는 점이다. 특히 착각은 불행에 대항해 우리 마음을 보호하는 일종의 '심리 면역체계'다. 이 심리 면역체계는 부재해도 과도해도 곤란하다. 심리 면역체계가 없다면 불행에 맞서 스스로를 지키기 어렵다. 반대로 심리 면역체계가 지나치면 현실을 올바로 파악하기가 힘들다.

그렇다면 대체 행복을 어떻게 찾을 수 있을까. 길버트가 함축적으로 제시하는 것은 두 가지다. 먼저 다른 사람의 실제 경험을 주목해 자신의 미래 경험을 예측하는 것이다. 내가 내일 어떻게 느끼는지는 다른 사람이 오늘 어떻게 느꼈을지에서 도움을 받을 수 있다. 예를 들어, 어떤 식당이 맛있을지 예측하는 데는 그 식당의 메뉴보다 그곳에서 실제로 식사한 사람들의 평가가 도움이 된다. 다른 사람들의 행복을 통해 나의 행복을 찾을 수 있다.

그런데 문제는 우리가 이러한 통찰을 잘 받아들이지 못한다는 점이다. 그 까닭은 누구나 자신을 특별한 존재로 생각한다는 데 있다. 길버트는 우리 인간이 그렇게 잘난 존재가 아니며 평균적인 존재라고 강조한다. 이러한 사실을 냉정하게 받아들인다면, 우리는 다른 이들의 행복으로부터 더 많은 행복을 배울 수 있다고 조언한다.

행복한 사람은 행복에 대해 묻지 않는다. 행복이 무엇인지를 묻는 이들은 지금 행복하지 않기에 그런 질문을 하는 것이다. 하지만 이런 질문을 던진다는 것은 미래의 행복에 대한 희망을 아직 포기하지 않았다는 걸 의미하기도 한다.

『행복에 걸려 비틀거리다』에서 내가 배운 것은 뇌의 노력이다. 세상은 끝없이 변하고, 그래서 모두 알기 어렵다. 뇌는 없는 걸 채워 넣으면서까지 어떻게든 세상을 이해하려고 노력한다. 심리 면역체계는 또 다른 깨달음이다. 좋은 기분을 유지해 절망하지 않고 상황에 대처할 수 있도록 한다는 것은, 설령 그게 착각이라 해도 삶에 새로운 희망을 선사한다. 착각하고, 그것을 정정하고, 그리고 다시 착각하면서 우리 인생은 앞으로 나아가는 것이다.

『행복에 걸려 비틀거리다』는 막연하게 생각했던 것을 다시 한번 과학적으로 증명해준다. 우리 인간은 불완전하고, 완벽한 예측이란 불가능하다. 스스로 완전하다고, 모든 걸 예측할 수 있다고 생각한다면, 그만큼 우리는 행복해지기 어렵다. 살아가면서 우리는 자신의 부족함을 깨닫게 되고, 예상했던 일들은 적잖이 다른 방향으로 진행되니까 말이다.

길버트가 전하려고 했던 것을 어느 정도 자각하게 될 때 비로소 어른이 되었다고 할 수 있지 않을까. 스스로 돌아보면, 지난 시간이 행복했던 것 같기도 하고, 그렇지 않았던 것 같기도 하다. 이런 양가감정을 느낄 때면 나도 어른이 되었다는 것을 실감한다.

분명한 건 남은 인생을 지나온 삶보다 더 행복하게 살고 싶다는 마음이다. 길버트의 충고대로 스스로를 낮추고, 다른 이의 경험에 마음을 활짝 열어봐야겠다. 지금까지의 삶의 경험으로부터 배운 겸손함이라면, 기본자세는 되어 있는 셈이지 않을까.

여행에서 만나는

최고의 날들

여행을 즐기는 편은 아니지만, 오래전부터 프란시스코 고야의 그림이 있는 프라도미술관에 가보고 싶었다. 그래서 2020년 1월 처음으로 스페인의 마드리드에 갔다. 고야, 벨라스케스, 보쉬 등의 작품들을 실컷 보았다.

여행의 기억에 그림만 있는 것은 아니다. 떠나는 사람들로 가득 찼던 공항, 마드리드 시내에서 만났던 낯선 나무와 건물들, 타파스나 파에야 같은 독특한 음식들, 쾌활하기 이를 데 없는 외국인 관광객들. 일상이 아닌 것들은 무엇이든 설렜다.

돌아온 지 얼마 되지 않아 스페인에 코로나19가 퍼졌다. 거리의 명랑했던 스페인 사람들이 걱정스러웠다. 곧 우리나라도 코로나19가 심각해졌다. 팬데믹이 삼 년이나 지속되고 있다. 해외여행이 돈과 시간의 문제였던 때와는 다른 세상이 되었다.

못 가니까 여행이 무척 가고 싶다. 낯선 도시의 거리를 한가롭게 걷고 싶다. 다시 못 볼 사람들에게 짧은 인사를 건네고 싶다. 그래서 집어 든 책이 역사학자 빈프리트 뢰쉬부르크의 『여행의 역사』(1997)다. 뢰쉬부르크는 여행의 문화사를 전달한다. 여행은 시대에 따라 변한다. 사람들은 먼 곳에 대한 동경과 미지의 것을 알고 싶은 마음으로 여행을 떠난다.

초창기 여행에는 전설과 역사가 섞여 있다. 이를테면 『길가메시 서사시』는 기원전 3000년경 메소포타미아 우루크를 다스렸던 왕 길가메시의 이야기다. 길가메시는 삶과 죽음에 대한 대답을 듣기 위해 망자의 섬에 사는 우트나피쉬팀을 찾아 떠났다. 끊임없이 뭔가를 찾아 헤매는 것은 현생인류의 이동에서 알 수 있듯이 우리 인간의 본성이었다.

가장 놀라웠던 건 2000년 전 고대 로마제국의 여행이다. 로마 사람들은 거대한 제국 안에서 근대처럼 쉽고 안전하게 여행을 다닐 수 있었다. 로마인들은 이십만 킬로미터에 달하는 놀라운 도로망을 건설했다. 도로는 북해에서 사하라까지, 대서양에서 메소포타미아까지 이어졌다. 놀랍게도 로마인들은 국립우체국 중계 역참에서 여행안내서와 시간표로 여행 경로를 짰다.

로마제국이 몰락하자 도로망은 쇠락했다. 중세에는 순례와 선교 여행이 나타났다. 14세기경에 출간된 마르코 폴로의 『동방견문록』은 흥미진진한 여행기였다. 마르코 폴로는 13세기에 튀르키예, 이라크, 페르시아를 가로질러 중국에 도착했고, 쿠빌라이 칸의 측근이 되었다. 그의 경이로운 여행담은 서양인들의 세계 탐험에 결정적 자극제가 되었다.

인류에게 가장 큰 영향을 미친 여행은 1492년 콜럼버스의 '신세계' 발견이다. 콜럼버스는 인도를 찾아 서쪽으로 항해하다 예기치 않게 아메리카 대륙에 도착했다. 이 여행은 이후 유럽인들이 전 세계로 달려나가는 기폭제가 되었다. 이미 원주민이 있는 땅이 신세계로 불린 일은 어이없지만 말이다.

이후 지리학자들과 의사들이 학술 여행을 떠났다. 인문주의자들은 사상적 교류를 위해 여행을 떠났다. 르네상스 인문주의자 에라스뮈스의 "나는 세계시민이고자 한다. 세계 곳곳이 나의 고향이다"라는 말처럼 시야를 넓히고 새로운 지식을 쌓으려는 욕구가 여행을 통해 분출했다.

'그랑 투르grand tour'는 17세기 신사들의 여행을 뜻한다. 여행은 교육의 일부였고, 귀족의 즐거운 행사였다. 18세기 말 계몽주의는 여행에 새로운 자극을 선사했다. '알려는 용기를 가져라' 같은 계몽주의의 모토는 여행과 잘 맞는 짝이었다. 그 결과 시민적 계몽의 중심지를 찾는 여행이 이루어졌다. 신사들은 산업혁명의 나라인 영국으로, 계몽주의의 성지인 파리로 여행을 떠났다.

18세기 말 이후 영국인들은 점점 더 큰 무리를 지어 여행했다. 영국의 폐쇄적 위치와 그랑 투르의 전통이 그 요인이었다. 여기에 무미건조한 일상에서의 탈출과 금전적 여유, 새로운 경제적 꿈이 또 다른 요인을 이루었다. 당시 그들에게 영향을 미친 사상은 낭만주의였다. 자연을 느끼고 고덕을 재발견하려는 열정이었다.

이 영국인들의 여행은 오늘날 우리가 즐기는 여행의 기원을 보여준다. 당시 독일 라인강 지역에선 가족을 동반한 영국 여행자들을 어디서나 볼 수 있었는데, 대중관광은 이렇게 시작되었다. 18세기 중엽 영국 브라이턴 해변에 세계 최초의 해수욕장이 개장했다.

19세기 철도의 발명은 조직적 관광으로서의 여행을 가능하게 했다. 줄어든 교통비는 '여행의 민주화'를 열었다. '관광 여행'이란 말이 1800년 영국에서 처음 사용되었고, '관광객'이란 단어도 일반화되었다. 영국의 토머스 쿡은 1841년 철도를 통한 최초의 단체 여행을 기획했다.

20세기에 들어서는 노동자들이 유급휴가를 갈 수 있게 되었다. 이제 폭넓은 계층이 휴가와 관광을 누리게 되었다. 자동차의 등장으로 여행은 한층 자유로워졌고, 비행기는 여행의 공간을 크게 확장했다. 역사상 이렇게 많은 사람이 여행했던 시대는 없었다.

이러한 과정에서 여행은 상품화의 단계를 밟아왔지만, 본래의 의미가 퇴색하지는 않았다. 사람들은 지루한 일상으로부터 탈출하기 위해, 미지의 세계에 대한 동경으로 여행을 떠났다. 코로나19가 완전히 끝나고 자유롭게 여행을 다닐 수 있는 때가 곧 돌아오면, 사람들은 다시 자기들만의 여행을 시작할 것이다.

상상의 여행 계획을 짜본다. 어디를 갈까. 여기에는 무엇을 충전해야 하는지가 중요하다. 새로운 것을 만나 굳어버린 감각을 깨우는 게 중요할 수도 있고, 일상을 떠나 느긋한 휴식을 취하는 게 중요할 수도 있다. 가고 싶은 곳을 정했다면 인터넷 항해를 시작한다. 거기에는 다녀온 사람들의 후기가 잔뜩 있다. 저렴하고 신경 쓸 게 적은 패키지여행으로 할지, 돈이 좀더 들더라도 자유로운 개별 여행으로 할지를 고민한다.

여행을 같이 간다면 누구와 갈까. 지금 가장 같이 있고 싶은 사람은 누구일까. 서로에게 괜찮은 동행이 될 수 있을까. 계획을 짜는 것부터 여행의 시작이다. 여행이 꼭 생각한 대로 진행되리란 보장은 없다. 기대를 품고 떠났지만 실망스러웠던 적도 있었고, 기대하지 않았지만 즐거웠던 적도 있었다. 여행지에 도착하기 전에는 알 수 없는 일이다.

삶의 경험치가 많아지면 인생이 빤해질 줄 알았다. 그런데 누구나 미래는 언제나 처음 만나는 순간이다. 다른 장소, 다른 사람, 다른 삶을 보고 겪으며 살아가고 싶다. 삶이란 어차피 긴 여행이지 않던가.

가장 아름다운 노래는 아직 불려지지 않았다
최고의 날들은 아직 살지 않은 날들
가장 넓은 바다는 아직 항해되지 않았고
가장 먼 여행은 아직 끝나지 않았다.

시인 나짐 히크메트의 시 「진정한 여행」의 한 구절이다. 미래의 여행에서 부디 최고의 날들을 만나면 좋겠다.

4부

낯선 세상을
살아간다는 것

두려움 없는

브레이브 어답터

새로운 기계를 쓰는 건 늘 늦어 남들이 다 써서 안 쓰는 게 유별나 보일 때쯤이다. 잠깐 삐삐를 사용하다 1997년께 핸드폰을 샀고 지금은 스마트폰을 들고 있다.

예전에는 수첩에 적어놓은 약속 시간을 어지간하면 지켜야 했다. 바꾸기가 어려워서였다. 친구 집에 전화를 걸면 부모님이 받았다. 어색한 인사를 드리면 친구는 없기 일쑤였다. 약속이 어긋나 길에서 한두 시간 기다리는 건 흔한 일이었다.

각종 메신저로 언제든지 친구와 연락을 주고받는 요즘

엔 상상도 할 수 없는 일이다. 이제는 '수천 명의 친구'들과도 즉시 소통이 가능하다. 처음에는 환경이 달라질 때마다 적응하기 벅찼지만 사용자로서 새로운 기술들이 그리 나빠 보이지 않는다.

정보경제학자 앤드루 맥아피와 에릭 브린욜프슨은 『머신 플랫폼 크라우드』(2017)에서 우리 시대의 새로운 과학기술 혁명을 설명하기 위해 비즈니스맨 톰 굿윈의 널리 알려진 말을 인용한다.

세계 최대의 택시회사인 우버는 소유하고 있는 자동차가 한 대도 없다. 세계에서 가장 인기 있는 미디어기업인 페이스북은 콘텐츠를 생산하지 않는다. 세계에서 가장 가치 있는 소매업체인 알리바바는 물품 목록이 없다. 그리고 세계 최대의 숙박업체인 에어비앤비는 부동산을 전혀 가지고 있지 않다.

대동강 물을 판 봉이 김선달의 상술이랄까. 전통적인 기업들이 일정한 장소에서 눈에 보이는 상품들을 만들어 팔았다면, 이 기업들은 온라인에 서식하며 남의 것들을 가져다 판다.

근대 벽두에 증기기관의 발명으로 시작된 산업혁명은 세상을 크게 변화시켰다. 그런데 언제부턴가는 디지털혁명이 많은 것을 변화시키고 있다. 어떤 것이 바뀌고 있고, 그것이 왜 중요한 걸까. 『머신 플랫폼 크라우드』는 이에 대한 설명서다.

이 책의 서두에도 나오는, 2016년 알파고와 이세돌의 바둑 대결을 지켜본 기억이 지금도 생생하다. 인간을 응원하는 마음으로 이세돌을 응원했다. 내리 지던 이세돌이 네 번째 판을 이긴 일이 인간에게도 아직 희망이 있다는 증거처럼 느껴졌다. 하지만 결국 이세돌이 졌다. 기계가 무서워지기 시작했다.

바둑같이 고도의 정신적 능력을 수반하는 영역에서 인간이 기계를 이길 수 없다면, 도대체 인간의 비교우위는 어디서 찾을 수 있는 걸까. 오랫동안 인간의 수고를 덜어주던 기계가 이제 인간의 머리 꼭대기에 앉게 되는 건 아닐까.

맥아피와 브린욜프슨은 앞선 저작들에서 이 기계와 인간의 경쟁을 다룬 바 있다. 첫 번째 책 『기계와의 경쟁』(2011)에서 두 사람은 기술 발전이 가져온 '고용 없는 성장'에 주목해 인간의 미래를 위한 교육제도와 정책을 고민한다. 두 번째 책 『제2의 기계 시대』(2014)에서는 앞으로 중요한 건 엄청나게 발달한 기계와 어떻게 공생하는지의 문제라고 두 사람은 강조한다.

세 번째 책 『머신 플랫폼 크라우드』에서 두 사람은 기계와 인간의 '표준적 파트너십'이 바뀌고 있다고 말한다. 인간의 마음은 많은 편견과 오류를 가지고 있고 심지어 전문가들조차 그러하다. 두 사람은 거래 예측, 가격결정, 재판 판결 예측 같은 분야에서 전문가들이 인공지능과의 대결에서 패배한 사례들을 열거한다. 인간이 기계의 협조로 판단과 결정을 내리는 것이 아니라 기계가 데이터화한 인간의 판단을 바탕으로 결정을 내리는 것이 더 나은 결과를 내놓는다는 의미다.

이쯤 되면 인간이 우위를 가질 만한 분야를 찾는 일이 시급해진다. 창의성을 발휘하는 데서는 여전히 인간이 우위에 있지 않을까. 맥아피와 브린욜프슨은 창의성에서 인간의 우위에 대한 반박 사례들을 제시한다. 좌우대칭을 지키지 않은 자동차의 설계는 놀랍다. 이런 설계가 가능한 이유는 편견과 맹목성을 가지지 않은 기계가 인간이 제시할 수 없는 대안들을 내놓을 수 있기 때문이라고 두 사람은 설명한다.

하지만 다행히도 맥아피와 브린욜프슨은 인간이 결국 모든 분야에서 기계에 밀려날 것이라는 결론을 내리진 않는다. 인간의 감정 상태와 사회적 욕구를 연구하는 능력이 인간의 일로 남아 있기 때문이다. 예를 들어 보건의료 분야에서 컴퓨터에 의해 이루어진 진단을 환자에게 전달하고 치료 과정을 따르도록 하는 의료 전문인의 역할은 여전히 사람이 주도적으로 할 수 있는 일이라는 것이다.

맥아피와 브린욜프슨은 이러한 변화를 이끄는 '트리플 레벌루션'으로 '기계, 플랫폼, 크라우드(군중)'를 제시한다. 두 사람에 따르면 1990년대 중반 컴퓨터를 비롯한 디지털 기술들의 급성장이 생산성을 빠르게 증가시키는 제2의 '기계' 시대가 시작되었다. '플랫폼'은 '접근, 재생산, 유통의 한계비용이 거의 0인 점이 특징인 디지털 환경'이다. 기존 상품과 서비스는 무료, 완전성, 즉시성을 갖추지 않았기 때문에 경쟁에서 불리할 수밖에 없다. 다양성과 독립성을 가진 '군중'은 다양한 분야에서 전문가들의 핵심역량을 넘어서고 있다. 위키피디아와 리눅스처럼 이 군중을 조직할 수만 있다면 그 능력은 어마어마할 것이라는 게 두 사람의 주장이다.

맥아피와 브린욜프슨은 컴퓨터가 인간을 능가하는 날을 걱정하기보다 마음과 기계의 협력을 통해 더 나은 결과를 만들어내는 데 주력해야 한다고 결론짓는다. "제2의 기계 시대에 성공하는 기업들은 현재 대부분의 기업이 하는 방식과 전혀 다른 방식으로 마음과 기계, 생산물과 플랫폼, 핵심역량과 군중을 결합하는 기업일 것"이라고 두 사람은 단호하게 전망한다.

이런 종류의 책을 찾아 읽게 하는 건 두려움이다. 상상할 수 없던 변화들과 마주하면, 혹시 나만 뒤처지는 것은 아닐까

하는 즉각적 두려움부터 인공지능이 인간을 잉여로 만들지 않을까 하는 근본적 두려움까지 피어난다. 이에 맥아피와 브린욜프슨은 질문을 바꾸라고 말한다.

'기술이 우리에게 무엇을 할까'라고 묻지 말고, '우리는 기술을 갖고 무엇을 하고 싶을까'라고 물어야 한다.

기술이 무엇을 바꿀지를 두려워하지 말고, 기술을 어떻게 쓸지를 주체적으로 결정하자는 말이다. 결국 기술을 어떻게 사용할지는 그 사회의 선택이다. 그렇다면 그 선택은 더 나은 미래를 가져올 수 있을까. 우리의 미래는 유토피아일까, 아니면 디스토피아일까. 질문이 꼬리를 문다. 머리가 아파온다.

'슬로 어답터'로 살아온 내가 '얼리 어답터'가 되기는 어려울 것이다. 하지만 늦게라도 찬찬히 변화의 결을 헤아려보는 것은 그것대로의 의미가 있다. 그렇다면 이제 변화를 두려워하지 않는 '브레이브brave 어답터'가 되자고 결심해본다.

운삼기칠,

성공의 조건

우리가 성공에 대해 알고 있는 것은 전부 틀렸다.

베스트셀러 작가 말콤 글래드웰은 자신의 책 『아웃라이어』(2008)의 메시지를 이렇게 요약한다. 그는 무엇이 성공인지는 묻지 않는다. 우리가 막연히 갖고 있는 성공에 대한 생각, 그러니까 성공에 대한 신화를 해체하려고 한다. 아웃라이어는 평균치에서 크게 벗어난 이른바 성공의 표본이다. 돈을 많이 벌거나 이름을 크게 떨치거나 자기 분야에 남다른 업적을 남겨 세속적인 성공을 이룬 사람들이 아웃라이어다.

『아웃라이어』에서 가장 잘 알려진 주장은 '1만 시간의 법칙'이다. 글래드웰은 탁월한 성취를 보인 사람들의 재능을 부정하지는 않는다. 하지만 탁월성을 얻는 데 최소한의 연습량을 확보한 것이 결정적이었다고 그는 말한다. 구체적으로 '매직 넘버'로서의 1만 시간 정도를 투여해야만 성공에 이를 수 있다는 말이다.

1만 시간은 긴 시간이다. 대략 하루 세 시간 정도로 잡으면 십 년이 된다. 선마이크로시스템스 창업자 빌 조이, 20세기의 음악적 사건 비틀스, 마이크로소프트 창업자 빌 게이츠 등에서 볼 수 있듯, 글래드웰이 살펴본 사례들에서 예외는 없다.

그가 주목한 것은 이들이 1만 시간에 도달할 수 있도록 제공되었던 '기회'였다. 빌 조이는 운 좋게 선진적인 컴퓨터 시스템을 갖춘 미시간대학 컴퓨터센터에서 1만 시간을 채웠고, 비틀스는 독일 함부르크에서 매일 밤새도록 연주할 클럽을 만난 덕에 1만 시간을 채웠다. 그리고 빌 게이츠는 일찍이 1968년에 컴퓨터 터미널을 설치하고 아낌없이 재정을 지원하던 고등학교에 다닌 덕분에 1만 시간을 채웠다.

기회가 얼마나 결정적인지를 증명하기 위해 글래드웰이 내놓은 것은 캐나다 하키선수들이 태어난 달이었다. 많은 이들을 제치고 하키팀 선수 목록에 오른 사람들 중에는 1월, 다음엔 2월, 다음엔 3월에 생일이 월등히 많았다. 이건 어려서 처음으로 하키팀이 구성될 때 그해 1월에 태어난 아이들이 가장 성장이 빨라서 유리했다고밖에 설명이 되지 않는다. 이 아이들은 팀에서 계속 연습해 1만 시간을 채운다. 그 기회를 얻지 못한 다른 아이들은 재능을 확인할 기회조차 얻지 못한다.

언제, 어디서 태어났는지는 정말 중요하다. 『포브스』는 인류 역사상 가장 부자였던 칠십오 명의 목록을 작성했는데, 여기에 19세기 중반에 태어난 열네 명의 미국 부자가 이름을 올렸다. 글래드웰에 따르면 그들의 공통점은 미국 경제의 번영기였던 1860~1870년대에 전성기를 맞을 수 있게 1830년대쯤에 태어났다는 사실이다. 또한 그는 세계 최초의 상업적 미니컴퓨터 키트인 '앨타이어 8800'이 나온 1975년을 기준으로 보면, 1954~1955년에 태어나 이때 이십 대 초반에 이른 사람이 이상적이었다고 지적한다. 앞서 언급한 빌 조이, 빌 게이츠뿐만 아니라 애플의 스티브 잡스, 구글의 에릭 슈미트 등 많은 IT 기업의 거물들이 바로 이즈음에 태어났다.

이렇게 되면 성공 신화의 핵심 내러티브인 개인의 탁월함이 부서진다. 결국 글래드웰이 『아웃라이어』를 통해 보여주려는 것은, 성공이 개인적 특성만이 아니라 '숨겨진 이점과

특별한 기회 그리고 문화적 유산의 혜택'에 영향을 받는다는 점이다.

문화적 유산 역시 개인이 선택할 수 있는 영역이 아니다. 우리가 언제, 어디서 태어났는지에 따라오는 객관적 조건이다. 이 요인을 설명하기 위해 글래드웰은 대한항공 괌 추락 사고를 이야기한다. 그는 비행기에서 부기장이 기장에게 상황의 심각성을 알리는 것을 방해한 '완곡어법'을 사고의 원인 중 하나로 든다. 괌 사고에는 사소한 기술적 잔고장, 기상 악화, 피곤한 조종사가 있었고, 여기에 조종석에 있는 사람들의 실수가 더해져 사고를 촉발했다는 것이다. 이 실수가 비롯된 원인이 문화적 유산이다.

문화적 유산 자체에는 옳고 그름이 없다. 물과 공기처럼 개인에게 심원한 영향을 미친다. 글래드웰이 주목한 한국의 문화유산은 이중적이다. 높은 '권력간격지수'와 경어 등의 복잡한 언어 체계가 부정적 문화유산이라면, 수학에 유리한 숫자 체계와 노력과 끈기에 대한 존중은 긍정적 문화유산이다.

글래드웰이 성공 신화를 해체한 것은 성공한 사람들의 노력을 깎아내리기 위해서가 아니다. 성공으로부터 실질적 교훈을 얻기 위해서다. 글래드웰은 자신의 주장을 증명하기 위해 '키프 아카데미'란 실험적인 미국 공립학교의 성공을 예로 든다. 제도적으로 기회가 주어졌을 때, 그리고 문화유산을 극복할 수 있는 시스템을 설계했을 때 학생들의 성취는 분명히 달라졌다.

성공 신화를 해체해보면 재능이 자라날 수 있는 토양과 햇빛과 물이 보인다. 이는 사회가 해결해야 할 문제다. 다양한 모양과 크기의 씨앗들이 있다. 좋은 토양을 만나고 햇빛과 물이 충분하면 어떤 씨앗은 맛있는 채소가 되고, 어떤 씨앗은 아름다운 꽃을 피우고, 어떤 씨앗은 늠름한 나무가 된다. 그동안의 성공 신화는 씨앗에만 주목했지 그 씨앗이 발아하고 성장하는 환경은 무시했다.

성공을 위한 기회와 문화가 중요하다는 글래드웰의 주장에 동의한다면, 성공한 사람들은 좀 겸손해질 필요가 있다. 그리고 더 중요한 교훈은 모든 씨앗이 신화를 품고 있다는 사실이다. 물론 그 신화가 현실이 되려면 모든 씨앗에 골고루 좋은 토양과 햇빛과 물을 줄 수 있는 사회가 필요하지만 말이다.

'운칠기삼運七技三'. 이 말은 흔히 일의 성공 뒤에는 재능과 노력보다 운이 필요하다는 것을 강조할 때 쓰인다. 젊어서는 이 말을 믿지 않았다. 열심히 노력해야 성공한다니까 좋지 않은 결과는 내가 열심히 하지 않은 때문이라고 생각했다. 이제는 사람의 일이 재능과 노력만으로 되지 않는다고 생각하게 되었다.

　글래드웰의 '성공학'은 한 편의 재능·노력과 다른 한 편의 기회·문화를 모두 중요시한다. 그렇다면 그의 메시지는 '운오기오運五技五'쯤 되지 않을까. '운칠기삼'이든 '운오기오'든 이런 논리는 묘한 애증 병존을 안겨준다. '그래, 성공하지 못한 것은 내 탓이라기보다 환경 탓이야' 같은 생각은 나름의 위로를 안겨주지만, 동시에 다른 한편으로 세상의 모든 걸 운명 탓으로만 돌리기엔 여전히 찜찜하다.

　지금의 나는 '운삼기칠運三技七' 정도를 믿고 싶다. 하는 데까지는 해보고 나머지를 운에 맡기는 '운삼기칠'이 바람직한 미래의 삶의 태도가 아닐까. '운칠기삼'을 이야기하기에는 나는 아직 젊다고 생각하고 싶다. 1만 시간을 채우려면 십 년 정도 걸리는데, 이제 새로 시작하더라도 아직 그 시간이 충분하지 않겠는가.

내 삶은

'표류'일까 '항해'일까

사회학자 리처드 세넷의 『뉴캐피털리즘』(2006)은 2009년 우리말로 옮겨졌다. 2008년 미국발 금융위기가 세계를 뒤흔들던 때였다. 1997년 외환위기의 트라우마가 있던 우리 사회는 당시 뒤숭숭했고 신자유주의를 둘러싼 토론이 활발했다.

신자유주의에 대한 저항도 퍼져나갔다. 2011년 미국을 중심으로 '월가를 점령하라Occupy Wall Street' 시위가 전 세계적으로 퍼져나갔다. 무한 경쟁, 자유시장, 규제완화, 노동 유연성 같은 말들에 대항해 '1 대 99 사회' 같은 불평등을 항의

하는 말들이 힘을 얻었다. 그때만 해도 신자유주의에 바깥이 있을 줄 알았다. 그런데 그 바깥은 좀처럼 보이지 않았다.

세넷은 전작 『신자유주의와 인간성의 파괴』(1998)에서 유연하고 조급증에 시달리는 새로운 질서가 개인의 삶에 미치는 영향을 아버지와 아들의 삶을 대비해 분석했다. "단기 자본주의 때문에 그의 인간성, 특히 다른 사람과 유대관계를 맺으면서 지속 가능한 자아의 의식을 간직하는 인간성의 특징들이 훼손될 위기"에 처했다는 것이 그의 진단이었다.

『뉴캐피털리즘』은 이 '새로운 자본주의'의 문화를 조명한다. 세넷이 먼저 주목하는 것은 관료제다. 자본주의의 근본적 속성인 불안정성에 대해 민간기업은 군대의 조직 모델인 관료제를 도입해 안정성을 확보했다. 이 관료제가 부여하는 '합리화된 시간'은 개인에게 '서사narrative', 즉 이야기를 갖게 했다. 삶에 이야기를 부여함으로써 개인은 자신의 삶을 장기적으로 생각할 수 있고 전략적 사고와 목표를 가질 수 있게 되었다. 일찍이 막스 베버가 '쇠우리'로 본 관료제가 개인의 삶의 안정성에 기여한 셈이다.

세넷이 강조하는 것은 '새로운 자본주의'에서 이 제도가 '녹아 사라졌다'는 점이다. 새로운 자본주의에서 권력은 경영자에서 주주로 이동했다. 이에 따라 장기 실적보다 단기 성과를 중시하게 되고 기업은 자신의 안정성을 해치면서까지 구조조정과 혁신을 추구하게 된다. 여기에 통신과 제조 부문의 기술혁신이 잇따르며 '이상화된 새로운 자아'가 등장한다. 이제 개인은 끊임없이 새로운 기술을 배우고 자신의 지식기반을 변화시켜야만 한다.

이 새로운 자본주의에 새로운 조직과 제도가 나타났다. 세넷은 기존의 관료제가 피라미드식 조직이라면, 새로운 조직은 MP3 플레이어처럼 작동한다고 말한다. 유연한 조직은 정해진 공정에 따라 생산하지 않고, 기존 피라미드 조직의 중간층을 없애는 간소화를 추구한다. 이제 고용은 유동성이 높아지고 비정규직화하게 된다. 오늘날 실업에 직면한 사람들은 교육을 많이 받고 숙련된 기술을 갖고 있다. 하지만 그들의 일자리는 저임금의 다른 나라로 옮아가거나, 자동화로 인해 없어지거나, 새로운 기술을 가진 젊은이들로 채워진다. 그 결과 '퇴출의 공포'로 번역된 '쓸모없음의 유령specter of uselessness'이 새로운 자본주의에 떠돌아다닌다.

새로운 자본주의에서 삶은 어지럽다. 세넷은 새로운 자본주의의 이상적 인간형이 인간 본성과 멀다고 말한다. "지나온 삶과 현재가 '서사적'으로 연결되고 앞으로도 그러기를 원하며, 특별한 분야에 대한 재능을 지니고 있다는 데 대해 긍지를 갖고자 하고, 살아오면서 쌓은 경험을 소중한 것으로 여기는 게 사람들이 살아가는 대체적인 방식이다." 스스로 노동에 대한 민속지적 연구를 해왔다고 자부하는 세넷이 파악하는 인간이다.

세넷은 지난 십 년간 만났던 이들에게 가장 절실한 것이 '표류하지 않을 수 있게 해주는 정신적이고 정서적인 닻'이라고 말한다. 새로운 자본주의에서 개인은 뭐 하나 단단한 데 없이 유연한 바닥을 딛고 변화의 바람이 불어오는 휑한 황무지에 서 있다. 여기에 능력주의로 대처하려 하지만, 퇴출을 면하기 위해 교육과 교양을 갖춰야 한다는 해법이 실은 퇴출의 공포 자체와 밀접하게 연결되어 있기 때문에 그 또한 쉽지 않다. 새로운 자본주의에서 지금 내가 가진 교육과 숙련성이 어느 순간 '쓸모없음'이 될지도 모르기 때문이다.

세넷의 책을 읽을수록 차라리 관료제의 '쇠우리'가 나아 보이고, 사라진 '장인정신'이 나아 보인다. 1점이라도 점수를 올리려고 학교와 학원에서 시달리다 밤늦게야 잠자리에 드는 어린 학생들, 아르바이트와 스펙 쌓기에 시달리며 드물기만 한 정규직을 꿈꾸는 젊은이들, 계속해서 새로운 지식과 업무를 익히지만 결국 일자리를 전전하는 피곤한 직장인들, 가사 노동과 육아에 시달리면서도 자기 노동에 제대로 된 평가를 받지 못하는 경력 단절 여성들, 자식들 공부시키느라 제대로 된 노후를 준비하지 못한 가난한 노인들. '쓸모없음의 유령'은 세넷이 분석한 미국 사회만이 아니라 우리 사회 곳곳을 배회하고 있다.

『뉴캐피털리즘』이 인상적인 것은 이 상황을 벗어날 수 있는 대안을 보여준다는 점이다. 첫 번째 대안은 구성원들에게 '연속적인 시간의 흐름 속에서 사건과 경험들이 축적되는 서사적 삶'을 제공하는 것이다. 노동조합을 대체하는 '병렬 조직'은 구성원에게 공동체의 돌봄을 제공할 수 있다. 일자리 나누기나 기본소득 역시 경제적 안정성을 제공해 삶의 서사를 되찾을 수 있게 해준다. 두 번째 대안은 공적 인정을 통해 사람들이 스스로를 쓸모 있는 존재로 여길 수 있도록 해야 한다는 것이다. 세 번째 대안은 잃어버린 장인정신을 회복하는 것이다. 이러한 회복은 '헌신'을 가능하게 하고 사람들을 정서적으로 고양시킬 수 있다.

세넷은 낙관주의자다. 그는 신자유주의 문화에 대한 적극적인 거부가 역사의 다음 단계가 될 것이라는 희망으로 책을 마무리 짓는다. 나 자신에게 질문을 던져본다. 나는 낙관주의자일까, 비관주의자일까. 아니면 둘 다일까.

자기 삶에서 장기적인 서사를 확보하는 것이 개인의 노

력만으로 될 것 같지 않다. 그래도 이 신자유주의 문화의 바깥이 존재할 수 있다는 생각만으로도 숨통이 트이는 것 같다. 세상이 어떻게 변하더라도 우리는 죽는 날까지의 긴 시간을 각자의 생을 짊어지고 가야만 한다.

무엇을 붙잡고 이 먼 길을 갈까. 내가 쓸모없을지도 모른다는 회의는 무엇으로 이겨낼 수 있을까. 내 삶의 이야기를 어떻게 만들어갈 수 있을까.

분명한 것은 내 삶의 이야기를 나 스스로 써나가야 한다는 점이다. 스스로 만들지 못하는 삶은 '표류'이지만 주체적으로 구성해가는 삶은 '항해'다. 역시 내가 어떻게 마음먹고 행동할 것인지를 올바로 성찰하는 것이 가장 중요하다. 삶의 비관과 낙관은 전제가 아니라 과정이다. 내 삶의 이야기를 주체적으로 써나간다면 삶은 결국 낙관이 되지 않겠는가.

내 삶의 기준은

내가 세워야 한다

내 나이쯤 되면 삶에서 중요한 것과 그렇지 않은 것이 선명해
지고, 더는 흔들릴 일이 없는, 안정적인 삶을 살게 될 줄 알았
다. 젊은 사람들에겐 미안한 말이지만 그런 건 없다. 외려 반
쯤 남은 인생을 생각하면 마음만 더 급해진다. 나는 지금 잘
살고 있는 건지, 앞으로 남은 삶에선 어떤 의미를 찾고 어떻
게 살아야 하는 건지를 지금 생각해놓아야만 한다.

　실존심리학자 카를로 스트렝거의 『멘탈붕괴』(2011)에
따르면 나만 그런 건 아닌 것 같다. "수많은 '호모 글로벌리

스'가 실존적 공황과 의미 있는 삶을 살지 못한다는 반복된 의식에 괴로워한다." 글로벌 정보 네트워크로 연결되어 정보를 주고받는 인류가 호모 글로벌리스다. 스트렝거는 이 호모 글로벌리스가 사는 시대를 삶의 의미에 집중하기 어려운 시대로 인식한다.

앞선 세대의 삶의 경로를 지켜보며 자신의 삶을 예측할 수 있었던 시대에는 어디서 답을 찾으면 되는지가 그런대로 쉬웠을 것이다. 그런데 호모 글로벌리스가 사는 이 시대에선 앞선 세대가 나침반이 되지 못한다. 새로 열린 세상은 기성세대에겐 적잖이 당황스럽고 청년세대에겐 처음 가는 길이다.

스트렝거는 우리 시대를 '금송아지 시대'라고 말한다. 금송아지 시대는 무엇이든 가능하다는 망상의 시대, 시장자유주의가 지배하는 도그마의 시대다. 나이키가 광고로 적나라하게 드러낸 '하면 된다Just do it' 신화와 경제성장 숭배는 이 금송아지 시대의 문화적 토대다. '창조계급'으로 불리는 상층계급이 생겨나고 빈부격차가 급증했으며, 고급문화까지도 상품화된 판매 수익에 의해 순위가 정해지는 수량화를 피하지 못했다.

여기에 세계화와 정보기술 발달은 기름을 붓는다. 이 시대에 출현하는 것이 '세계적인 자아 시장'과 '상품화된 자아'

다. 호모 글로벌리스가 된 자아는 세계적인 자아 시장이란 경쟁의 장에서 스스로를 비교하고 또 비교당한다.

한편 상품화된 자아의 가치는 순위 시스템을 통해 매겨진다. 가장 단순한 세계적 자아 시장인 SNS는 친구의 수와 연결의 정도로 자아를 평가하게 한다. 세계적인 '인포테인먼트infotainment' 시스템에선 부러운 삶의 이미지가 넘친다. 순위 시스템은 수많은 곳에서 작동하고 내 순위가 저들로부터 얼마나 떨어져 있는지 끊임없이 평가된다.

한 연구에 따르면 지금 약 육천 명의 '슈퍼 클래스'가 세계의 상층계급을 이루고 있다. 내 삶에 영향을 미치지 않는다면야 이런 상층계급에 관심을 둘 이유가 없다. 문제는 이런 상층계급이 '준거의 틀'을 제시한다는 점이다.

실존심리학은 우리 인간에게 의미 있는 목적을 느끼려는 강한 욕구가 존재한다고 말한다. 그를 위해서는 자신이 중요한 일을 하고 있다고 느껴야 하는데, 문화가 그 기준을 제시한다. 경제학자 로버트 라이시는 유사한 세계 문화를 공유하는 '세계적 상징분석가'와 전통적인 중산계층인 '국내 상징분석가'들을 대비한다. 이제는 고등교육을 받은 중간계층인 '국내 상징분석가'까지 새로운 상류층에 의해 끊임없는 열패감에 시달리고 있다.

‘하면 된다’는 얼핏 이에 대한 치료제로 보인다. 하지만 스트렝거는 ‘하면 된다’로 인해 망상의 지배가 확대되었다고 본다. 그가 제시하는 실존주의에서 인간은 비극적 존재다. 인간은 세계 속에 던져진 존재로 자신의 조건을 선택할 수 없다. 중요한 것은 인간은 자의식을 가진 존재이기 때문에 주어진 조건과 이 자의식의 자유 사이에서 살아가야 한다는 점이다.

‘하면 된다’는 이와 반대로 자신에게 주어진 상황이나 한계를 넘어설 것을 강요한다. 더 나아가 ‘하면 된다’는 세계적인 자아 시장의 소수의 승자에게 ‘했더니 되었다’라는 상장을 부여한다. 수많은 호모 글로벌리스는 ‘상위 0.5퍼센트의 성취를 가치 있게 여기는 자아 시장의 세계적인 순위 시스템’ 밖에 서 있다. 부와 권력은 더욱 소수에게 집중되고 불평등이 심화된 상황이 우리가 바라보는 현실이다.

『멘탈붕괴』의 원제는 『무의미의 공포』(The Fear of Insignificance)다. 금송아지 시대의 호모 글로벌리스는 무엇이든 가능한 시대에 나만 못하는 건 아닌가 하는 불안에 끝없이 시달린다. 달리 말하면 내가 무가치하지 않은지, 내 삶은 무의미하지 않은지에 대한 공포를 느낀다. 금송아지 시대의 성공 신화는 생애주기에도 혼란을 준다. 스트렝거는 청년 성공 신화가 세계적인 창조계급에게 서른 살까지 성공의 조짐을 보이고, 마흔

살까지 성공하지 못하면 인생은 내리막길이라는 공황을 안긴다고 지적한다.

참 다행스럽게도 이것 역시 신화다. 스트렝거는 삶의 비극인 죽음을 직시함으로써 인생의 후반에 창조성을 발휘한 사례를 제시한다. 『코끼리와 벼룩』(2001)을 쓴 찰스 핸디는 아버지의 죽음을 시작으로 중년의 위기를 겪은 뒤 핵심적인 삶에 집중하기 위해 경영사상가로 변신했다. 프로이트 역시 아버지의 죽음으로 히스테리를 겪으며 이 치료 과정에서 어두운 무의식의 세계를 연구하게 되었다.

중년에 이르러 남은 생을 어떻게 살지 고민하는 것은 결국 이 여정의 끝에 놓인 죽음을 생각한다는 뜻이다. 마음이 급해지는 만큼 이제 중요한 것과 중요하지 않은 것을 구분해야만 한다. 그런데 상황은 만만치 않다. 세상과의 인연을 다 끊고 절해고도에 살지 않는 한, 스트렝거가 분석하는 호모 글로벌리스의 삶에서 자유로울 수 없기 때문이다.

이런 금송아지 시대에 자아 시장에 내놓은 상품이 되지 않으려면 어떻게 살아야 할 것인가. SNS를 돌아다니다 보면 남들은 참 잘 지낸다. 누군가의 남이 된 나도 대체로 잘 지낸다. '카페인 우울증'이라고, 카카오톡, 페이스북, 인스타그램을 보며 남들은 다 잘 지내는 것 같아 스스로가 초라한 날도 있다. 호모 글로벌리스에겐 피할 수 없는 숙명이다.

『멘탈붕괴』, 원제로 하면 『무의미의 공포』에서 얻은 가장 중요한 교훈은 내 삶의 기준을 내가 세워야 한다는 사실이다. 그리고 그 기준은 자아 시장의 순위 시스템에서 주어지는 것이 아니라 내 삶의 구체적 조건에서 구하는 것이어야 한다.

앞으로 나의 구체적인 삶에선 무엇이 중요할까. 정서적 지지를 해주는 가족, 가끔 만나 세상 돌아가는 이야기를 할 친구, 내 앞가림은 할 수 있는 건강, 굳은 머리를 열어줄 책, 세상과 소통할 수 있는 글쓰기, 일상에서 가끔은 떠날 수 있는 여유, 거기다가 최소한 인간으로서의 존엄성을 유지해줄 수 있는 돈. 목록이 한없이 늘어난다. 늘어나는 목록만큼 내 삶이 풍성해지는 것이라고 생각하고 싶다.

불확실한 세계에서

삶의 지도 그리기

별들이 총총한 하늘이 갈 수 있고 또 가야만 하는 길들의 지도
가 되었던 시대는 얼마나 행복했던가.

철학자 게오르크 루카치의 『소설의 이론』(1916)에 나오
는 구절이다. 나 역시 가끔은 밤하늘에 걸린 그런 성좌를 바
라보며 걸어가고 또 살아가고 싶다. 인생의 남은 후반을 설계
하고, 하고 싶은 일을 이제라도 내가 주도적으로 이끌어가는
삶, 그런 인생의 완성을 꿈꾸기도 했다. 그런데 삶은 허공이

아니라 대지에 자리 잡고 있다. 이를 내게 다시 한번 깨닫게 해준 이는 사회학자 지그문트 바우만이다.

『모두스 비벤디』는 바우만이 2007년에 내놓은 책이다. 그는 끝없는 변화, 유동성, 불확실성의 특징을 보이는 근대를 '액체 근대'라고 보았다. 액체 근대 이전의 '고체 근대'는 상대적으로 합리적이고 예측 가능한 세계였다. 그런데 이제 액체 근대는 모든 것들을 녹여 불확실한 상태로 만든다. 지금 내가 딛고 서 있는 곳이 모두 녹아 흐르는 것이 액체 근대 사회다. 그러니 갈 길을 안내할 지도를 갖고 싶다는 건 지나친 꿈이다.

『모두스 비벤디』는 이탈리아어판 제목이다. 영어판 제목은 『액체 시간』이다. 이 외에도 바우만은 『액체 근대』, 『액체 사랑』, 『액체 생활』, 『액체 공포』 등을 통해 액체 근대의 다양한 모습들을 끈질기게 파헤쳤다. 모두스 비벤디란 갈등하는 이들 사이의 협약을 뜻한다. 이 책의 부제는 '유동하는 세계의 지옥과 유토피아'다.

『모두스 비벤디』가 펼쳐놓는 세계는 읽을수록 으스스하다. 유동하는 세계에서 국가와 사회와 개인이 마주한 끔찍한 현실이 생생히 살아 있기 때문이다. 정보화에 따른 지적 개방과 세계화에 따른 물질적 개방은 현대사회의 '개방성'을 한껏

증폭시켰다. 이러한 '열린사회'는 '운명의 횡포'에 무방비로 노출된 사회다. 국가가 가졌던 권력은 전 지구적 공간으로 흘러나갔다. 사회는 구조라기보다 네트워크가 되었다. 장기적인 안목을 갖게 했던 패턴과 프레임도 사라졌다. 끊임없이 변화하는 상황에서 문제 해결의 책임은 결국 개인에게 떨어졌다.

이런 유동하는 세계 안에는 공포가 자리 잡고 있다. 개인은 이제 스스로를 방어할 수 없는 상황에서 오는 공포에 질려 안전에 대한 강박에 사로잡혔다. 나아가 공포는 방어적 행동을 유발했다. 그리고 스스로 더욱 증식해가고 있다.

근대의 공포가 액체 근대에서 처음 나타난 것은 아니다. 근대는 전통사회에 존재한 '자연적인 유대'를 깨뜨리면서 나타난 사회다. 그래서 근대는 근대인들에게 새로운 보호막을 제공해야 했다. 고체 근대는 결사체, 노동조합 같은 새로운 집합체가 안겨주는 '인위적인 연대'로 전통사회의 자연적인 유대를 대체했다.

그런데 액체 근대에 이르러 이 고체 근대의 연대가 사라지면서 공포에 대한 관리가 사라졌다. 세계화에 따른 탈규제와 개인화를 겪으면서 연대는 '경쟁'으로 대치되었다. 국가는 더는 개인을 충분히 보호하지 못했고, 노동자·자본 간의 장기적인 상호협정도 깨졌다. 잉여 인구는 사회에 다시 흡수되지 못했고, 비용을 더 줄여가는 '경제적 진보'의 부산물인 '쓰레기'로 남아 있게 되었다.

또 유동하는 세계의 도시는 이제 외부의 위험으로부터의 보호라는 본래의 역할을 하지 못하고 위험의 근원으로 변했다. 도시가 지구적으로 생긴 문제들이 쌓이는 '야적장'이 되어가는데도 이를 해결할 지역적 해법은 미약하기만 했다. 이런 도시 생활은 결국 이질적인 것에 대한 공포와 애착이 뒤엉켜 혼란스러운 풍경을 이루었다.

나아가 불확실성은 유토피아마저 잠식했다. 바우만에게 유토피아는 '정원사'의 마음가짐이다. 정원사는 이 세상에서 자기가 관리하게 된 작은 부분을 자신의 의지에 따라 정성스럽게 가꾼다. 스스로 구상한 질서를 구현하기 위해 일하는 정원사는 고체 근대를 상징하는 인간형이다. 근대라는 문명과 이 정원사의 '낙관적인 세계, 즉 유토피아를 바라보고 사는 세계'는 잘 어울렸다.

문제는 액체 근대에 이르러 이 유토피아의 꿈이 사라지고 있다는 점이다. 바우만에 따르면, 현재는 '정원사의 태도'보다 '사냥꾼의 자세'가 우월한 때다. 여기서 사냥꾼이란 우리 동시대인의 상징어다. 사냥꾼은 사물의 균형에 관해 신경을 쓰지 않은 채 마구잡이로 사냥을 한 다음 다른 사냥터를 찾아 떠난다. 주위는 모두 외롭고 성난 사냥꾼들뿐이다.

사냥꾼의 대열에 끼어 있도록 노력하라. 그렇지 않으면 사냥감이 될 수밖에 없기 때문이다.

참 무시무시한 경구다. 사냥꾼은 이 말을 되새기며 패배하지 않기 위해 최선을 다해 노력한다. 사냥꾼의 유토피아는 참담하다. 원래의 유토피아란 '고생이 끝날 것이란 약속'이었지만, 사냥꾼의 유토피아란 계속 사냥에 참여하기를 바라는 '고생이 결코 끝나지 않는 꿈'이기 때문이다.

바우만은 '유동하는 세계의 지옥과 유토피아'에 대한 논의를 여기서 멈춘다. 우리 모두가 참여하고 있는, 아직 끝나지 않은 연극의 중간이라는 이유다. 그리고 바우만은 결론을 내놓는다. 사냥꾼 시대를 살아가는 이들은 무엇이 지옥인지 아닌지를 알아내고, 나아가 지옥을 받아들이라는 온갖 압력에 맞서 싸워야 한다는 것이 그 메시지다. 진정한 유토피아에 도달하지 못하더라도 지옥에서만은 벗어나라는 잠정적 타협, 다시 말해 모두스 비벤디를 바우만은 제시하는 셈이다.

책장을 덮으니 심란해진다. 지금 여기는 정말 지옥일까. 우리는 끝없이 앞만 보고 달리는 사냥꾼일까. 사냥을 그만두면 타인의 사냥감이 되고 마는 걸까. 그렇다면 우린 서로에게 무서운 짐승일까.

바우만의 다른 책들이 그렇듯, 이 책 역시 우울과 비관으로 채색되어 있다. 그런데도 나는 왜 반복해서 그의 책을 읽고 있는 걸까. 그 까닭은 바우만이 전하는 진실에 있다. 우리 시대가 지옥이란 그의 진단에 완전히 동의하지 않는다. 우리 시대는 차라리 불타오르는 연옥이다. 그런데 이 연옥은 천국에 가까운 연옥이라기보다 바우만이 말하는 그 지옥에 가까운 연옥이다.

삶은 허공에 떠 있는 것이 아니라 대지에 뿌리박고 있다. 불타오르는 연옥에서 유토피아의 천국으로 가는 그 성좌의 지도는 바우만이 아니라 내가 만들어야 한다. 천국에 도달할지, 도달하지 못할지를 현재의 나는 모른다. 그러나 지도를 그릴 수 있는 희망만은 지금 내 손안에 놓여 있다. 손안에 있는 희망이 밤하늘의 별들로 빛날 낙관을 아직은 포기하고 싶지 않다.

우리는 어디서 와서

어디로 가는 걸까

기원전 1200년경 이집트 무덤의 벽화가 있다. 황소 두 마리가 농기구에 매여 있고 인간이 채찍을 휘두르고 있다. 역사학자 유발 하라리의 『사피엔스』(2011)에 실린 그림이다. 하라리는 이 그림이 자유로이 돌아다니던 소들이 인간에게 길들여 겪는 고통을 보여준다고 말한다. 그리고 농부의 굽은 허리에 주목하라고 덧붙인다. 그가 보기에 농부도, 황소도 모두 자신의 육체와 마음, 사회적 관계를 압박하는 고된 노동을 하며 평생을 보냈다.

우리는 누구인가, 어디에서 왔는가, 어떻게 해서 이처럼 막대한 힘을 얻게 되었는가.

하라리는 『사피엔스』가 이런 질문들에 답을 구하는 데 도움이 되기를 바란다고 밝힌다. 이 책은 호모 사피엔스의 기원에서부터 시작한다. 인간은 호모속genus homo에 속하는 동물이다. 사피엔스는 이 속의 여러 종 가운데 하나다. 인류가 호모 에렉투스, 네안데르탈인, 호모 사피엔스로 진화했다고 생각하지만, 200만 년 전부터 1만 년 전까지 지구에는 다양한 인간종이 함께 살았다.

인류는 뇌가 크고 도구를 사용하며 학습 능력이 뛰어나고 복잡한 사회구조를 가졌다. 우리는 인간이 이런 특징들 덕분에 지구상에서 가장 강력한 동물이 되었다고 믿는다. 하지만 인간은 200만 년 동안 이런 특징을 가진 연약한 주변부 존재에 불과했다. 인간이 먹이사슬의 정점으로 뛰어오른 것은 10만 년 전 호모 사피엔스의 출현 이후였다. 문제는 호모 사피엔스가 너무 빨리 생태계의 최정점에 올랐다는 데 있었다. 생태계는 그에 적응할 시간이 없었다. 인간도 마찬가지였다. 언제나 자신의 지위에 대한 공포와 걱정으로 가득 차 있었고, 그래서 두 배로 잔인하고 위험해졌다. 호모 사피엔스는 네안데르탈인과 데니소바인을 멸종으로 이끈 것으로 의심되기도 한다.

하라리는 '인지혁명'을 사피엔스가 지구 전체에서 다른 인간종을 몰아낸 가장 중요한 힘으로 꼽는다. 인지혁명이란 약 7만 년 전부터 3만 년 전 사이에 출현한 새로운 사고방식과 의사소통 방식이다. 언어능력의 가장 특별한 점은 허구를 말할 수 있는 능력이다.

서로 모르는 수많은 사람이 공통의 신화를 믿으며 성공적인 협력이 가능할 때, 사피엔스의 능력은 증폭된다. 의사소통만으로 결속할 수 있는 집단의 임계치는 대략 백오십 명이다. 그 이상의 집단을 유지하기 위해서는 허구가 필요하다. 원시부족, 고대도시, 중세교회, 현대국가 등 인간의 대규모 협력은 모두 공통의 신화로서의 허구에 기반을 두었다.

사피엔스의 역사에서 중요한 또 하나의 사건은 대략 1만 년 전에 일어났던 농업혁명이다. 그런데 하라리는 이 농업혁명이 '거대한 사기'라고 말한다. 농부들은 그저 더 많은 곡식을 얻으려고 열심히 일했다. 하지만 자신들의 결정이 어떤 결과를 가져올지 알지 못했다. 영구 정착촌에 살면서 인구가 늘어났다. 아이들의 면역력이 약해져 영구 정착촌은 전염병의 온상이 되었다. 단일 식량원에의 높은 의존도는 자연재해에 대한 취약성으로 나타났다.

이쯤 되면 왜 사피엔스가 농경을 포기하지 않았는지 궁금해진다. 하라리는 변화가 축적되어 사회가 바뀌는 데는 긴 시간이 걸리고 그때는 과거의 삶의 방식을 아무도 기억하지 못하기 때문이라고 설명한다. 인구 증가 때문에도 이미 돌아갈수가 없었다고 덧붙인다.

현재의 사피엔스라고 나은 건 없다. 하라리가 묻듯이, 주택대출금에다 자녀들 학자금을 지불하며 가끔 해외여행이라도 가야 제대로 사는 것처럼 느끼는 이때에 뿌리채소나 캐는삶으로 돌아갈 수 있을까. 각종 사무와 집안일을 돕는 기계들덕분에 노동시간이 단축되고 편지를 써서 부치고 답장을 받기까지의 긴 시간을 이메일을 주고받는 몇 분으로 절약한 지금, 삶은 과연 느긋해졌을까.

진화적 성공이 행복을 낳지 않았다는 것은 역설적이다. 하라리는 오히려 사피엔스란 종의 번영이 개개인의 고통과나란히 진행되었다고 통찰한다. 고대 농부는 수렵채집민보다훨씬 많은 것을 가졌지만 그것이 행복을 보장하지는 않았다.

『사피엔스』가 다른 역사책들과 비교해 돋보이는 것은 바로 이 행복을 직접적으로 다룬다는 데 있다. 기존의 역사서들은 인간의 행복을 묻지 않았다. 시대를 이끌었던 인물과 사회

구조의 변화가 기록되는 동안, 그 시대를 살아가던 개인의 삶의 질은 잘 보이지 않았다. 하라리는 우리가 과연 더 행복해졌는지, 인류가 쌓아온 부는 우리에게 새로운 만족을 주었는지를 묻는다.

지난 40억 년의 '자연선택'은 이제 생명공학, 사이보그 공학, 비유기물 공학 등을 통해 '지적 설계'로 바뀔 가능성까지 보이고 있다. 인류의 가장 오래된 신화인 『길가메시 서사시』는 영생을 얻으려던 길가메시가 죽음이란 숙명을 받아들이는 이야기다. 그런데 이제 '길가메시 프로젝트'는 인류에게 영원한 생명을 주려는 과학혁명의 선도적 프로젝트로 추진된다.

하라리는 이런 성취 앞에서 우리가 마주하고 있는 질문은 '우리는 무엇을 원하고 싶은가'라고 말한다. 다른 종들을 무자비하게 몰아냈고, 발길이 닿는 곳마다 대규모 멸종을 일으켰던 사피엔스다. 과거로 돌아가 바꿀 수 있는 건 없다. 하지만 과거를 거울삼아 새로운 출발을 할 수는 있다. 사피엔스는 이제 다양한 종과 함께 살아갈 길을 원할 수 있다. 놀라운 성취를 보였지만 행복해지지 않았던 사피엔스다. 더 많은 것을 얻으려고 삶을 황폐화시키기 전에 행복을 원할 수 있다.

여기서 『사피엔스』를 읽는 까닭은 두 가지다. 하나는 발상의 전환이다. 이 책을 읽기 전에는 인류가 농업혁명을 통해 놀라운 발전을 이룬 줄 알았다. 그런데 하라리는 생존과 번식이라는 진화의 기준으로 보면 밀이 이 지구상에서 가장 성공한 식물이라고 말한다. 밀은 사람을 자신의 이익에 맞게 조작했고, 사람은 아침부터 밤까지 밀을 얻기 위해 고되게 일하게 되었다. 삶이든 그 무엇이든 어떤 시선에서 보느냐에 따라 그 평가가 달라진다. 그동안 나는 너무 관성적으로 삶을 이해하고 살아왔던 건 아닐까.

다른 하나는 행복에 대한 질문이다. 종의 번성을 묻는 것과 종의 행복을 묻는 것은 다르다. 마찬가지로 내가 무엇을 이루었는지를 묻는 것과 내가 행복한지를 묻는 것은 다르다. 돌이켜보면 젊은 사피엔스로서 오랜 시간 성취에 대해 물어왔다. 행복은 성취 뒤에 자연스럽게 따라오는 것인 줄 알았다. 그러나 이제 행복을 묻고 싶다. 남은 시간을 잘 살아가는 데 이것보다 좋은 질문은 없을 것 같다.

두려움과 혐오에

맞설 수 있도록

이렇게 오래 마스크를 쓰고 다니게 될 줄은 정말 몰랐다. 입술 위로 땀이 송골송골 맺히는 마스크 쓰기가 참 괴롭다. 그래도 마스크 덕에 이 당혹스러운 감염병에 잘 대처할 수 있어서 고맙기도 하다. 이제 마스크를 쓰지 않고 밖에 나서는 날을 기다리고 있다.

우리는 사스, 신종플루, 메르스를 겪었다. 가능한 한 집에 머물고 마스크를 하고 손을 씻고 문손잡이를 닦아댔지만, 이렇게 길지는 않았다. 이 팬데믹이 끝나고 나면 우리는 과연 원래의 자리로 돌아갈 수 있을까. 시민의 한 사람으로 관심을 가질 수밖에 없었다.

『오늘부터의 세계』(2020)는 코로나19 팬데믹의 한가운데를 정신없이 통과하는 과정에서 앞으로의 세계에 대한 통찰을 전한다. 언론인 안희경이 미래학자 제러미 리프킨, 법철학자 마사 누스바움, 역학疫學자 케이트 피킷, 철학자 닉 보스트롬, 농업경제학자 원톄쥔, 환경운동가 반다나 시바, 경제학자 장하준과의 인터뷰를 정리했다.

신종코로나바이러스는 사람이 박쥐 같은 야생동물을 섭취하다가 퍼진 것으로 추측되었다. 리프킨에 의하면 이번 팬데믹은 우연의 결과가 아니다. 그는 그 원인을 기후변화의 결과에서 찾는다. 기후변화의 결과란 물순환 교란으로 인한 생태계 붕괴, 인간의 야생 지역 침범, 서식지의 파괴로 야기된 야생동물의 이주를 말한다. 지구가 뜨거워지면 대기는 더 많은 물을 빨아들인다. 그 결과 홍수나 가뭄이 빈번해지고 산불이 일어나며 결국 생태계가 붕괴한다.

바이러스는 서식지가 파괴된 동물의 몸에 침투해 이주한다. 그리고 다시 인간의 몸에 침입해 기차를 타고 비행기를 타고 전 세계로 이주한다. 이 지긋지긋한 코로나19를 벗어난다 하더라도 언제 또 다른 팬데믹이 덮쳐올지 모른다.

리프킨은 이 원래의 자리를 화석연료 시대에 진입한 2차 산업혁명의 결과로 파악한다. 그는 지난 20세기에 전화, 석유, 내부 연소 엔진을 이용한 물류의 두 번째 산업혁명이 일어났다고 본다. 석유와 내부 연소 엔진에 기반을 둔 이 화석연료 문명은 지구온난화와 대규모 감염병, 생태계 파괴를 초래했다.

이러한 결과를 마주하면서 리프킨은 새로운 변화 역시 시작되었다고 말한다. 인터넷, 재생에너지, 전기·연료전지 차량이 나타났기 때문이다. 그는 이 모든 것이 분산적인 수평통합으로 재조직화되고, 세계화가 지역 중심 세계화로 변화하는 3차 산업혁명을 주목한다. 중요한 것은 이 인프라가 공공재로 통제되어야 하고 공공의 뜻으로 운영되어야 한다는 점이다.

감염병은 모두에게 공평하지 않다. 장하준은 신자유주의는 모든 위험부담을 약자에게 지운다고 말한다. 가난한 사람들은 밖으로 나가 돈을 벌어야 하고, 영세자영업자들은 대다수 대면 서비스 업종에 있다. 성장만이 아니라 성장의 질이, 다시 말해 성장을 얼마나 공평하게 나누느냐가 이제는 중요하다. 장하준은 지금 한국 사회가 아무것도 하지 않으면 이 위기가 끝나고서도 자살률 1위, 출생률 최저, 남녀 임금 격차

최고라는 현재의 상황을 바꿀 수 없다고 경고한다.

피킷은 신종코로나바이러스가 우리에게 무엇이 중요한 가치인지를 보여준다고 지적한다. 낮은 임금으로 돌봄노동을 하고, 생필품을 배달하고, 청소를 맡아왔던 인력들이 얼마나 중요한 사람들인지를 새삼 깨닫고 있다. 숨도 차지만 몇 시간만 하고 있어도 귓바퀴가 아픈 마스크를 쓰고 일하는 사람들 없이 사회는 유지될 수 없고 감염병을 막을 수도 없다.

원톄쥔은 중국의 경험을 전한다. 중국 농촌이 독립적인 사회를 이루고 있기 때문에 마을을 폐쇄함으로써 바이러스로부터 스스로를 지킬 수 있었다는 것이다. 농촌공동체로 돌아간다는 건 우리에게 너무 비현실적이지만, 이제 인류는 자신이 자연의 일부라는 사실을 다시금 되새겨야 한다.

보스트롬은 우리가 사는 이 세계가 새로운 발견이나 발명으로 쉽게 무너질 수 있다는 '취약한 세계 가설'을 발표한 바 있다. 그가 이번 위기에서 가장 심각한 것으로 지목하는 것은 이 취약한 세계에 맞설 수 있는 국제적 협력의 결핍이다.

시바는 생태적 시선을 보여준다. 문제의 핵심은 '바이러스와의 전쟁'을 넘어서 '지구에 대항하는 전쟁'을 멈추는 데 있다는 것이다. 그가 제시하는 미래는 지구와의 공존을 평화롭게 영위하는 생태 중심 세상이다.

내가 이런 책을 읽게 될 줄 몰랐다. 그동안 감염병으로 사회가 이렇게 흔들릴 줄은 상상도 못 했다. 얼떨떨한 게 현실이다. 내가 살던 세계는 어떤 곳인지, 앞으로 어떤 세계에서 살아가게 될지를 알고 싶어 이 책을 집어 들었다.

누스바움은 코로나19 팬데믹 속에서 두려움과 혐오를 넘어선 가능성을 엿보고 있다. 미국 사회에서 과거 베트남전쟁과 같은 위기는 국가를 양극단으로 찢어놓았다. 누스바움은 이와 달리 이번 위기가 뜻밖에도 통합을 추구하는 공동체 정신을 보여주고 있다고 말한다. 바이러스에 맞서기 위해선 함께 대처해야 하기 때문이다.

팬데믹을 벗어나는 데 국가의 역할이 중요하다. 하지만 시민 개개인의 역할 또한 중요하다. 방역 당국이 마스크를 쓸 필요가 없다고 했을 때도 사람들은 열심히 쓰고 다녔다. 팬데믹의 최전선에 묵묵히 자기 일을 하는 이들이 있었기에 더 큰 사회적 위기에 빠지지 않았다.

이 팬데믹은 물론 앞으로 새로운 팬데믹이 발생하더라도 그것을 극복할 희망은 결국 시민에게서 나오지 않을까. 시민은 자연과의 공존을 모색하고, 진정 중요한 가치를 생각하고, 새로운 감염병에 맞서 지속 가능한 사회를 만들어가려고 함께 노력할 것이다.

우리가 죽음을 두려워하는 이유는 삶이 훌륭하고 세상이 그만 큼 아름답기 때문입니다. 때로 연민과 자비 같은 사랑의 감정이 혐오만큼 강렬할 수 있다는 뜻입니다.

누스바움의 말이다. 커다란 불안과 공포를 안겨준 바이 러스가 연민과 자비의 사랑을 일깨워줄 수 있다는 건 참 역설 적이다. 사랑을 말하기에는 아직 불안과 공포가 크다. 하지만 이 불안과 공포 속에서 새로운 사랑과 연대를 발견하게 된다 면 그건 참 다행스러운 일일 것이다. 그러하기를 소망한다.

인간의

선함에 대한 믿음

인간은 선한 존재일까, 아니면 악한 존재일까. 누구나 평생 안고 가는 질문이다. 어떤 때는 성선설에 공감하지만, 또 어떤 때는 성악설에 동의한다. 인생을 절반 정도 살았으면 이제는 결론에 도달할 때도 되지 않았을까.

저널리스트 뤼트허르 브레흐만이 쓴 『휴먼카인드』(2019)는 이 문제를 정공법으로 다룬다. 이 책에서 그는 인간 본성에 대한 증언 같았던 고전적인 사회심리학 실험들을 파헤친다.

먼저 스탠퍼드대학 교도소 실험이다. 이 실험을 계획한 필립 짐바르도는 대학 지하에 모의 교도소를 만든 뒤 평범한 학생들을 '교도관'과 '수감자' 그룹으로 나눠 그 역할을 맡겼다. 역할만 주어졌을 뿐인데 교도관들은 가학적 행동을 보였고, 수감자들은 우울과 무력감을 보였다. 이 실험이 암시한 사실, 다시 말해 평범하고 선한 시민도 부정적인 상황에 놓이면 괴물이 될 수 있다는 결론은 끔찍했다.

한편 예일대학 스탠리 밀그램의 권위에 대한 복종 실험도 유명하다. 밀그램은 '교사' 역할을 맡은 사람이 '학습자' 역할을 맡은 사람이 오답을 말할 때마다 전압을 높이는 스위치를 누르게 하는 실험을 했다. 참가자의 65퍼센트가 450볼트에 이를 때까지 스위치를 눌렀다. 이 실험은 인간이 지시라는 이유 하나만으로 수백만 명을 가스실로 보낼 수 있는 생물이라는 함의를 담고 있었다.

브레흐만은 이런 실험들이 인간 본성에 대한 잘못된 견해를 만들어냈다고 비판한다. 예를 들어, 밀그램의 실험에서 교사 역할을 맡은 피험자들이 스위치를 누른 건 지시를 내린 실험자에게 일방적으로 복종한 게 아니었다. 피험자들은 자신들이 과학의 발전에 기여하고 있다고 믿었다. 그들은 '선으로 위장된 악'에 따른 것이지 인간의 악한 본성을 증명한 건 아니었다.

브레흐만이 반박하고 싶은 것은 '부정적 인간론'이다. 인간은 이기적이고 공격적이며 공황 상태에 빠지기 쉬운 존재가 아니라는 것이다. 오히려 "위기의 순간, 인간은 선한 본성에 압도당하는" 존재다.

타이태닉호의 승객들은 그 하나의 사례다. 그들은 약자를 먼저 배려하고 질서정연하게 함께 대피하고 처연하게 죽음을 맞이했다. 허리케인 카트리나는 또 다른 사례다. 2005년 허리케인이 뉴올리언스를 강타했을 때, 언론은 약탈과 폭력에 대한 뉴스로 가득했다. 그런데 몇 개월 후 연구자들은 그곳에서 실제로 일어난 일이 언론의 보도와는 달랐음을 밝혀냈다. 델라웨어대학 재난연구센터에 따르면 재난 과정에서 주목할 것은 친사회적인 행태였다. 뉴올리언스에선 용기와 자선이 넘쳐났다.

브레흐만은 『휴먼카인드』를 통해 『파리대왕』(1954)을 반박하고 싶었다. 윌리엄 골딩의 『파리대왕』은 비행기 사고로 무인도에 불시착한 소년들을 통해 인간의 가장 어두운 면을 묘사한 작품이다. 브레흐만은 '아이들이 무인도에 완전히 홀로 남겨지면 무슨 일이 벌어지는가'라는 근본적인 의문에 답하기 위해 소설과는 다른 현실의 파리대왕을 찾아 나섰다.

그러다 1966년 여섯 명의 소년이 태평양 통가제도의 바위섬에 표류되었다가 십오 개월 만에 구조된 적이 있음을 알게 되었다. 구조 당시 아이들은 건강했고, 그들이 만든 사회는 잘 유지되고 있었다.

그런데 왜 우리는 인간이 나쁘다고 상정하는 걸까. 이 질문이 『휴먼카인드』의 출발점이다. 브레흐만은 뉴스를 이 '잔혹한 세계 증후군'의 원인으로 지목한다. 우리는 역사상 가장 부유하고 안전하며 건강한 시대에 살고 있는데 뉴스는 예외적인 것만 보도한다. 매일 끔찍한 뉴스에 폭격을 당하면 세계관은 왜곡되기 마련이다.

브레흐만은 우리 시대의 심각한 문제들을 해결하려면 인간 본성에 대한 성찰에서 출발해야 한다고 주장한다. 우리가 믿는 것이 우리를 만든다. '노세보효과'는 '플라세보효과'의 반대다. 진짜 약을 먹으면서 그 약이 병을 일으킬 것이라고 생각하면 실제 그렇게 될 가능성이 높다. 인간이 나쁘다고 믿으면 실제로 나빠질 가능성을 높인다. 브레흐만이 성악설에 도전하는 이유다.

그렇다고 브레흐만이 근거 없는 믿음이 우리를 구원할 것이라고 주장하는 건 아니다. 그가 내세우는 것은 '호모 퍼피', 다시 말해 '강아지 인간'이다. 모스크바국립대학의 드미트리

벨라예프와 류드밀라 트루트는 여러 세대를 거쳐 야생 은여우를 길들이는 연구에서 친화성이 중요하다는 것을 발견했다. 벨라예프에 따르면 인간은 '길들여진 유인원'이다. 가장 친화적이고 좋은 성품을 가진 사람들이 더 많은 자식을 낳고 수만 년 동안 번성했다는 것이다.

브레흐만은 호모 퍼피로서의 인류가 '초사회적 학습기계'라고 말한다. 인간은 무엇인가를 배우고 유대감을 형성하며 놀기 위해 태어난 존재다. 이런 자질 덕분에 호모 퍼피는, 개별적으로 뇌가 더 컸지만 집단적으로는 똑똑하지 못했던 네안데르탈인보다 우세할 수 있었다.

호모 퍼피는 인류 역사의 95퍼센트에 이르는 시기 동안 평화롭게 지냈다. 하지만 평화로운 세계는 정주定住와 사유재산의 출현으로 사라졌다. 정착민의 삶은 낯선 사람에 대한 불신을 낳았고, 사적으로 소유한 재산을 지켜야만 했다. 또 공감이나 유대감 같은 호모 퍼피의 선한 속성은 경우에 따라선 외부 집단에 대한 공격성으로도 나타났다. 제2차 세계대전에서 독일 병사들의 높은 전투력은 자신들의 세계관이 타당하다는 믿음과 동료를 실망시키지 않으려는 전우애 때문이었다.

사실 우리는 행성 A에 살고 있다. 사람들이 서로에게 좋은 사람이 정말로 되고 싶어 하는 그곳 말이다. (……) 이제 새로운 현실주의를 위한 시간이 왔다. 인류를 새로운 시선으로 바라볼 때이다.

브레흐만은 우리가 살아가는 세계를 설명하기 위해 '행성 A'와 '행성 B'의 비유를 든다. 비행기가 비상착륙을 하다 사고가 났을 때 행성 A에서는 승객들이 서로 도와 탈출한다. 그 반면 행성 B에서는 각자도생의 아수라장이 되어 약한 사람이 짓밟힌다.

브레흐만이 전달하려는 건 우리가 행성 B에 살고 있다고 믿지만 현실에서는 행성 A에 살고 있다는 것이다. 과연 무엇이 현실일까. 인간은 선하고 서로에게 좋은 사람이 되고 싶어 한다. 브레흐만은 이것이 오히려 현실이라고 말한다. 그에게 새로운 현실주의란 인간의 선함을 있는 그대로 승인하는 것이다.

매일매일 뉴스에 넘쳐나는 폭력과 잔인함을 지켜보며 인간이 선한 존재라는 것을 믿기는 어렵다. 하지만 동시에 우리 인간이 이웃들과 서로 좋은 관계를 만들며 살아가려는 존재라는 것을 부정하기도 어렵다.

이 나이쯤에 이르러 비로소 깨달은 사실의 하나는 인생을 낙관적으로 볼지, 비관적으로 볼지는 마음먹기에 달렸다는 것이다. 이제는 낙관적으로, 그래서 아등바등하지 않고 너그럽고 즐겁게 살고 싶은데,『휴먼카인드』는 이런 나의 마음에 과학적 설명을 제공한다. 인간은 선한 존재일까, 아니면 악한 존재일까. 이제 남은 인생에서는 선한 존재라고 믿으며 살아가고 싶다.

흐린 진실의

시대를 살아가기

삼십여 년 전, 대학에 들어갔을 때 가장 충격을 받은 것은 광주항쟁 이야기였다. 전혀 알지 못한 이야기를 들었고, 전혀 본적 없는 사진을 교정 전시에서 만났다. 그때까지 몰랐다는 게부끄러웠다. 동시에 언론을 믿지 못하게 되었다.

　광주 이야기가 알려지는 데는 긴 시간이 요구되었다. 1988년 '5·18 광주민주화운동 진상조사특별위원회'가 만들어지고 청문회가 열렸다. 사실을 규명하고 책임을 묻는 데긴 시간이 필요했다. 화가 났던 건 명백한 사실을 왜곡하는

'가짜 뉴스'들이었다.

가짜 뉴스의 역사는 물론 오래될 것이다. 그런데 가짜 뉴스가 범람하게 된 것은 그리 오래되지 않았다. 21세기 현재는 진위가 확인되지 않은 뉴스가 퍼지기 좋은 환경이다. 그 과정은 대개 이렇게 진행된다.

누군가 유튜브나 페이스북, 트위터 같은 소셜미디어에 일종의 뉴스를 올린다. 정치적 목적 때문인지 돈이 목적인지는 불분명하다. 많은 댓글이 달리고, 다른 소셜미디어를 통해 번져나간다. 곧 소셜미디어를 인용한 기사가 포털 뉴스에 경쟁적으로 올라오고, 이 기사는 카카오톡 등을 통해 사방팔방으로 전파된다. 그러면 그 진위를 둘러싼 논란이 일어나고, 만나는 사람마다 그 뉴스를 아느냐고 묻는다. 누군가는 믿고 누군가는 믿지 않는다. 철학자 리 매킨타이어가 2018년에 내놓은 『포스트트루스』에 따르면, 누군가는 믿고 싶어 하고 누군가는 믿기 싫어한다.

가짜 뉴스는 이른바 '포스트트루스post-truth(탈진실)' 시대와 동전의 양면을 이룬다. 탈진실은 여론을 형성할 때 객관적 사실보다 개인적 신념과 감정에 호소하는 게 더 큰 영향력을 발휘하는 현상을 지칭한다. 2016년 『옥스퍼드사전』은 탈진실을 '올해의 단어'로 선정했다.

바로 이 2016년은 영국에서 브렉시트 투표가 치러지고, 미국에선 도널드 트럼프가 공화당 대통령 후보로 대선에 출마한 해였다. 대서양 이편과 저편은 정치적으로 매우 소란스러웠다. 매킨타이어는 이런 분위기 속에서 탈진실이 점점 더 많은 사람이 현실을 왜곡해 자기 생각에 끼워 맞추려고 애쓰는 세계적인 트렌드로 자리 잡았다고 분석한다. 예를 들어, 트럼프 대통령의 선임고문인 켈리앤 콘웨이는 백악관 공보비서가 취임식 관중 규모를 부풀린 것을 '대안적 사실alternative facts'이라고 주장했다. 사실이면 사실이지 대안적 사실은 뭐란 말인가. 대안적 사실이란 말은 정치적 맥락에 따라 사실쯤은 얼마든지 수정할 수 있다는 태도를 단적으로 보여준다.

매킨타이어에 따르면 과학부인주의는 탈진실이 갖는 위험성을 드러낸다. 담배의 유해성에서 기후변화에 이르기까지 과학부인주의의 전략은 비슷했다. 기업으로부터 지원받은 연구들이 앞선 과학적 결과에 의문을 제기하며 회의주의를 퍼뜨렸다. 이에 따라 언론은 객관성을 갖춘다는 이유로 양쪽 주장을 함께 전달하고, 그 결과 대중은 혼란에 빠지게 된다.

탈진실의 뿌리에는 인간의 불완전성이 자리하고 있다. 매킨타이어는 인간의 '인지 편향'을 주목한다. 인지부조화이론에 따르면, 인간은 자신의 신념과 행동 사이의 조화가 무너지면 심리적 불안을 겪는다. 이 불안을 해소하기 위해 인간은 정당화 기제, 다시 말해 핑계를 만들어낸다. 이 정당화는 신념이 같은 사람들이 모여 있을 때 강화되고, 주위 사람들의 믿음과 조화를 요구하는 사회적 압력을 통해 더욱 강화된다.

확증편향 역시 널리 알려진 이론이다. 확증편향이란 새로운 사실을 접했을 때 자신이 갖고 있던 원래의 생각 또는 신념을 확인하려는 경향을 보이는 것을 의미한다. 예를 들어, 한 연구에서 실험자들은 규칙을 파악할 수 있게 여러 번 숫자 배열을 볼 수 있었는데도 자신들의 원래 가설을 확증할 수 있는 숫자 배열을 제시하려는 경향을 드러냈다.

문제는 오늘날 이런 인지 편향이 놓인 자리다. 과거에는 다른 공동체 구성원을 만나 대화를 하면서 교정될 수 있던 반면, 각종 미디어가 범람하는 현재에는 생각이 다른 사람들로부터 고립될 가능성이 높다. 소셜미디어는 생각이 비슷한 사람들끼리만 뉴스를 공유하기 더욱 쉽게 만든다.

매킨타이어는 흥미로운 사회조사를 제시한다. 그 조사에 따르면, 미국 성인 중 62퍼센트가 소셜미디어에서, 그 가운데 71퍼센트가 페이스북에서 뉴스를 확인한다. 그 결과가 '뉴스 사일로 현상'이다. 사일로란 곡식이나 사료를 저장하는 창고다. 외부와 담을 쌓고 의견이 비슷한 사람들끼리 계속 뉴스를 공유하게 되면 다른 의견을 접할 기회가 없어질 뿐 아니라 편견은 더욱 강화될 수밖에 없다.

바로 이런 조건에서는 가짜 뉴스가 퍼지기 딱 쉽다. 문제의 2016년 미국 대선에서 가짜 뉴스는 특히 심각했다. 민주당 힐러리 클린턴 후보에 대한 가짜 뉴스를 듣고 분개한 한 남자가 피자가게에 총기를 난사한 사건은 유명하다. 대선 직전 석 달 동안 페이스북에서는 가장 인기 많은 가짜 뉴스 스무 개가 가장 인기 많은 진짜 뉴스 스무 개보다 더 많이 공유되었다.

상황이 이렇게까지 치닫는다면 어떻게 해야 할까. 그러니까 이런 탈진실의 시대에 누군가 자신의 목적을 위해 의도적으로 퍼뜨리는 가짜 뉴스를 어떻게 거르고, 어떻게 진실에 다가갈 수 있을까.

이 나이가 되면 세상을 바라보는 눈이 한결 분명해질 것이라고 믿었다. 그런데 세상의 진실이 무엇인지, 그 세상에 마주하는 옳은 판단이 무엇인지를 갈수록 알기 어렵다는 것을 발견하게 된다. 가장 먼저 걸리는 건 인지 편향이다. 믿음이 현실과 충돌하면 믿음을 수정하는 것이 맞다. 그런데 그동안 켜켜이 쌓인 믿음을 수정하는 게 쉽지만은 않다. 더군다나 나이가 들수록 만나는 사람만 만나고 생각이 다른 사람을 만날 기회는 줄어든다.

젊은 시절 오십이 넘으면 세상 공부가 아니라 마음공부가 중요하다고 생각했다. 그런데 오십에 막상 도달해보니 세상 공부도 여전히 중요하다.

이 놀라운 과학기술 혁명 시대에 갈수록 진실이 희미해진다니, 나로선 솔직히 받아들이기 어렵다. 그러나 탈진실이든 가짜 뉴스든 부정하기 어려운 사실로 존재한다. 결국 아무리 나이가 들어간다 해도 새로운 사회현상은 계속 배워야 한다. 마음공부와 세상 공부가 함께 가야 한다는 것, 새로운 깨달음이다.

'좋은 삶'을 위한

기본재산

건강, 안전, 존중, 개성, 자연과의 조화, 우정, 여가. 정치경제
학자 로버트 스키델스키와 그의 아들인 철학자 에드워드 스
키델스키의 『얼마나 있어야 충분한가』(2012)가 좋은 삶을 위
한 조건으로 내세우는 것이다. 저자들은 이것들을 '기본재'라
고 부른다.

　이 책에서 말하는 것들은 하나하나 삶에서 소중한 것들
이다. 그런데 우리는 이것들을 정말 소중하게 생각할까. 이런
기본재를 누리기 위해선 일단 돈을 많이 벌어야 한다고, 많이

벌수록 좋다고 생각하지는 않나. 우리는 경제성장이 우선이라고, 기본재는 잘 살고 난 다음 따지자고 생각하는 건 아닐까.

저자들은 이 기본재를 '잔여 범주'로 보지 않는다. 좋은 직업을 얻기 위해 공부하고, 취업 후에는 성공을 위해 일하고, 풍족한 노후를 위해 돈을 모으는 게 중요한데, 거기에 덧붙여 이런 것도 있으면 좋겠다는 범주가 아니라는 이야기다. 더 이상 빈곤이 문제가 되지 않는 사회라면 국내총생산GDP으로 표현되는 경제성장이 아니라 이런 기본재가 삶의 목표가 되어야 한다고 말한다.

이제까지 좋은 삶을 이루는 것이 무엇일지에 대해 저자들만큼 진지하게 생각해본 적은 없다. 이런 기본재에 문제가 생기거나 결핍되었을 때, 뒤늦게 그 소중함을 깨달았다. 좋은 삶이란 어떤 건지를 따지기 전 좋은 삶의 기준이 새로운 억압이 아닐지 회의적인 눈으로 바라본 적도 있었다.

저자들이 좋은 삶을 강조하는 까닭은 간단하다. 좋은 삶에 대한 생각이 삶을 고역으로 만드는 '끝없는 욕구'에서 빠져나갈 수 있게 해주기 때문이다. 인간은 끊임없이 다른 사람과 자신을 비교해 결핍을 찾아내는 존재다. 자본주의는 이런 특성을 문명 전체의 심리적 토대로 만들어버렸다. 저자들은 부에 대한 무한한 욕구를 '좋음'이라는 객관적 개념으로 통제하자고 제안한다.

경제학자 존 메이너드 케인스의 전망에 대한 비판은 흥미로운 출발이다. 1930년 케인스는 기술이 진보하면 시간당 생산량이 증가하므로 필요 노동시간이 점점 줄어 일할 필요가 거의 없어지는 단계에 도달할 것으로 예측했다. 백 년 후인 2030년쯤이면 인간은 경제적 걱정에서 벗어나 자유를 어떻게 활용할 것인지, 여가 시간을 어떻게 쓸 것인지 같은 진정하고도 영원한 문제와 마주하게 될 것이라고 내다보았다.

하지만 케인스의 예측은 빗나갔다. 선진국은 1930년대에 비해 네 배에서 다섯 배 이상 부유해졌지만, 평균 노동시간은 15퍼센트만 줄어들었다. 여기서 먼저 주목해야 할 것은 평균값의 문제다. 소득분배에서 불평등이 커지면 소수는 엄청나게 돈을 벌고 거의 모든 사람이 평균보다 적게 번다. 또 평균 노동시간은 국가별 노동문화에 영향을 받는다. 미국과 영국에서 저임금 노동자는 원하는 시간보다 적게 일하고 고소득 노동자는 필요 이상 긴 시간을 일한다.

노동시간은 좋은 삶에서 매우 중요한 문제다. 일부 직업에선 일의 즐거움과 여가의 두려움으로 노동시간이 늘었지만 대부분 국가에서 사람들은 더 적게 일하기를 원한다. 노동자들이 노동시간을 줄이지 못하는 것은 소득분배 악화로 실질임금이 충분하지 않기 때문이다. 케인스의 예측은 물질적 욕구가 언젠가는 충족될 수 있다는 전제를 갖는데, 이 전제가 끝없는 욕구와 상대적 필요의 창출에 직면하면 무력해진다.

그렇다고 인간이 늘 이랬던 건 아니다. 술이 넘쳐흐르고 물고기가 절로 구워져 식탁에 오르는 고대적 환상같이 게으름과 안락을 갈망하는 개인적 유토피아도 있었고, 공적 삶의 가치를 중시한 고대 철학자들의 공민적 유토피아도 있었다. 아리스토텔레스는 삶의 목적이 좋은 삶에 있다고 보았다. 좋은 삶이 실재하며 화폐는 그 수단에 불과하다는 가정이 세계의 위대한 문명에서 공유되었다.

현재 우리가 일과 소비에 중독된 것은 좋은 삶이라는 이념에 대한 공적 논의가 사라졌기 때문이라고 저자들은 주장한다. 21세기 현재 좋은 삶이란 과연 어떤 것들로 채워질 수 있을까. 『얼마나 있어야 충분한가』가 좋은 삶의 내용으로 제시하는 것은 앞서 말한 다음과 같은 기본재들이다.

첫째, 건강은 의학적 치료의 대상을 넘어 신체가 온전히 기능하는 것이다. 건강은 상실하면 모든 것을 잃기에 가장 앞자리에 놓일 만하다. 둘째, 안전은 자신의 삶이 지속될 것이라는 개인의 기대가 정당화되는 것이다. 이 안전은 자본주의 시장이 끊임없이 강요하는 변화에 의해 위협받는다. 셋째, 존중은 누군가의 견해와 관심을 가치 있는 것으로 여기는 것이다. 불평등이 지나친 사회에서 이 존중은 위험에 처하게 된다. 넷째, 개성은 자신의 취향, 기질, 좋음의 개념을 반영해 삶을 계획하고 실행할 능력이다. 사유재산은 개성의 핵심적 보호막이지만, 재산이 소수에게 집중되면 그렇지 않은 다수의 개성이 위협받는다. 다섯째, 자연과의 조화는 우리 자신을 위해 녹색 삶의 방식을 추구하는 것이다. 여섯째, 우정은 단단하고 다정한 관계의 전체를 포괄한다.

마지막으로 여가는 삶을 고역으로 만드는 끝없는 욕망에 맞선다. 여가는 휴식이 아니다. 그 자체를 위해 자발적으로 행하는 의미 있는 행위다. 유급 노동까지도 그 자체를 위한 것이라면 여가가 될 수 있다. 여가를 통해 우리는 세계를 참되게 바라볼 수 있고 삶의 의미를 제대로 발견할 수 있다.

'지금, 여기'가 유토피아가 아니라는 것은 분명해 보인다. 따라서 이 기본재들이 완벽하게 보장되지 않는다. 좋은 삶이라는 윤리적 요청이 그렇게 힘이 있어 보이지도 않는다. 먹고살려면 돈이 들어가야 하고, 먹고사는 게 아니더라도 돈이 들어갈 데는 많고, 요즘 소득만 빼고 다 오르는 것 같다. 마음을 달리 먹는다고 삶이 그렇게 달라질지 확신은 없다.

그런데 좋은 삶을 건강, 안전, 존중, 개성, 자연과의 조화,

우정, 여가로 구체화해놓으니 이건 선택의 문제가 아니라는 생각이 든다. 오십이 넘으니 소중하다고 한가하게 말할 일도 아니다. 곰곰이 생각해보면, 좋은 삶의 구성 요소 하나하나 후회가 안 되는 게 없다. 젊었을 때부터 꾸준히 가꿨어야 했고, 지금이라도 가꿔야 하는 것들이다.

부유한 삶과 좋은 삶. 두 조건이 모두 충족되면 행복한 삶일 것이다. 둘 가운데 하나를 먼저 선택하라고 한다면, 나는 어떤 삶을 골라야 할까. 그래도 좋은 삶이 부유한 삶보다 여전히 가치 있다고 한다면, 아직도 정신을 덜 차린 사춘기일까, 철없는 이상주의자일까. 삶은 여전히 내게 어려운 과제다.

5부

나의 세계는
계속될 것이다

나는 여전히

그대로일 뿐인데

꼬박 일주일을 읽었다. 작가 시몬 드 보부아르가 1970년에 발표한 『노년』이다. 한국어판이 776쪽이라니. 책이 너무 두꺼웠다. 돋보기를 쓰고 책을 읽는데, 젊었을 때처럼 며칠 내리 읽기가 어려웠다. 허리도 아팠다.

『제2의 성』(1949)으로 유명한 보부아르가 육십 넘어 『노년』을 펴낸 게 내겐 인상적이었다. 당황스러운 노년을 파헤쳐 보겠다는 의지가 책 두께만으로도 읽힌다. 보부아르는 오십 세에 한 미국 여학생이 자신을 '늙은 동지'라고 부르는 데 소스라치게 놀랐다. "나는 여전히 나인데, 내가 다른 사람이 되었단 말인가."

이 말이 무슨 뜻인지 잘 안다. 나 역시 내 나이가 당황스럽다. 모습은 당연한 오십 대다. 그런데 오십 대의 마음이 절로 생기는 것이 아니다. 강의실에 앉아 수업을 듣던 '이십 대의 나'와 돋보기를 쓰고 책을 읽는 '오십 대의 나'가 그렇게 다른 건지 잘 모르겠다. 보부아르는 말한다. "노년의 진실, 그것은 객관적으로 정의되는, 타인에게 보이는 나의 존재와 그것을 통해 내가 나 자신에 대해 갖는 자의식 사이의 변증법적 관계이다."

맞다. 내가 즉각적으로 체험하는 나와 남의 눈에 비친 나 사이에는 거리가 존재한다. 노년을 맞는 모든 혼란이 여기서 생겨난다.

보부아르는 노쇠가 사회가 갖는 기본적 성격과 노인이 사회 안에서 차지하는 자리에 영향을 받는다고 주장한다. 사회는 경제적 요인과 구조적·정치적·사상적 요인이 복잡하게 얽혀 이루어진다. 따라서 노쇠의 현실과 의미를 이해하기 위해선 그 사회에서 노인들에게 지정된 자리가 어떤 것인지, 사람들이 어떤 노인상을 갖고 있는지를 알아야 한다.

원시사회에서 노인은 경제적 부담으로 살해되기까지 했

다. 다른 원시사회에서 노인은 선조와의 연결을 매개하는 집단의 화신으로 극진히 모셔졌다. 고대 그리스에서 혼란한 시기에는 무력에서 우세한 젊은이가 권력을 가졌다. 반대로 평화로운 시기에는 노인에게 부와 권력이 집중되었다. 로마제국 말기와 중세 초기에 노인은 공적 생활에서 제외되었다. 14세기에 이르러 부의 축적 덕택에 노인은 힘을 되찾았다. 18세기 유럽에선 위생의 개선으로 사람들의 수명도 크게 늘었다. 이런 경향은 특권계급에서 두드러졌다. 늙은 가장은 재산의 소유자로 경제적 위세를 누렸다. 반면에 노인 대다수는 19세기에 진행된 경제발전의 피해자였다.

현대사회에 이르러선 인구의 노화가 큰 문제가 되었다. 사회는 연금제도와 사회보장제도를 만들었다. 그렇지만 노인에게는 일과 퇴직 중 어느 쪽도 만족스럽지 않았다. 계속 일하기를 원하는 건 가난에 대한 두려움 때문이었고, 일을 그만두기를 원하는 건 건강관리를 위해서였다.

한편 내적 경험으로서의 노년은 다른 차원의 문제다. 보부아르는 여러 작가의 기록을 통해 노년의 내면적 경험을 수집한다. 노화는 무엇보다 육체의 문제다. 작가 앙드레 지드는 자신의 영혼이 젊어 마치 일흔 살 역할을 연기하는 것 같다고 생각했다. 지드의 사례처럼 젊은 정신과 나이 든 육체는 내적 긴장을 유발한다.

나이는 시간과의 관계까지 바꾸어놓는다. 노인이 되면 젊었을 때는 몰랐던 생의 유한함을 발견한다. 시간은 젊었을 때보다 훨씬 빨리 지나간다. 철학자 아르투어 쇼펜하우어는 어린 시절에 사물과 사건에 새로움이 있어 모든 게 의식 속에 새겨지고 하루하루가 까마득하게 길다고 썼다.

노년에 이르면 호기심과 흥미를 잃고 새로운 것을 배우려는 욕구가 사라진다. 무관심은 무기력 상태를 가져온다. 권태에 빠진 많은 노인이 우울증에 걸린다. 노인은 무능력에 대한 자각으로 걱정과 불안에 휩싸인다.

새로움이 걱정스럽고 선택이 두려울 때 습관은 의지처가 되어준다. '무엇을 해야 할까'와 같은 불안한 질문을 막아준다. 서글픈 건 노인에게 존재론적 안정을 가져다주는 이 습관이 타인의 의지에 좌우된다는 점이다. 본인의 의지가 아니라 형편에 의해 주거지가 바뀐 노인은 두 명 중 한 명꼴로 일 년 뒤에 사망했다.

우리가 삶에 대립시켜야 하는 것은 죽음보다 차라리 노년이다. 노년은 죽음의 풍자적 모방이다.

내겐 서늘한 말이다. 노년을 겪는 동안 현재가 과거를 갉아먹는다. 옛 사건과 지식이 어둠으로 침몰한다. 무관심에 빠진 노인은 과거의 열정, 확신, 활동에서 멀어진다. 그렇다면 삶의 반대말은 노년이 맞다.

이러한 노년에 대한 유일한 해결책으로 보부아르는 삶에 의미를 부여하는 목표를 계속 추구할 것을 제시한다. 강렬한 열정이 사라진 평온한 노년을 바랄 것이 아니라 그 열정을 가능한 한 오래 보존해야 한다는 말이다. 보부아르는 계속 삶에 밀착하기 위해 차라리 노년에 대해 너무 생각하지 말고 정의롭고 참여적인 인생을 살아가는 것이 낫다고 조언한다.

물론 이러한 삶이 소수의 특혜받은 사람들에게만 가능하다는 것을 보부아르는 놓치지 않는다. '착취당한 자'들은 늙으면 비참함과 빈곤과 불편한 주거와 고독에 시달린다. 은퇴는 권태와 무의미에 빠지게 한다.

노인정책만 문제인 것도 아니다. 보부아르는 사회가 청년기와 장년기에 놓인 이들에 대한 대우부터 책임이 있다고 주장한다. 이들을 빈손으로 노년에 다가서게 함으로써 말년의 비참한 조건이 이때부터 만들어진다는 것이다. 이 점에서 노인문제는 체제 전체의 문제와 맞물려 있다. 보부아르는 노인문제를 해결하기 위해서는 '우리 삶을 변화시켜야 한다'고

끝맺는다.

　『노년』이 유난히 더디게 읽혔던 건 돋보기 때문만은 아니었다. 보부아르가 던지는 질문이 너무 무거웠다. 지금 당장 사회가 변화되기를 바라긴 어렵다. 더 나은 노년을 보내기 위해 어떤 삶의 의미를 찾아야 할까.

　열정을 쏟는 일이 평생 삶의 의미가 되어주는 사람들도 있다. 직업이 자아실현이 되어주는 경우다. 그렇지 못한 경우는 어떻게 해야 하나. 나는 오십 대가 되어서도 삶에 의미를 주는 목표로 딱히 내놓을 것이 없다. 오히려 목표를 대라는 게 삶을 축소시키는 것 같아 거부감부터 든다. 삶이 목표만을 향해 달리는 경주는 아니지 않나.

　보부아르의 말처럼, 열정이 가장 중요한 것 아닐까. 대가를, 효율을, 결과를 구하는 열정은 열정이 아닐지 모른다. 참된 열정은 그 자체를 목표로 삼는다. 오십 대는 장년의 끝에서 노년을 건너다보는 나이다. 지금 당장 내 삶에서 열정을 쏟을 만한 것, 그래서 삶에 의미를 줄 만한 것들을 찾아봐야겠다.

쓸쓸하게 세상을

떠나긴 싫어

내가 여기서 살피고자 하는 것은 노인 또는 죽어가는 사람이 '주관적'으로 경험하는 것이 무엇인가 하는 것이다. 나는 노인과 죽어가는 사람이 처한 고립의 위험성을 중심으로 사회학적 진단을 내리고자 하며, 이것은 전통적 · 의학적 진단을 보완하는 의미를 가진다.

노르베르트 엘리아스가 1982년에 발표한『죽어가는 자의 고독』의 한 구절이다. 엘리아스는 독일의 유대계 사회학자였다. 나치 집권 후 유대인 박해를 피해 파리로 도피한 뒤 영국으로 망명했다. 1897년생인 그는 1990년 세상을 떠났다. 『죽어가는 자의 고독』은 엘리아스가 여든다섯 살 때쯤 본인이 얼마 남지 않은 삶과 마주해 쓴 책이다.

우리 모두 태어나면서부터 '죽어가는 자'다. 여기서 엘리아스가 들여다보는 것은 죽음을 향해가는 노년이다. 죽음은 죽은 사람이 아니라 살아 있는 사람의 문제다. 그는 인간에게 문제가 되는 것은 죽는다는 사실이 아니라 죽음에 대해 알고 있다는 점이라고 말한다. 그러니까 문제가 되는 건 죽어가는 사람의 고통과 살아 있는 사람의 상실이다.

우리 모두 언젠가 죽는다는 사실에 인간이 대처하는 방식은 다양하다. 지옥이나 천국 같은 신화를 만들기도 하고, 숨기거나 억압함으로써 회피하기도 하고, 실존과 관련된 사실로 받아들이기도 한다.

엘리아스는 사회적 맥락에서 죽음의 의미부터 주목한다. 죽음이 무엇인지에 대한 답은 사회가 발전하면서 변한다. 사회가 발전할수록 종교 등 초자연적 믿음 체계에서 죽음에 대한 구원을 찾으려고 하지 않는다. 삶의 상대적 안정성, 예측 가능성, 기대수명의 증가가 현대사회의 특징이다. 삶은 길어졌고 죽음은 연기되었다. 죽음의 장면이나 시체는 이제 흔하게 볼 수 없으므로 죽음을 망각하기 쉬워졌다. 오늘날 죽음은 '배제'되었다.

심리적 의미의 배제는 심리학적 방어기제로 나타난다. 죽어가는 사람은 자신의 죽음을 상기시킨다. 사람들은 죽음에 대해 방벽처럼 세워놓은 방어적 환상을 흔들기 때문에 죽어가는 이들을 멀리한다.

사회적 의미의 배제는 엘리아스 자신의 이론인 '문명화과정'의 한 측면으로 나타난다. 문명화 과정에서 인간 생활의 원초적이고 동물적 측면들이 숨겨지거나 사라진다. 다른 동물적 측면과 마찬가지로 죽음은 이 문명화 과정에서 사회생활의 무대 뒤로 쫓겨난다.

산업사회 이전에는 가족이 노인과 죽어가는 사람을 돌봤다. 그들은 대개 가족 생활공간 내에 머무르고, 그 안에서 죽음을 맞았다. 그러니 노화나 죽음과 관련된 일은 모두 공개적으로 일어났다.

산업사회가 본격화되면서 상황은 변했다. 나이 들고 허약해진 사람은 사회나 가족, 친구로부터 격리된다. 대다수 사람은 퇴직하기 전까지 친지와 감정적 유대를 형성한다. 늙어가며 이런 관계들은 점차 약해진다. 양로원에 들어가면 오랜 감정적 유대가 끊어진다. 노인들은 정상적인 삶으로부터 격리되고 낯선 사람들과 같이 살아야 한다. 산업사회에서는 이런 정서적 고립이 더욱 두드러진다.

이전 사회가 더 좋은 사회였다는 말은 아니다. 20세기 이전, 즉 가난하고 대규모 전염병에 시달렸던 과거에는 혼자 살고 혼자 죽는 것에 익숙할 수 없었다. 죽어가는 사람과 죽은 사람이 공동체의 삶에서 격리되지 않았다는 것이다.

엘리아스는 삶의 의미도 사회적인 것으로 파악한다. 개인에게 삶의 의미는 살아가면서 완성되고, 다른 사람들에게 안겨주는 의미와도 밀접히 관련된다. 죽어가는 사람이 자신이 다른 사람들에게 아무 의미가 없다고 느낀다면, 그 사람은 진정 외롭다. 죽어가는 사람이 산 사람들의 공동체에서 이미 배제되어 있다고 느낀다면, 그 고독과 괴로움은 참혹하다.

삶에서 죽음을 배제해온 과정은 그대로 인류 진보의 역사다. 경제적 풍요로 더 잘 먹고 건강해졌고, 일상에서 폭력을 맞닥뜨리거나 예기치 않은 죽임을 당하는 일도 적어졌다. 의학이 발전하면서 많은 질병이 퇴치되었다. 우리는 과거보다 건강해지고 길게 산다. 그러다 언뜻 영원히 살 것처럼 죽음을 잊고 살게 되었다. 혹은 잊은 척하고 살게 되었다. 엘리아스는 오늘날처럼 조용하게, 위생적으로, 고독감을 조장하는 사회적 조건 속에서 죽게 되는 건 역사상 유례없는 일이라고 분석한다.

'죽어가는 자의 고독'은 죽음을 배제하는 문화에서 비롯된다. 공동체로부터 배제되고, 결국 정서적으로 고립되어 고독 속에서 쓸쓸히 죽어가야 한다면, 인류의 진보도 기실 절반에 불과하다. 진보란 우리 삶을 풍요롭게 하는 것인데, 고독 속에 죽어가는 것이라면, 개인적 차원에서 역사의 진보는 여전히 미완의 과제라 할 수 있다. 노년과 죽음에 대한 엘리아스의 사회학적 진단에 주목해야 하는 이유다.

이러한 엘리아스의 진단이 던지는 함의는 분명하다. 고독 속에 쓸쓸히 죽어가지 않기 위해서는 죽음을 배제할 것이 아니라 수용해야 한다. 모든 생명은 죽는다. 자연의 법칙이다. 인간은 자연의 일부다. 노년은 결국 닥치고, 누구나 예외 없이 죽는다. 죽어가는 과정을 숨겨놓아도, 아무리 위생적으로 만들어놓아도 소용이 없다. 일단 이것부터 받아들여야 한다. 그리고 살면서도, 죽어가면서도 인간은 본디 따뜻한 정서적 연대가 필요한 존재라는 사실을 잊지 말아야 한다.

오십 대에 바라보는 죽음의 의미는 사뭇 다르다. 젊었을 때는 죽음이 눈에 잘 띄지 않았다. 그런데 상황이 달라졌다. 특히 친지의 죽음을 빈번하게 대면하게 되었다. 타인의 죽음은 거기서 끝나지 않았다. 나 자신의 죽음과 비로소 마주하게 했다.

벌써부터 죽음에 지나치게 예민할 필요는 없다. 그러나 엘리아스가 통찰한 죽어가는 자의 고독을 삶 안에 놓아두어야 할 것이다. 오늘날 죽어가는 자가 고독을 감내해야 하는 게 불가피하더라도, 그것을 준비하는 것과 그렇지 않은 것에는 작지 않은 차이가 있을 테니까 말이다.

죽어감의 고독에 맞서는 효과적인 무기는 무엇일까. 역설적으로 바로 삶의 의미이지 않을까. 삶의 종막까지 의미를 추구할 수 있다면, 그래도 덜 고독해질 것이다. 죽어가는 자의 고독이 아니라 '죽어가는 자의 용기'가 중요한 것 아닐까. 삶의 의미를 향한 용기 말이다. 의미 없는 일에 더 이상 연연해하지 않겠다는 용기가 필요한 시간이 오십 이후이지 않을까. 좀더 단호해져야겠다고 결심하는 시간이다.

초고령사회를

어떻게 살아야 할까

여전히 죽음은 추상적이다. 여태 살아온 만큼은 더 살지 못한다는 사실을 종종 잊고 산다. 일어설 때마다 뚜둑 소리가 나는 무릎은 구체적이다. 머리빗에 끼어 있는 흰 머리카락도 내 것인 게 분명하다. 늙음은 천천히, 그러나 확실하게 내 삶에 배어들고 있다. 생로병사生老病死. 오십 대라는 건 태어남과 죽음 사이에 있는 늙음과 병이 도저히 남의 일이 아닌 때다.

늙음이 녹록해 보이진 않는다. 경제문제를 빼놓더라도 건강이나 사회생활이 이전과 같지는 않을 것이다. 노년이 가난이나 질병이나 사회적 고립으로 채워진다면 백 세 인생도 달갑지 않다. 혼자 사는 노인의 고독사나 긴 간병 끝에 벌어진 간병 살인 같은 뉴스를 접하면 참담하다.

저널리스트 김웅철의 『초고령사회 일본에서 길을 찾다』 (2017)는 우리보다 먼저 초고령사회에 도달한 일본의 현실을 안내한다. 일본은 1970년 고령화사회, 1994년 고령사회, 2006년 초고령사회에 도달했다. 우리나라는 2000년 고령화사회, 2017년 고령사회가 되었고, 2025년 초고령사회에 도달할 것으로 예상된다. 일본이 간 길을 더 빨리 추격하는 중이다. 2020년부터 인구의 자연 감소가 시작되었으니 고령화 속도는 더 빨라질 것이다.

노년 문제가 세상에 없던 문제는 아니다. 그렇지만 이렇게 늙은 사회는 이 세상에 없었다는 것이 문제다. 그러니 이 책은 여기서 고령화가 더 진행되면 어떤 사회적 풍경이 펼쳐질지, 그리고 국가와 사회와 개인은 여기에 어떻게 대처할 수 있는지를 미리 보여주는 셈이다.

가장 눈에 띄는 건 커뮤니티 솔루션이다. 빈집 관리, 저출산, 고령화, 사회적 고립, 돌봄 같은 문제들을 새로운 커뮤니티를 만들어 해결하려는 시도다. 시골과 도시 인근 주거 단지들에서 인구가 계속 줄었다. 젊은 사람들이 떠나가니 고령자가 대다수를 이루고 빈집들이 생겼다.

가고시마현 가노야시의 야다기다니란 촌락은 2007년 늘어만 가는 마을 빈집을 '영빈관'으로 만들어 예술가들을 초청했다. 영빈관 사용료가 무료인 대신 예술가들은 아이들을 지도한다. 도쿄 인근의 지바현 도요시키다이 주거 단지는 고도성장기에 지어진 대규모 임대주택 단지다. 고령화율 41퍼센트에, 주민 40퍼센트가 마을을 떠났다. 2009년 산·관·학産官學이 '지역사회고령종합연구기구'를 세우고 재택 간병과 고령자 맞춤형 일자리를 만들었다.

사회적 고립은 중장년층 모두의 문제가 되었다. 거주는 독립을 유지하면서 일상생활의 일부분을 함께하는 '컬렉티브 하우스collective house'의 거주 형태도 생겼다. 일본 최초의 컬렉티브 하우스인 '컬렉티브 하우스 칸칸모리'는 독신 고령자, 정년퇴직자, 맞벌이 부부 등이 입주해 있다. 월 1회 의무 식사 당번을 맡아 공동 식사를 하고 원예 등의 그룹 활동을 하며 공동 거실을 사용한다. 컬렉티브 하우스는 입주민들이 모두 공동 활동에 참여해 인간관계를 유지하는 목적으로 운영된다.

'삼세대 동거'를 장려하는 정책도 추진되었다. 일본 정부는 저출산 대책으로 조부모가 젊은 부부들의 출산, 육아를 돕는 삼세대 동거를 장려했다. 주택 개조 비용에 세제 혜택을 준다. 지자체 도쿄 기타구는 고령자 친화주택을 지어 삼세대가 동거하면 보조금을 지급한다.

창의적인 대책도 많았다. 일본 우체국을 비롯해 보험사, 광고회사 등 각 업계 대표주자 여덟 곳이 '고령자 지원 드림팀'을 결성했다. 이들은 독거노인의 안부 확인, 생필품 구매 대행, 위급 시 긴급 대응, 고령자 교류와 오락을 제공한다.

생필품을 못 사는 고령자 '구매 난민'에 대한 조력 시스템도 생겼다. 택배업체가 고령자에게 전화로 물건 주문을 받고 배달해줄 뿐만 아니라 구청이나 소방서에 고령자의 상태 보고까지 한다. 시골 고령 마을에선 노인들의 이동도 문제였다. 노인들은 외부 활동이 줄어들면 건강에 문제가 생기고 고립될 수밖에 없다. 효고현 가모쇼 지구라는 고령 마을에선 자원봉사 운전기사들이 합승택시처럼 고령자들의 필요에 따른 '디맨드 교통'을 운행한다.

고령사회에 대처하는 서비스업도 생겼다. 독거노인에게 집을 빌려주는 임대업자를 대상으로 한 '고독사 보험', 빈집이 팔백육십만 호에 달하는 상황에서 번창하는 '빈집 관리 전문 서비스', 사후에 반려동물을 책임지는 '펫신탁' 같은 것들이다.

몇 년 전 처음 접했던 '졸혼卒婚'이란 단어도 일본에서 왔다. 일본에서는 2014년『졸혼을 권함』(卒婚のススメ)이라는 책이 나오면서 화제가 되었다. 졸혼은 고령화와 황혼이혼 증가를 배경으로 나타난 새로운 대안이다. 혼인 관계는 유지하면서 동거에 얽매이지 않고 자유롭게 사는 형태를 말한다.

여기에 일본 초고령사회의 '젊은 노인'들은 이전 세대와 다른 문화를 보여준다. '단카이세대'는 1947년에서 1949년 출생한 육백팔십만 명의 베이비부머세대다. 이들은 여전히 일을 하려 하고 삶을 즐기는 세대다. 이 젊은 노인들은 해외 유학과 세계 여행을 하며, '무덤 친구'를 정해 함께 죽음을 준비하고, 자신의 장례와 사후를 위한 '생전 계약'을 맺는 등 생애를 마무리하는 활동인 '종활終活'에 참여한다.

우리나라의 베이비부머세대는 1955년에서 1963년생이다. 2015년 기준 약 칠백십일만 명으로 전 인구의 14.3퍼센트에 달한다. 1955년생에서 1957년생까지는 이미 고령인구에 포함되어 있다. 인구 규모와 고령화 속도 측면에서 우리 베이비부머세대가 이전의 노년 세대와 다른 문화를 보일 가능성은 일본 못지않을 것으로 보인다.

노년을 눈앞에 두고 보니, 점점 노인들이 많아지는 사회를 살아가는 게 걱정스럽다. 내게도, 우리 사회에도 낯선 길이다. 아직 무슨 일이든지 할 수 있을 것 같은 나이에 사회에서 밀려나 긴 노후를 살아가야 한다. 혼자 감당하기 어려운 노후 문제들을 사회가 감당해주어야 한다. 젊었을 때는 개인들이 자유롭고 풍요로운 삶을 누리며 사회에 기여하고, 늙었을 때는 사회가 외롭고 빈곤한 개인들을 보호하는 것이 복지국가다.

고령사회는 나와 같은 오십 대에겐 성큼성큼 다가오는 불안한 미래다. 그래도 아는 게 힘이지 않을까. 앞으로 펼쳐질 세계가 덜 낯설도록 가까운 친지들에게 이 책을 한 권씩 보내야겠다.

백 세 인생의

시나리오

백 세 시대가 열린 걸까. 경영학자 린다 그래튼과 경제학자 앤드루 스콧이 내놓은 『100세 인생』(2016)에 따르면 그렇다. 오늘날 선진국의 기대여명은 여든 살에서 여든다섯 살로 추정되지만, 코호트 분석으로는 백 살이 넘는다. 우리나라도 2019년 신생아의 기대여명이 약 여든네 살이니 백 세 시대를 눈앞에 두고 있다.

오십 세면 이제 절반에 왔을 뿐인데, 백 세 시대의 남은 절반이 어떨지 생각하면 막막하다. 나만 아니라 모두 처음 가

보는 길 아닌가.『100세 인생』에 따르면, 백 세 시대 삶의 기획은 20세기에 확립된 교육, 직업, 퇴직이란 3단계의 삶과 달라져야 한다.

이 책에는 1945년생 잭, 1971년생 지미, 1998년생 제인이라는 가상 인물이 나온다. 잭은 사십이 년을 일했고 예순둘에 퇴직한 후 팔 년을 더 살았다. 연금을 퇴직 전 소득의 50퍼센트로 잡으면 매년 소득의 4.3퍼센트 저축으로 충분했다. 기대여명과 국가, 회사의 지원을 고려하면 3단계 삶의 모델이 딱 맞았다.

지미의 기대여명은 여든다섯 살이다. 사십사 년을 일하고 퇴직 후 이십 년을 산다. 잭과 같은 연금을 받으려면 지미는 매년 소득의 17.2퍼센트를 저축해야 한다. 슬슬 3단계 삶의 모델이 어려워진다.

제인의 기대여명은 백 살이다. 일하는 기간이 사십사 년이고 퇴직 후 삼십오 년을 산다. 잭과 같은 연금을 받으려면 매년 소득의 25퍼센트를 저축해야 한다. 저축률 10퍼센트로는 팔십 대까지 일을 해야 한다. 이 정도면 3단계 모델로 삶을 유지하기는 불가능해진다.

문제는 더 있다. 많은 사람은 길어진 삶의 재정문제 해법으로 절약, 주택 줄이기, 투자 등을 생각하지만, 현실은 녹록

지 않다. 퇴직 이후 의료비가 많아질 수 있고, 낮은 소비에 적
응하기 어려울 수 있다. 또 주택 매도는 생활수준의 하락을
의미하고, 높은 수익률은 높은 위험을 감수할 때만 가능하다.

변한 것은 수명만이 아니다. 일의 세계 또한 급격한 변화
를 겪고 있다. 예를 들어, 정규직이나 파트타임 일자리를 갖지
않고 과제별로 소득을 올리는 '긱이코노미', 물건을 소유하지
않고 서로 빌려 쓰는 '공유경제' 등이 나타났다. 인간의 일자
리를 대체할 가능성이 높은 인공지능과 로봇의 등장은 일의
세계를 근본적으로 바꾸어놓고 있다.

이러한 현실에 대해 그래튼과 스콧은 이제까지 3단계로
맞추어진 삶의 경로를 새롭게 재구성해나가야 한다고 주장한
다. 길어진 수명과 변화된 세계에 맞서는 개인의 전략으로는
다른 것이 필요하다.

『100세 인생』에 따르면, 행복을 얻기 위해선 유형자산
과 무형자산 그리고 이 둘의 조화와 시너지가 필요하다. 무형
자산은 기술과 지식 같은 '생산 자산', 우정·긍정적 가족관계
와 파트너십·개인의 건강 같은 '활력 자산', 자기 인식·다양
한 네트워크에 대한 접근 능력·새로운 경험에 대한 개방적인
태도 같은 '변형 자산'으로 이루어진다. 무형자산은 그 자체
가 목적인 동시에 유형자산을 벌어들이기 위한 수단이다. 또

오랫동안 경제활동을 하기 위한 핵심 자원이다.

1단계에서 배운 기술과 지식을 평생 써먹기에는 그 기술과 지식의 발전이 너무 빠르다. 또한 기존의 2단계를 길게 늘이기만 한다면 활력 자산과 변형 자산은 계속 감소해갈 수밖에 없다. 많은 과도기를 가진 다단계로 삶을 꾸려나갈 수밖에 없게 된다.

나 같은 오십 대는 잭의 삶에서 제인의 삶으로 가는 길의 중간에 놓여 있다. 1971년생 지미처럼 3단계의 삶을 보고 자랐는데 세상이 바뀌어버렸다. 더 길어진 인생과 바뀐 세상에 대해 새로운 시나리오를 만들어야 한다.

『100세 인생』에는 지미에게 가능한 세 가지 시나리오가 나온다. 첫 번째 3.0시나리오는 3단계 삶에 맞춘 것이다. 저축이 충분하지 않고 무형자산에 대한 투자가 부족한 저소득층 칠십 세의 지미는 생각했던 것보다 훨씬 검소한 삶을 살아야 한다. 두 번째 3.5시나리오는 지미가 쉰다섯 살에 결단을 내려 일흔 살까지 일할 수 있는 직장을 찾은 경우다. 큰 변화는 없지만 자산이 줄어드는 것을 조금 늦출 수 있다.

『100세 인생』이 권하는 건 세 번째 4.0시나리오다. 여기에는 두 가지 경로를 상상할 수 있다. 하나는 지미가 변화의 필요성을 먼저 깨닫고 스스로 변화를 모색하는 경우다. 지미는 새로운 기술 습득과 재교육, 부부 파트너십과 건강과 웰빙에 대한 관심 제고 등을 통해 무형자산 늘리기를 시도할 수 있다. 다른 하나는 좀더 위험을 감수해 기업가로 변신하는 경우다. 마흔다섯 살의 지미는 계획과 준비를 바탕으로 유형자산과 무형자산을 관리함으로써 사년 후 회사를 설립할 수 있다.

이 마지막 시나리오가 풍요로운 백 세 시대를 보낼 수 있는 버전이다. 백 세 인생이 이 책의 우리말 부제인 '저주가 아닌 선물'이 되는 사례다. 그런데 나로 돌아오면 자신이 없다. 나이 드는 것만 아니라 삶에 불어오는 온갖 변화에 대처하는 것만도 버거웠다. 나는 변화가 덮쳐오기 전에 상황을 파악하고 삶을 계획해낼 수 있을까. 이에 대해 『100세 인생』은 다음과 같이 충고한다.

우리는 수많은 새로운 롤모델이 등장하고 밀집대형이 붕괴되면서 새로운 사회규범이 만들어질 것이고, 그 속에서 사람들이 자신의 선택에 직면할 것으로 생각한다. 이러한 가운데 사람들은 자기 인식과 성찰 능력을 더욱 강화할 것이다.

앞으로 펼쳐질 미래에 시나리오는 여럿일 수 있고, 여럿이어야 한다. 새로운 삶의 방식과 규범들이 정립될 것이고, 개인은 자신의 상황에 맞춰 길을 찾아 나설 것이다. 『100세 인생』은 개인에게 이런 능력이 있음을 힘주어 강조한다.

백 살까지 산다는 것은 더 많은 선택을 더 오랫동안 결정해야 한다는 의미다. 이 백 세 인생에서 가장 중요한 것은 나의 솔직한 소망, 다시 말해 내가 어떤 삶을 살고 싶은지에 대한 인식과 성찰이다. 얼마나 많은 돈이 필요한지, 얼마나 오래 일을 해야 하는지, 어떤 사람과 함께해야 하는지가 모두 여기에 달려 있을 것이다.

『100세 인생』이 내게 안겨준 교훈은 이러한 소망의 추구에서 자기에게 어울리는 삶의 시나리오를 갖는 것이 가장 중요하다는 점이다. 내게 어울리는 시나리오는 소망이 주연이고 돈과 일과 타인이 조연일 터인데, 어떻게 줄거리를 만들어가야 할까. 또 그 주연과 조연의 비중은 각각 어떻게 두어야 할까.

좋은 시나리오와 좋은 배우가 훌륭한 영화를 만든다. 설령 관객이 얼마 되지 않더라도 매력적인 줄거리와 괜찮은 연기를 펼쳐보이고 싶은 마음이다.

슬픔 이후의 삶,

너무 낯설지 않기를

어느 날 부고가 날아온다. 국화를 올리거나 절을 하고 나면, 푸석한 얼굴로 친구인 상주가 가족들에게 소개한다. 묵례를 건네고 나와서 친구들이 있는 자리에 끼어 앉는다. 서로의 부모님 안부를 묻는다. 너나없이 연로한 부모님은 어딘가 아프시다. 그 자리의 누군가를 상주의 자리에서 다시 만난다.

오십 대는 그런 나이다. 잊고 살아도 죽음은 먼 곳에 있지 않다. 죽음은 누구도 피할 수 없고, 죽음으로 누군가를 잃는 것 역시 피할 수 없다. 여기에 고스란히 남는 것이 슬픔이다. 작가 론 마라스코와 브라이언 셔프가 2010년에 내놓은 『슬픔의 위안』은 소중한 사람을 잃은 슬픔에 대한 책이다.

두 사람은 슬픔에 빠진 사람들이 극심한 고통 속 소외감을 느끼고, 주위에 있는 사람들 역시 소외감을 느낀다고 말한다. 슬픔에 빠진 사람은 주변 사람들이 불편해할까 봐 침묵을 지키며 혼자만의 섬에 틀어박힌다. 마라스코와 셔프는 슬픔에 빠진 사람들의 그 침묵에 다리를 놓겠다고 말한다.

삶은 사소한 것들이다. 그런데 슬픔은 그 사소한 것들을 비틀어서 떼어내버린다. 죽음은 사소한 것들을 베어내버리고 난 뒤 그 자리를 공허감 대신 인식 가능한 고통의 무게로 채운다.

죽음은 가장 사소한 것들로부터 가장 큰 고통을 만들어낸다. 어떤 할아버지에게 사십 년을 함께 산 아내가 매일 아침 내주던 커피, 어떤 남편에게 저녁에 집에 돌아오면 보이던 아내의 모습, 어떤 아빠가 딸에게 자주 했던 말. 이런 평범한 것들은 잃게 되면 가장 고통스러운 것들이 된다.

슬픈 사람을 어떻게 도와야 할까. 슬픔 주위로 가족이나 친구들이 모여든다. 긴장과 갈등이 생겨날 수밖에 없는데 이건 슬픔에 빠진 사람을 슬픔만큼 힘들게 한다. 마라스코와 셔프는 슬픔의 당사자에게 혼자 있고 싶다고 말하라고 권한다. 또 주위 친지는 슬픔의 당사자가 혼자 있고 싶을 때를 존중해야 한다고 충고한다.

슬픔에 빠진 사람에게는 항상 머리 위에 떨어지는 모루가 있다. 모루는 대장장이가 쇠를 단련할 때 받침으로 쓰는 쇳덩어리다. 사랑하는 이를 떠나보내고 그럭저럭 지내다 예상치 못한 계기로 촉발된 감정에 휘둘려 만신창이가 된다는 것이다. 영화의 한 장면, 우연히 흘러나오는 음악, 추억을 불러일으키는 물건, 심지어는 삶의 멋진 순간조차 떠나간 사람과 함께 즐기지 못한다는 생각 때문에 모두 모루가 된다. 모루는 잠들지 못하는 밤, 혹은 잠들었다 일찍 깬 새벽 네 시 반에 찾아오기도 한다.

슬픔에 젖은 다른 사람은 또 다른 모루다. 그러나 영혼을 가장 많이 변화시키는 모루이기도 하다. 슬픈 사람은 슬픈 사람을 알아본다. 그래서 슬픔은 공감 능력을 넓힌다. 셰익스피어가 쓴 『리어왕』의 주인공 리어왕은 몰락을 겪으며 불쌍하고 헐벗은 사람들의 고통에 공감하기 시작한다.

슬픔에 대처하는 데 가장 중요한 것은 '정직한 대면'이다. 로웬스타인 부부는 테러에 자식을 잃었다. 이 부부는 문에 자신들 이름 대신 '툰더가스'라고 붙여놓았다. 무슨 뜻인지

묻자 아들의 시신이 발견된 장소 로커비의 농장 이름이라고 서슴지 않고 말했다.

나를 서늘하게 한 것은 툰더가스에 담긴 '바람 저편에'라는 의미다. 바람 저편에 살고 있을 아들을 기억하려는 걸까. 로웬스타인 부부는 아들의 비극에서 도망가는 대신 그것을 정직하게 마주한다. '불쾌한 진실'을 멀리하기 위해 '진실 여과기'를 만들어내는 대신 슬픔과 기쁨의 삶을 다 함께 껴안는 것이다.

나쁜 것을 피하려고 만드는 진실 여과기가 유쾌한 진실까지 걸러내 버리면, 고통과 함께 기쁨까지 느끼지 못하게 된다. 마라스코와 셔프는 이 진실 여과기를 대신해 말하기를 권한다. 심리치료도 좋고, 자신에게 털어놓는 것도 좋다. 글쓰기도 마찬가지다.

정직한 대면이라고 해서 괴로움을 되새김질하라는 말은 아니다. 마라스코와 셔프는 '온건한 부인否認'을 권한다. 너무 정직해짐으로써 고문을 당할 필요는 없다는 말이다. 문제를 통째로 피하라는 것이 아니라 슬픔이라는 고통스러운 작업 사이사이 숨을 고르고 재충전할 시간을 가지라는 말이다.

슬픔에 대한 구체적인 처방도 있다. 두 사람은 슬픔에 대처하는 아홉 가지 위안을 제시한다. 휴식, 스포츠, 자연, 탐닉,

연대, 냉소, 일상, 독서, 정의가 그것이다. 내가 슬픔에 처했을 때 이런 위안들을 떠올릴 수 있을지 모르겠다. 실제로 상심이 정말 깊었을 때는 도움이 되는 무언가를 해야 한다는 생각조차 나지 않았다. 무언가를 할 의욕이 생긴 것은 그나마 마음을 어느 정도 추스르고 나서였다.

그래도 슬픔에 처했을 때 이런 위안 중 하나라도 떠올릴 수 있으면 좋겠다. 이 조언은 슬픔의 당사자를 어떻게 도와줄 수 있는지에 대해서도 좋은 처방이다. 휴식을 정말 주려면 위로의 말보다는 실질적 도움을 주라는 조언이 그렇다. 한 코미디언이 말한 이야기다. 남편을 떠나보낸 여성은 방문객들이 기도를 해주겠다고 하자 기도는 자신이 할 테니 설거지를 해달라고 했다. 바로 설거지 같은 게 실질적인 도움이라는 이야기다.

짝, 가족, 친구, 집단, 국가가 슬픔을 위로하는 연대의 다섯 개의 원이라는 조언도 그렇다. 비극이 일어나 이 울타리 중 하나가 터지면 사람들은 안전을 찾아 다른 원으로 도망친다고 한다. 그런 일이 있을 때 내가 따뜻한 울타리를 찾을 수 있었으면 좋겠다. 짝이나 가족이나 친구나 집단이나 국가의 구성원으로 그 자리에 내가 있어줄 수 있으면 좋겠다.

사랑이 깊은 만큼 슬픔도 깊다. 마라스코와 셔프는 사별의 슬픔을 이겨내려면 사랑하는 이가 죽으면서 부서져 내린 조각에 자신을 접합시켜 온전한 무언가로 거듭나게 해야 한다고 말한다. 그것은 누군가의 죽음에서 시작되어 살아 있는 자신의 삶으로 돌아오는 슬픔의 궤적이다. 두 사람은 다음과 같이 이야기한다.

> 잃는 게 있으면 얻는 것도 있다. (……) 슬픔은 떠난 사람을 사랑했기에 치러야 할 계산서다.

슬픔을 피할 방법은 없다. 다만 달라진 삶으로 돌아갈 때 그 삶이 너무 낯설지 않기를 바랄 뿐이다. 우리는 모두 다른 사람들이고, 슬픔은 모두 다 다르다. 누군가를 위로할 때 마음속에 품었던 말들을 모두 전하지 못하는 건 그 슬픔을 너무 잘 알기 때문이다.

스스로를 위로하는 것이라고 다를까. 슬픔은 그때마다 처음 보는 모습으로 다가올 것이다. 그때 삶에는 슬픔만이 아니라 사랑과 기쁨과 행복이 있다는 것을 기억해내고 싶다. 그렇게 해서 어떻게든 달라진 삶으로 천천히 돌아가고 싶다.

모든 날을

최대한으로 살기

반평생을 살아버린 지금 남은 인생을 어떻게 살지 고민하는 것은 결국 죽음 앞에 한 발짝 다가와 있어서다. 그렇다면 죽음을 생각해봐야 할 텐데, 이 나이에도 여전히 죽지 않을 사람처럼 죽음을 생각하기가 꺼려진다. 죽음을 떠올리기만 해도 움츠러드는데 죽음은 잊고 지내는 편이 낫지 않을까. 삶에만 집중해도 시간이 아까운 것은 아닐까.

호스피스 운동의 선구자이자 정신의학자 엘리자베스 퀴블러로스의 『죽음과 죽어감』(1969)을 읽으며 죽음에 대해 생각해본다. 퀴블러로스는 1965년 가을 자신을 찾아온 시카고 신학교 학생들과 함께 죽음을 앞둔 말기 환자들과의 인터뷰를 시작했다. 그리고 이 연구를 통해 죽음을 앞둔 인간의 마음에 다가갔다. 이후 퀴블러로스는 마지막 저작 『인생 수업』(2000)을 내기까지 죽음에 관한 연구에 일생을 바쳤다.

퀴블러로스는 어렸을 때 자신의 집에서 가족과 친구들에게 둘러싸여 작별 인사를 하고 품위 있는 죽음을 맞이하는 농부를 보았다. 하지만 과학이 진보할수록 죽음은 더 외롭고 기계적으로 되었다. 병원에 맡겨진 죽음은 환자의 인간적 측면과 상관없이 의학적 처치의 대상이 된다. 퀴블러로스는 의료기기와 혈압에 집착한 처치가 죽음을 부정하고 싶은 우리의 노력이 아닐지 묻는다.

사회적 의미에서 죽음의 부정은 사람들에게 살아갈 희망과 목적을 주기는커녕 오히려 불안을 가중시켰고, 진실을 외면하고 자기 죽음을 부정하기 위해 다른 사람을 죽이는 파괴적이고 공격적인 성향을 키웠다.

죽음에 대한 부정과 두려움이, 죽음을 자연스럽게 받아들이는 능력의 퇴화가 파괴적인 방어심리를 낳는다는 것이다. 자신이나 공동체의 안전에 대한 두려움이 외부에 대한 파괴적 방어심리로 나타나 분쟁을 불러일으키는 경우는 드물지 않다. 안전에 대한 두려움의 가장 밑바닥에 죽음에 대한 두려움이 있다는 걸 생각해보면, 죽음을 자연스럽게 받아들인다는 것과 죽음을 두려워하고 부정한다는 것의 차이는 크다.

죽음에 대한 거부는 의료인들에게서 볼 수 있었다. 퀴블러로스가 환자들과의 인터뷰를 요청했을 때 많은 의사가 거북해했다. 의사들은 자신의 환자들을 죽음에 관한 이야기에서 보호하고 싶었기 때문이었다. 하지만 퀴블러로스는 결국 환자가 진실을 알게 되기 때문에 의료인들에게는 어떻게 자신이 알고 있는 것을 환자와 공유하는지가 무척 중요하다고 말한다.

『죽음과 죽어감』에서 보여주는 죽음은 구체적이다. 죽음에 직면한 인간은 '부정과 고립', '분노', '협상', '우울', '수용'의 다섯 단계를 겪는다. 왜 부정하고 싶지 않겠는가. 퀴블러로스에 따르면 부정은 의사가 진단 결과를 전달하는 데 서툴렀던 경우에 전형적으로 나타난다. 거의 모든 환자에게서 볼 수 있고, 병의 초기만이 아니라 그 이후에도 때때로 발견할 수 있다.

퀴블러로스는 환자의 반응을 우선적으로 존중해야 한다

고 본다. 병에 대해 완고한 부정을 보였던 한 환자의 사례에서 환자가 결국 현실을 받아들이고 죽음을 준비할 수 있었던 것은 환자의 죽음에 대한 부정을 인정한 상태에서 꾸준히 이루어진 개입 때문이었다. 의사가 사실을 전달한 방식, 환자가 죽음을 인정하기까지의 시간, 환자 자신의 위기 상황에 대한 훈련 정도에 따라 환자는 부정의 단계를 벗어나 덜 극단적인 방식을 택했다.

죽음 이후는 알 수 없는 세계다. 무신론자에겐 끝일 테고, 종교를 가진 사람들에겐 다른 세계로 넘어가는 것이다. 결국 죽음을 받아들이는 건 산 사람의 몫인데 죽음에 대해 생각하는 것은 두렵기만 하다. 가급적 생각 안 하고 싶고, 오래오래 살아 가능한 한 나중에 죽음을 만나고 싶다. 하지만 언제가 되었든 이 삶에는 끝이, 다시 말해 죽음이 놓여 있다. 이건 변할 수 없는 사실이다.

언젠가 닥칠 삶의 마지막을 분노나 우울로 보내고 싶지는 않다. 죽음이 어떤 모습으로 다가올지는 알 수 없지만 만약 죽음이 가까운 걸 알게 된다면, 가능한 한 좋은 시간을 갖고 싶다. 퀴블러로스에 따르면, 수용 단계에 비교적 쉽게 도달한 사람은 자신의 삶을 돌아보면서 의미를 찾을 수 있었던 사람이거나, 그만큼 운이 좋지 않지만 죽음을 준비할 충분한 시간이 주어져 육체적·정신적으로 같은 상태에 도달할 수 있었던 사람이다. 그때의 나는 어떨까. 내 삶에서 의미를 찾을 수 있는 사람일까. 그건 아니더라도 혹시 운 좋게 내게도 충분한 시간이 주어지게 될까.

『죽음과 죽어감』은 시한부 환자들에 대한 이야기지만 의료진에 대한 조언이기도 하다. 퀴블러로스는 "환자들이 비인간적인 방식으로 식물인간처럼 살아가는 것이 아니라 진정으로 살아갈 수 있도록 돕는 것이 그들의 죽음을 돕는 것"임을 알아야 한다고 말한다. 이를 위해서는 의료진이 먼저 죽음을 부정하지 않고 환자와 '죽음과 죽어감'에 대해 소통해야 한다.

> 죽음을 앞둔 사람들이 가르쳐주는 가장 놀라운 고훈 중 하나는 삶은 불치병을 진단받는 순간에 끝나지 않는다는 것입니다. (······) 죽음을 앞둔 사람들이 우리에게 가르쳐주는 가장 중요한 고훈은 모든 날들을 최대한으로 살라는 것입니다.

퀴블러로스가 제자 데이비드 케슬러와 함께 쓴 마지막 저작 『인생 수업』의 마지막 장 「살고 사랑하고 웃으라」의 한 구절이다. 퀴블러로스는 삼십 년 이상 죽음을 앞둔 사람들을 연구하면서 그들로부터 배움을 얻었다. 혼자 세 딸을 키워내

느라 엄하기만 했다가 심장마비에서 깨어나 딸들에게 사랑을 고백하는 아버지, 아버지의 죽음을 통해 삶에서 두려움을 걷어내고 모든 도전과 마주하는 아들, 자신의 죽음을 받아들임으로써 남은 시간에 더 많은 즐거움과 의미를 찾은 불치병에 걸린 소년. 죽음을 대면한 이들이 다시 삶으로 돌아온다.

그렇다! 우리는 죽음을 놓고 삶에 초조해할 게 아니라 삶에 더욱 집중해야 한다. 그러니까 반평생을 살아버린 지금, 퀴블러로스와 케슬러의 말처럼 '아직 죽지 않은' 사람으로 살 것이 아니라 '모든 날들을 최대한으로 살아야' 한다.

두려움을 내려놓고 이 삶의 끝에 죽음이 있다는 사실을 직시하면, 삶에서 어떤 것이 소중한지가 선명히 드러난다. 그리고 그 시간이 언제가 될지 모르므로 소중한 것들을 당장 오늘 돌봐야 한다. 그것이 모든 날을 최대한으로 사는 것이라고 생각한다. 의미 있는 일도 하고 싶고, 안 해본 일도 하고 싶고, 못 가본 데도 가보고 싶고, 못 먹어본 것도 먹고 싶고, 오랫동안 못 만난 친구도 만나고 싶다. 여전히 두렵지만 그렇게 오늘의 삶이 내게 가르치는 교훈으로 죽음이 가르치는 교훈을 조금씩 알아가고 싶다.

죽음을

현명하게 받아들이기

심장질환, 늙음, 알츠하이머 질환, 살인, 사고, 자살, 안락사, 에이즈, 암. 의사 셔윈 B. 눌랜드가 1993년에 낸 『사람은 어떻게 죽는가(우리말 개정판의 제목은 『사람은 어떻게 죽음을 맞이하는가』이다)』는 사람이 죽음에 이르는 다양한 경로를 다룬다. 의학적 설명과 함께 죽음에 이르는 과정을 자세히 기록해놓았다.

나 같은 오십 대가 읽으면 좋을 내용이 많았다. 기름진 음식, 흡연, 운동 부족, 급한 성격, 흥분 잘하는 마음 같은 게 동맥경화를 불러일으켜 결국 건강이 고장 나는 과정을 보면 지금 당장 건강을 위해 무엇을 해야 할지가 분명해진다.

나이가 많아 죽는 사람은 이 세상에 아무도 없다.

「늙음과 죽음」에 대한 장은 이렇게 시작한다. 의사들의 사망진단서에는 뇌졸중, 심장마비, 폐부종 같은 것들이 적혀 있다. 사인으로 나이를 드는 건 의학적 설명이 아니다. 하지만 노인들이 결국 죽는 것은 낡아가는 신체조직 때문이다.

인체는 죽은 세포를 새 세포로 끊임없이 대체해나간다. 그런데 나이가 들면 재생능력이 떨어진다. 신경세포와 심근 세포의 회복력은 떨어지고, 심장은 세월과 함께 죽어간다. 동맥의 벽은 두꺼워지고 탄력성이 떨어진다. 심장으로부터 영양을 공급받던 각 기관은 영양실조에 걸린다. 오십 세 이후 뇌는 십 년마다 무게가 2퍼센트씩 줄어든다. 단, 뇌의 성장이 끝나도 어떤 신경세포는 더 원숙해지고, 사고를 많이 하면 그 부분이 더 발달하기는 한다.

눌랜드가 강조하는 것은 늙음이 불러오는 병과 그 끝의 죽음을 피해가는 방법이 아니다. 늙음과 죽음을 현명하게 수용하는 방법이다. 때가 되어 생의 무대를 다음 세대에게 넘겨주는 걸 자연의 섭리로 받아들이라는 것이다. 그렇지 않으면 죽음에 대한 불필요한 저항으로 사랑하는 사람들과 자기 마음을 헤치게 된다. 생에는 정해진 한계가 있으니 그 한계를 받아들이고, 살아 있는 동안 부지런하고 뜻있는 삶을 영위하라는 권유다.

"몇십 년 동안 치러왔던 성탄 파티 중 가장 좋았어!" 만족한 미소 뒤에 그는 한마디를 더 보탰다. "당신 알아, 캐롤린? 죽기 전까지 최대한 재미있게 살아야 된다고."

크리스마스를 잘 보냈나 보다. 말이란 게 맥락이 얼마나 중요한지, 떼어놓고 보면 별말 아니다. 하지만 이 성탄 파티는 한 남자의 소중한 희망이었다. 변호사이자 시의원이었던 마흔아홉 살 남자가 있었다. 암수술을 위해 개복을 했더니 암이 넓게 번져 있었다. 남자는 결과를 전하는 의사에게 정직하게 말해줄 것을 요구했다. 그리고 모든 것을 담담히 받아들이고 자신의 마지막을 스스로 결정했다.
　남자의 희망은 마지막까지 자신으로 존재하고 사랑하는 사람들에게 병들기 전의 모습으로 영원히 기억되는 것이었다. 남자는 두 시간마다 모르핀 주사를 맞으며 다른 해와 똑

같이 성대한 파티를 치렀다. 앞의 인용문은 손님들이 돌아간 후 남자가 아내에게 한 이야기다. 남자는 얼마 지나지 않아 세상을 떠났다. 눌랜드는 이 남자에게서 구원 가능성이 없는 상황에서도 희망이 존재하는 것을 배웠다고 술회한다.

의사로서 눌랜드가 말하는 희망은 그냥 하기 좋은 말이 아니다. 심각한 병을 앓으며 삶이 얼마 남지 않은 상태에서의 희망이다. 거짓으로 속일 수도, 환상으로 포장할 수도 없다. 진짜 희망이어야 한다. 눌랜드는 의사로서의 가장 중요한 의무가 아무리 근거 없는 것일지라도 환자들이 희망을 붙잡을 수 있도록 해야 한다는 데는 동의한다. 그런데 이때 어떤 희망이냐가 중요하다고 강조한다.

희망은 "아직 성취되진 않았지만 좋은 일이 있을 거라 기대하는 마음"이다. 눌랜드는 의사들이 흔히 이 희망을 오해해 치료나 병세의 호전에 이용하려 한다고 우려한다. 이런 희망은 죽음을 눈앞에 둔 환자가 현실을 바로 보지 못하게 하고, 환자는 물론 본인까지 뭔가를 시도하려는 강박관념으로 죽음의 존재를 부인하게 한다.

눌랜드의 이런 우려는 본인의 회한에서 비롯되었다. 건강하던 친형이 암 판정을 받았다. 눌랜드는 수술 후 회복 기간에 누구도 형에게 완치될 희망이 없다는 말을 하지 못하게 방어막을 쳤다. 나중에 그는 이 방어막이 자신에게도 필요한 것이었다고 돌아본다. 죽음에 대한 거부는 한동안 죽음을 지연시키지만 결국 일을 더 어렵게 만든다.

장애물은 또 있다. 환자 스스로가 통제력을 거절하는 것이다. 보호받고 싶고 책임이나 의무로부터 벗어나고 싶은 생각으로 자신의 자율권을 포기하며 오판을 하게 되는 것을 말한다. 눌랜드는 형의 바람을 거부할 수 없었다. 형에게 의학에 관해 모든 것을 아는 든든한 동생의 역할을 했다. 불가능할 걸 알면서도 열심히 연구해 실험적인 치료를 시도했다. 낙관주의로 나아가되 비관적인 관점도 항상 옆에 둬야 한다는 스승들의 가르침도 잊었다.

눌랜드는 환자가 원하는 희망을 안겨주었던 자기 태도가 기만행위였다고 후회한다. 그는 실험 수준의 약품이 미치는 독성이 형에게 더 큰 불행을 안겨줄 것이라는 점을 직시하지 못했다. 형의 죽음을 조금 늦추었겠지만 부질없는 희망으로 형이 참혹한 고통을 겪어야만 했다고 안타깝게 후회한다. 이렇게 눌랜드는 스스로 엄중하게 반성하고 있지만, 한편으로는 너무 충분히 이해가 가는 마음이다.

이런 후회를 딛고 눌랜드는 자신의 희망을 독자들에게 전한다. 생의 마지막이 찾아왔을 때 생을 연장하기 위해 헛된 노력을 하지 않고, 그로 인한 고통은 더더욱 받지 않겠다는 결심이 그것이다. 주어진 시간을 최대한 보람 있게 쓰다가 사랑하는 사람들 속에서 아름다운 추억을 간직한 채 죽어가겠다는 결심을 말한다.

사십 년 동안 죽어가는 사람들을 지켜본 의사가 하는 말이니 쉽게 지나치기 어렵다. 점점 더 많은 사람이 병원에서 짧거나 길게 머물다 죽음을 맞는다. 확률적으로 나도 그럴 것이다. 늙어가는 중에 언젠가 병상에 누워 판단을 내려야 할 때가 올 것이다.

미리 마음이 무거워 가볍게 상상이 되지 않는다. 어떤 마무리가 더 나을 것인지를 내가 현명하게 판단을 내릴 수 있을까. 그래서 결국 중요한 것은, 눌랜드가 말하듯 현실적인 희망이지 않을까. 모든 날의 희망이 아니라 남은 날이 얼마 되지 않았을 때 필요한, 그런 실현 가능한 희망 말이다.

일단은 내가 판단을 내릴 상황이 주어지면 좋겠다. 그리고 좋은 판단을 내릴 수 있도록 현명한 의료진을 만나는 행운이 있었으면 좋겠다. 무엇보다 내가 상황을 수용하고, 그 상황에서 가능한 희망을 품을 수 있었으면 좋겠다. 그렇게 삶의 마무리를 근사하게 하고 싶은 것이 지금의 희망이다.

행복이 품은

여러 얼굴들

책꽂이가 넘쳐 방바닥에 쌓여가는 책을 볼 때마다 이제 책을 좀 신중하게 사야겠다고 결심한다. 하지만 제목에 '행복'이 들어간 책을 잘 지나치지 못한다. 무의식중에 행복하고 싶다는 마음이 움직인 것이다. 행복에 관한 책을 읽는다고 행복해지는 것도 아닌데 말이다.

오늘날에는 누구나 행복을 얻을 수 있다고들 생각할 뿐만 아니라 행복을 당연한 듯이 기대하는 분위기다. 따라서 나를 비롯한 수많은 사람이 현대의 독특한 질병으로 고생하고 있다. 바로 역사가 대린 맥마흔이 '행복하지 않음의 불행'이라고 표현했던 병이다.

작가 에릭 와이너는 2008년에 출간한 『행복의 지도』 프롤로그에 이렇게 써놓았다. 그는 행복한 곳을 찾아 전 세계를 돌아다니며 취재를 했다. 그 결과로 『행복의 지도』라는 책을 펴냈다. 와이너는 자신이 행복한 사람이 아니라 행복하고 싶어 하는 병에 걸려 있다고 고백한다. 책 곳곳에서 마주치는 그의 유머 감각인 동시에 행복에의 집착에 대한 경계다.

와이너는 해외 특파원으로 전 세계를 돌아다녔다. 그런데 뉴스거리가 있는 나라들을 돌아다닌다는 건 불행한 나라에 사는 불행한 사람들에 대한 이야기를 수집하는 일이었다. 뉴스란 원래 그런 것이 아닌가. 그러다 문득 아무도 소식을 전하지 않는 행복한 나라들을 찾아보기로 결심한다. 그는 먼저 행복에 반드시 필요할 것이 어떤 것인지를 생각한다. 돈, 즐거움, 영적 깊이, 가족, 초콜릿 같은 게 행복 아니겠는가. 그래서 이런 것을 한 가지 이상 갖고 있는 나라들을 찾아간다.

와이너는 네덜란드에 있는 '세계 행복 데이터베이스'를 방문했다. 이 기관에 따르면, 네덜란드의 행복 척도는 1등에 가깝다. 그가 이 나라의 특징으로 생각하는 것은 관용이다. 네덜란드의 관용은 마약과 성매매에까지 이른다. 그런데 쾌락 혹은 즐거움에 대한 이런 관용적 태도가 행복을 증진시키고 있는 걸까.

와이너는 쾌락과 행복의 관계를 보여주는 철학자 로버트 노직의 '경험 기계'를 떠올린다. 뇌를 자극해 기분 좋은 경험을 하도록 하는 경험 기계를 만든다면 당신은 그 기계에 들어가겠는가. 여기에 들어가지 않겠다는 선택은 즐거움이 삶의 전부가 아니라는 증거라는 것이 노직의 주장이다. 세계 행복 데이터베이스의 연구자는 행복과 흥분제 사이의 관계가 뒤집어진 U자 곡선으로 나타난다는 논문을 발표했다. 즐거울수록 행복한 게 아니라 즐거움도 적당해야 한다는 것이다.

세계 행복 데이터베이스에 따르면, 스위스 역시 행복의 상위권에 속하는 나라다. 스위스가 부유하고 깨끗하고 훌륭하게 관리되는 사회인 건 분명했다. 그런데 와이너의 시선에는 권태로운 사회로 보였다. 와이너가 만난 스위스인은 행복의 원천이 시기심을 피하는 데 있다고 주장한다. 미국인들이 사회의 낙오자가 되는 걸 두려워한다면, 스위스인들은 갑자기 화려하게 부자가 되는 것을 두려워한다. 와이너는 스위스인들의 행복을 표현하기 위해 새로운 단어를 만든다. '만족

기쁨'이다. 단순한 만족감과 기쁨 사이에 위치한 감정이다.

북유럽 섬나라 아이슬란드는 어떨까. 세계 행복 데이터 베이스에 따르면, 아이슬란드도 행복한 나라 중 하나다. 이 나라에서 주목할 수 있는 건 문화다. 아이슬란드 사람들에게는 독특하게도 자기 나라 언어가 엄청난 기쁨의 원천이고, 수도 레이캬비크는 창의력이 꽃피는 코즈모폴리턴 마을이다. 한 아이슬란드인은 레이캬비크에 창의성이 넘치는 게 시기심이 없어서라고 말한다. 사람들은 함께 일하고 새로운 트렌드를 널리 공유한다.

흥미로운 건 아이슬란드에선 실패가 낙인이 되지 않는다는 점이다. 아이슬란드인에게 실패는 양념이 아니라 중심이다. 그래서 두려움 없이 '엉터리 작품들'을 만들어내고 예술의 세계에서는 그 엉터리 작품들이 중요한 역할을 해낸다. 불행한 예술가라는 고정관념은 아이슬란드 예술가들에겐 적용되지 않는다. 와이너가 만난 수십 명의 예술가는 대체로 행복했다. 심지어 우울증을 앓으면서도 행복할 수 있다고 말했다.

와이너가 마지막으로 다루는 곳은 자신의 나라 미국이다. 미국인은 삼분의 이가 미래에 대한 희망을 품고 있다. 열 명 중 여덟 명은 일주일에 적어도 한 번 행복에 대해 생각한다. 자기계발 산업의 규모만으로도 초강대국이다. 미국인들은 어딘가에 있을 행복을 찾아 끝없이 이사한다. 하지만 와이너는 1950년대보다 세 배나 부유해진 미국이 그만큼 더 행복해지지 않은 것은 어떻게 된 일인지 묻는다.

와이너가 다루고 있지 않지만, 우리나라의 경우는 어떨까. 1950년대 후반까지 1인당 GDP는 백 달러가 되지 않았다. 그런데 지금은 삼 만 달러를 넘는다. 경제가 성장한 삼백 배만큼 행복해졌을까. 당연히 그렇지 않을 것이다. 와이너가 행복의 조건으로 보여준 관용의 문화, 적절한 즐거움, 절제된 시기심, 실패의 용인 등은 숫자로 셀 수 없는 것이다.

내가 먼저 주목하고 싶은 건 돈과 행복의 관계다. 물질적 조건이 충족되지 않은 상태에서 행복을 바라는 데는 한계가 있다. 배가 고픈데 어떻게 행복할 수 있을까. 와이너에 따르면, 돈으로 행복을 사는 건 일 년에 만오천 달러 정도까지 가능하다고 한다. 그 선을 넘으면 돈으로 행복을 살 수 없다는 것이다. 충분히 공감할 수 있는 이야기다. 어느 정도의 물질적 조건의 의식주가 충족되어야 행복이라는 주관적 감정이 생겨날 수 있다.

문제는 그다음이다. 진짜로 행복해지기 위해선 이제 다른 것들, 앞서 말한 절제된 시기심이나 너그러운 관용 같은 주관적 감정이나 제도화된 문화가 요구된다. 와이너는 이러한 비물질적 조건이 나라에 따라 다르다고 주장한다. 행복은 그 나라 안에서도 사람에 따라 다양한 모습을 갖는 것 아니겠는가.

너무 행복해지고 싶은 마음이 오히려 행복을 해칠 수 있다. 남들은 다 행복한 것 같은데 왜 나만 이럴까, 자책과 우울감이 깊어진다. 나이를 먹는 건 결국 살다 보면 좋은 날도 좋지 않은 날도 있다는 걸 알게 되는 일이다. 좋은 일은 좋은 일대로 즐기고, 좋지 않은 일은 '이 또한 지나가리라'로 넘기는 것이 낫다.

다시 처음으로 돌아가면, 행복과 불행 사이엔 아무것도 없는 걸까. 불행하지 않은 것이 행복에 가까운 것이라고 마음먹을 순 없는 걸까. 모든 게 마음먹기에 달려 있는 줄 알면서도 왜 마음을 움직이려 하지 않는 걸까. 오십이란 나이는 마음을 먹기로 했으면 그걸 실천하는 나이라는 생각을 다시 한번 굳힌다.

행복한 노년은

무엇으로 이루어지나

행복한 사람을 보면 행복한 줄 알겠다. 하지만 막상 행복하려면 어떻게 해야 하는지를 생각하면 난감하다. 행복하고 싶다면 무엇을 생각하고 어떻게 살아야 하는 걸까. 정신과전문의 조지 베일런트의 『행복의 조건』(2002)은 여기에 대한 안내서다.

『행복의 조건』의 원제는 『잘 늙기』(Aging Well)다. 나는 이 원제목이 더 마음에 든다. 오십 세의 행복론으로 구체적이기 때문이다. 베일런트는 팔백십사 명에 이르는 성인 남녀의 삶을 1937년부터 약 칠십이 년간 추적조사한 '하버드대학교

성인발달 연구'를 바탕으로 『행복의 조건』을 썼다. 이 책은 세 종류의 집단을 다룬다. 이백육십팔 명의 하버드 졸업생, 이너 시티라는 서민 지역 출신의 소년 사백오십육 명, 터먼 연구에서 추린 천재 아동 출신인 구십 명의 여성이다.

이 책을 집어 들었을 때 가장 눈길이 간 대목은 7장의 소제목 중 하나인 '50세 이전의 삶으로 70대 이후의 삶을 예견하다'였다. 그 내용은 뭘까.

베일런트는 통념과 달리 조상의 수명, 콜레스테롤 수치, 스트레스 지수, 부모의 특성, 유년기의 성격, 사회적 유대 관계는 성공적인 노화와 직접적 연관성이 없다고 본다. 이어 건강한 노화를 예측할 수 있게 해주는 일곱 가지 요소로 비흡연 또는 금연, 알코올중독 경험 없음, 적정 체중, 안정적인 결혼 생활, 규칙적인 운동, 성숙한 방어기제, 교육받은 햇수를 들고 있다. 그는 오십 세 이전까지 이런 것들을 조절할 수 있으니 그 이후 운명은 스스로 결정한다고 말한다.

좀 얼떨떨한 기분이었다. 처음 이 책을 봤을 때는 오십을 몇 해 남기지 않았을 때였다. 그때까지 규칙적인 운동은 해본 적이 없었고 체중은 표준체중보다 높았다. 내게 행복한 노년은 불가능한 걸까. 하버드 졸업생은 1920년대생, 이너시티 집단은 1930년대생, 터먼 여성 집단은 1910년대생이다. 지금 오십 전후면 1970년 전후 생이니 이들보다 훨씬 긴 생애를 살아가야 한다. 오십을 조금 더 늘여서 봐주면 안 될까.

이런 생각을 하며 천천히 책장을 넘기는데 라인홀드 니부어의 「평온의 기도」가 용기를 주었다. 기도는 바꿀 수 없는 것을 받아들일 수 있는 평온과 바꿀 수 있는 것을 바꾸는 용기, 이 둘의 차이를 알 수 있는 지혜를 신에게서 구했다. 『행복의 조건』은 이너시티 집단의 한 남자가 '평온의 기도'를 성실히 지켜 평생 용기와 인내심을 지녔다고 적어놓았다. 남자는 성공적인 노년의 사례였다.

더 위안을 주는 것은 성인도 계속 성숙한다는 연구 결과다. 하버드 졸업생 육십칠 명을 대상으로 방어기제의 성숙 정도를 평가한 결과 쉰 살과 일흔다섯 살 때의 적응 양식은 대조적이었다. 오십 이후의 이십오 년 동안 미성숙하고 부적응적인 방어기제들은 감소하고 이타주의나 유머 같은 성숙한 방어기제가 증가했다. 성숙은 평생에 걸쳐 이루어지는 과업이다. 성인의 사회적 발달은 연속적으로 이루어지며, 시간이 지날수록 사회적 지평은 더 넓어진다.

이 발달 과정에는 여섯 가지의 연속적 '발달과업'이 있다. 정체성 확립, 친밀감 발전, 직업적 안정, 생산성 과업, 의미의 수호자, 통합이 그것들이다. 하나의 발달과업을 이루지 못하면 다음 단계로 나아가기 어렵다. 청소년기에 확립되어야 할 정체성을 오십 세까지 확립하지 못하면 중년이 되어서도 일을 통한 성취감을 맛보지 못하며 친구 관계를 지속적으로 유지하지 못한다.

책을 읽으면서 계속 마음에 걸린 것은 경제문제다. 하버드 졸업생은 100퍼센트 백인에 중산층 이상의 부모를 가졌고 오십 세의 평균 소득도 압도적이다. 터먼 여성 집단은 지능이 높은 집단이고, 이너시티 집단은 99퍼센트가 백인 남성이다. 이들이 빈곤 문제에서 상대적 이점을 누렸을 가능성을 배제하기 어렵다. 여기다 경제협력개발기구OECD 1위의 노인 빈곤율을 보이는 우리 사회 현실을 생각하면 경제적 빈곤이 노년에 미치는 영향을 간과하기 어렵다.

베일런트는 부유한 상속자였던 하버드 졸업생의 쓸쓸한 노후를 평가하며 인간의 말년을 불행하게 하는 것은 경제적 빈곤이 아니라 사랑의 빈곤이라고 단언한다. 당연히 경제문제의 해결이 행복한 노년을 보장하지는 않는다. 그럼에도 최소한의 선은 있지 않을까. 이 책의 성과에서 교훈을 얻기 위해 나는 질문을 바꾸어본다. 경제문제가 어느 정도 해결되었다면 행복한 노년은 무엇으로 이루어지는 걸까. 앞서 말한 건강한 노화를 위한 일곱 가지 요소들을 염두에 두고 여섯 가지

발달과업을 완수해 나가는 것만 해도 쉬운 일은 아니다.

이 책의 장점은 이상적인 노년의 모습을 그려보게 한다는 데 있다. 『행복의 조건』은 연구 결과만을 보여주는 책이 아니다. 연구 과정에서 오랜 기간 관찰한 인물들의 실제 삶을 싣고 있다. 행복한 노인들은 어떤 삶을 살아가는지, 행복하지 못한 노인들에겐 무엇이 문제인지를 오랜 기간의 관찰을 통해 부각시킨다.

'암울한 유년기를 딛고 화려한 노년을 맞이하다', '놀이와 창조로 불멸의 삶을 예약한 행복한 사람', '삶의 불연속성을 뛰어넘은 회복탄력성의 화신' 등은 행복한 노년의 사례들이다. 평탄한 일생을 보낸 인물도 있지만 그렇지 않은 인물도 많다. 이들의 공통점은 행복한 노년이라는 이상적인 지점을 보여준다는 것이다.

'쇳조각에서 금을 만들어낸 삶의 연금술사'로 소개된 수잔 웰컴은 행복한 노년의 롤모델로 삼을 만하다. 그녀는 불행한 양육 환경과 방황하는 젊은 날을 거쳐 훌륭한 노년에 도착해 있었다. 사십 대에 이타주의와 중용의 미덕을 갖췄고, 일흔여섯에 이르기까지 사회 활동 반경을 점점 넓혀갔다. 가족과는 친밀하게 지내며 이웃과도 터놓고 지냈다.

오십 이후는 처음 가는 길이다. 아니 모든 인생이 처음 가는 길이다. 딸도 처음 해봤고, 엄마도 처음 해봤고, 노인도 처음 해보게 될 것이다. 닥쳐서야 알게 되는 일들이 참 많았다.

우리 사회는 빠르게 변한다. 앞 세대만 해도 부모를 모시고 사는 집이 많았다. 그런데 동년배 친구 중에 부모님을 모시고 사는 집은 거의 없다. 자식 세대가 같이 살 거라고는 생각하지 않는다. 일인가구도 급속도로 늘고 있다. 친구들과는 나중에 혼자 살다 죽게 될 수도 있으니 그때 정기적으로 체크하는 연락망을 짜놓자는 농담까지 웃프게 나누었다.

미래를 위해 준비할 수 있는 게 있고 준비할 수 없는 게 있을 것이다. 준비할 수 있는 것은 준비하고, 준비할 수 없는 것은 인생의 신비로 즐길 수 있게 되기를 스스로에게 바라본다.

제2의 인생은

나의 의미를 찾기 위한 여정

역사학자들의 책을 읽으면 참 시간을 길게 쓴다는 생각이 든다. 그래서 역사학자들은 인간과 사회에 대해 깊은 통찰을 제공한다. 생물학자는 그보다 더 나간다. 35억 년 생명의 역사를 놓고 하는 말이니 무게가 참 남다르다.

생물학자 최재천의 『당신의 인생을 이모작하라』(2005)의 부제는 '생물학자가 진단하는 2020년 초고령사회'다. 이 책에서 우리나라는 2018년 육십오 세 이상 고령인구가 14퍼센트를 넘어 고령사회에 속할 것으로 예견된다. 우리 사회는 그보다 일 년 빠른 2017년 고령사회에 도달했다.

'1분기 출산율 0.90명으로 추락… 사상 처음 5개월째 인구 자연 감소.' 2020년 5월 27일 자 『연합뉴스』의 기사 제목이다. 이제는 부부가 한 명도 채 낳지 않는다. 사망자 수가 출생자 수를 넘으며 인구가 줄어드는 중이다. 최재천은 자신의 경고가 틀려서 2020년에 비난을 받으면 기쁘겠다고 하지만, 비난은커녕 십칠 년 전의 그의 글을 꼼꼼하게 읽어보아야 하는 상황이다.

최재천에 따르면 인류는 자신의 역사에서 대체로 인구대체 출산율인 두 명 남짓을 유지하며 살아왔다. 그런데 농업혁명 이후 '불과' 1만 년 전부터 급속한 인구 증가를 거치며 스스로 산아제한을 해야만 하는 '기이한' 생물이 되었다. 그러더니 이제는 선진국부터 인구 감소를 걱정하고 있다. 특히 우리나라는 선진국이 고령화(예순다섯 살 이상 고령인구 비율 7퍼센트 이상)에서 고령사회로 가는 데 사십 년에서 한 세기 이상 걸린 것에 비해 십칠 년 만에 고령사회에 도달했다. 최재천은 생물이라면 번식이 최대의 목표인데 스스로 출산율을 낮추는 건 생물이기를 거부하는 것이라고 말한다. 또 출산과 관련해 인간은 번식기가 지나서도 상당한 기간을 사는 특이한 생물이라고 덧붙인다. 초창기 인간의 평균수명은 오십 년을 넘지 못했는데 오십 세는 여성이 완경을 하는 시기다. 생식능력을 잃는 시기에 거의 죽었다는 뜻이다.

이제 상황은 다르다. 백 세 시대가 되면 인간은 생식이 가능한 시간만큼 생식하지 않는 시간을 살아야 한다. 최재천은 이를 '번식기'와 '번식 후기'로 나눈다. 그는 평균수명 백 세 시대를 맞이해 인생을 아예 둘로 나누어 살자고 제안한다. '두 인생 체제'에서 제2인생은 제1인생만큼이나 중요하다. 한국은 대략 2036년과 2037년 사이에 번식기 인구와 번식 후기 인구가 같아지는 '비생물학적' 사회가 될 예정이다. 오십 세 미만과 오십 세 이상 인구가 같아진다는 이야기다.

일단 고령화 속도를 조금이라도 늦추는 게 급하다. 관건은 저출산이다. 아이를 낳지 않는 것은 부부가 함께 내리는 이성적 결정인데, 번식기에 풍요로운 삶을 보장해주지 않으면 이 추세를 돌이킬 수 없다고 최재천은 말한다. 여기에서 그는 조혼과 조기 출산의 장점을 소개한다. 개체군생태학에서 첫 번식 시기를 앞당기면 출생률이 놀랍게 증가한다고 하니 새겨들을 만하다.

고령사회의 가장 큰 문제는 노동인력 감소다. 이를 위해서는 여성의 경제활동 참여를 보장할 제도부터 손보아야 한다. 지금처럼 여성이 주로 낮은 임금의 비정규 노동을 담당하고 구조조정의 1순위가 되어서는 경제활동 참가가 어렵다. 출산율도 높이기 어렵다. 성적으로 평등한 사회문화, 아이를 믿고 맡길 수 있는 보육시설, 신뢰할 수 있는 교육 등 사회가 갖춰놓아야 할 것은 너무도 많다.

제2인생을 위한 제도적 설계도 필요하다. 복지, 은퇴, 연금, 재교육, 취업 등에서 사회가 해야 할 일이 많다. 여태까지의 사회는 한편으로 정규교육을 받고 사회에 나가 일을 배우고, 한편으로 결혼을 하고 자식을 낳아 기르던 제1인생에 맞추어져 있었다. 현실이 빨리 변하고 있으니 그에 따라 빠른 변화가 필요하다. 개인도 제2인생에 대한 대책이 필요하다. 낡은 몸으로라도 할 수 있는 일을 해야 한다.

최재천은 고령화에서 제일 중요한 것이 건강이라고 말한다. 나이를 먹어가는 '노화'보다 노년기에 신체 기능이 약화되는 '노쇠'에 주목해야 한다는 그의 말은 날카롭다. 노년의 건강은 의료비 지출만의 문제도 아니다. 고령인구가 늘수록 국민 전체의 면역력이 감소해 전염병이 기승을 부릴 수가 있다는 지적은 코로나19 팬데믹을 생각하면 정말 와닿는다.

최재천은 제2인생을 위해 사십 대 때부터 교육을 새롭게 받아야 한다고, '인생의 이모작'을 해야 한다고 강조한다. 이미 오십 대에 들어선 나는 좀 늦었다. 여태까지의 교육은 제2인생에 맞추어져 있지 않았다. 오십 대 이후를 진지하게 생각해보지도 않았다. 그런데 오십 대가 되고 보니, 지금까지의 신통치 않은 성적표만 문제가 아니라 거의 살아온 만큼의 시간을 살아가야 하는 게 문제였다. 인생을 번식기와 번식 후기로 나누어 보면, 앞으로는 이전과 다른 방식으로 살아야 한다.

일단 현실을 받아들이는 것부터 해야겠다. 몸이나 정신이나 제1인생에서처럼 팔팔하지 않다. 새로 거창한 일을 벌일 생각은 하지 않는다. 어쩌면 이것이 제2인생의 더 좋은 점인지도 모르겠다. 번식과 양육 같은 번식기의 과제를 훌훌 던지고 나면 크게 욕심을 부릴 것도 없다.

앞으로 남은 삶을 어떻게 살지의 고민이 이 책의 출발이었다. 지금 나는 어디에 있는지, 어디로 가야 하는지를 들여다보고 싶었다. 어렸을 때 본 어른들은 삶에 뭔가 답이 있는 것처럼 굴었다. 어른이 되고 보니 답 같은 건 없었다. 누구나 처음 가는 길을 가끔 나타나는 신호에 의지해가는 것이었다. 잡지 못한 신호는 이내 시야에서 사라져버렸다.

지금의 선 자리를 둘러보며 쓸쓸하고 아쉬운 게 나만은 아닐 것이다. 오전반 오후반까지 있던 과밀학급의 초등학교를 나온 우리, 대학에 들어가려고 도시락 두 개씩 싸가지고 다니며 사지선다의 학력고사를 준비하던 우리, 최루탄이 매

캐한 대학을 졸업해 워라밸도 모르고 일을 해온 우리. 거칠었지만 제1인생에서 삶의 경로는 선명한 편이었다. 내가 잘하고 못하고의 문제였지 주어진 선택지는 어쩌면 단순했다.

제1인생이 성공이란 목표를 위해 땀을 흘린 시기라면 제2인생은 삶의 의미를 찾기 위한 새로운 여정이다.

책을 읽고 다이어리에 이 말을 적어두었다. 그리고 덧붙였다.

제1의 인생이 가족을 위해 땀을 흘린 시기라면 제2의 인생은 나의 의미를 찾기 위한 여정이다.

본문에 수록된
인생 책들의 출처

기시미 이치로·고가 후미타케, 전경아 옮김, 『미움받을 용기』, 인플루엔셜, 2014.

김웅철, 『초고령사회 일본에서 길을 찾다』, 페이퍼로드, 2017.

김주환, 『회복탄력성』, 위즈덤하우스, 2011.

김혼비, 『우아하고 호쾌한 여자 축구』, 민음사, 2018.

노르베르트 엘리아스, 김수정 옮김, 『죽어가는 자의 고독』, 문학동네, 1998.

대니얼 길버트, 최인철·김미정·서은국 옮김, 『행복에 걸려 비틀거리다』, 김영사, 2006.

레프 니꼴라예비치 똘스또이, 이종진 옮김, 『사람은 무엇으로 사는가』, 창비, 1981.

로버트 스키델스키·에드워드 스키델스키, 김병화 옮김, 『얼마나 있어야 충분한가』, 부키, 2013.

론 마라스코·브라이언 셔프, 김설인 옮김, 『슬픔의 위안』, 현암사, 2012.

뤼트허르 브레흐만, 조현욱 옮김, 『휴먼카인드』, 인플루엔셜, 2021.

리 매킨타이어, 김재경 옮김, 『포스트트루스』, 두리반, 2019.

리베카 솔닛, 김현우 옮김, 『멀고도 가까운』, 반비, 2016.

리처드 세넷, 유병선 옮김, 『뉴캐피털리즘』, 위즈덤하우스, 2009.

린다 그랜트·앤드루 스콧, 안세민 옮김,『100세 인생』, 클, 2017.

마이클 A. 싱어, 이균형 옮김,『상처받지 않는 영혼』, 라이팅하우스, 2014.

말콤 글래드웰, 노정태 옮김,『아웃라이어』, 김영사, 2009.

버지니아 울프, 오진숙 옮김,『자기만의 방』, 솔, 1996.

버트런드 러셀, 이순희 옮김,『행복의 정복』, 사회평론, 2005.

빅터 프랭클, 이시형 옮김,『죽음의 수용소에서』, 청아, 2005.

빈프리트 뢰쉬부르크, 이민수 옮김,『여행의 역사』, 효형출판, 2003.

서현,『내 마음을 담은 집』, 효형출판, 2021.

셔윈 B. 눌랜드, 명희진 옮김,『사람은 어떻게 죽는가』, 세종서적, 2008.

시몬 드 보부아르, 홍상희·박혜영 옮김,『노년』, 책세상, 2002.

안드레아 케텐만, 이영주 옮김,『프리다 칼로』, 마로니에북스, 2005.

안치운,『그리움으로 걷는 옛길』, 디새집(열림원), 2003.

안희경, 제러미 리프킨·원톄쥔·상하준·마사 누스바움·케이트 피킷·닉 보스
    트롬·반다나 시바 인터뷰,『오늘부터의 세계』, 메디치미디어, 2020.

앤드루 맥아피·에릭 브린욜프슨, 이한음 옮김,『머신 플랫폼 크라우드』, 청림
    출판, 2018.

얀 마텔, 공경희 옮김,『파이 이야기』, 작가정신, 2004.

어니스트 헤밍웨이, 이인규 옮김,『노인과 바다』, 문학동네, 2012.

에리히 프롬, 원창화 옮김,『자유로부터의 도피』, 홍신문화사, 1988.

에릭 와이너, 김승욱 옮김,『행복의 지도』, 어크로스, 2021.

엘리자베스 퀴블러로스, 이진 옮김,『죽음과 죽어감』, 이레, 2008.

요한 볼프강 폰 괴테, 김수용 옮김,『파우스트』, 책세상, 2006.

요한 하위징아, 이종인 옮김,『호모 루덴스』, 연암서가, 2010.

울리히 벡·엘리자베트 벡게른스하임, 배은경·권기돈·강수영 옮김,『사랑은
    지독한, 그러나 너무나 정상적인 혼란』, 새물결, 1999.

윌리엄 셰익스피어, 최종철 옮김,『리어왕』, 민음사, 2005.

유발 하라리, 조현욱 옮김,『사피엔스』, 김영사, 2015.

유진 오닐, 민승남 옮김,『밤으로의 긴 여로』, 민음사, 2002.

조지 베일런트, 이덕남 옮김,『행복의 조건』, 프런티어, 2010.

지그문트 바우만, 한상석 옮김,『모두스 비벤디』, 후마니타스, 2010.

지두 크리슈나무르티, 정현종 옮김,『아는 것으로부터의 자유』, 물병자리, 2002.

천양희,『마음의 수수밭』, 창비, 1994.

최영준,『홍천강변에서 주경야독 20년』, 한길사, 2010.

최재천, 『당신의 인생을 이모작하라』, 삼성경제연구소, 2005.
카를로 스트렝거, 최진우 옮김, 『멘탈붕괴』, 하늘눈, 2012.
톰 밴더빌트, 박준형 옮김, 『취향의 탄생』, 토네이도, 2016.
파울로 코엘료, 최정수 옮김, 『연금술사』, 문학동네, 2001.
파커 J. 파머, 홍윤주 옮김, 『삶이 내게 말을 걸어올 때』, 한문화, 2001.
폴 라파르그, 조형준 옮김, 『게으를 수 있는 권리』, 새물결, 2005.
헨리 데이비드 소로, 강승영 옮김, 『월든』, 이레, 1993.

어른의
인생 수업

ⓒ 성지연, 2022

초판 1쇄 2022년 12월 26일 펴냄
초판 2쇄 2023년 1월 12일 펴냄

지은이 ┃ 성지연
펴낸이 ┃ 강준우
기획·편집 ┃ 박상문, 김슬기
디자인 ┃ 최진영
마케팅 ┃ 이태준
관리 ┃ 최수향
인쇄·제본 ┃ 제일프린테크

펴낸곳 ┃ 인물과사상사
출판등록 ┃ 제17-204호 1998년 3월 11일

주소 ┃ (04037) 서울시 마포구 양화로7길 6-16 서교제일빌딩 3층
전화 ┃ 02-325-6364
팩스 ┃ 02-474-1413

www.inmul.co.kr ┃ insa@inmul.co.kr

ISBN 978-89-5906-661-2 03810

값 18,000원